文庫

文庫書下ろし／長編時代小説

夜叉萬同心 浅き縁《えにし》

辻堂 魁《かい》

KOBUNSHA

光文社

この作品は光文社文庫のために書下ろされました。

目次

浅草寺
東叡山寛永寺
入谷鬼子母神
幡随院
東本願寺
浅草広小路
花川戸町
隅田川
源兵衛橋
小梅村
源森川
中之郷瓦町
吾妻橋
雷門
竹町之渡し
田原町
黒船町代地
駒形町
浅草駒形堂
阿部川町
新堀川
根津権現
弁財天
不忍池
下谷広小路
戸藩屋敷
門前町
加賀前田家
茅町
湯島天神門前町
池之端仲町
湯島天神
郷
霊雲寺
神田明神
妻恋坂
下谷御成街道
外神田
御徒町
三味線堀
鳥越明神
森田町
御蔵前通り
御蔵前
業平橋
横川
北割下水
押上村
御厩河岸之渡し
御米蔵
首尾の松
鳥越橋
甚内橋
浅草天王町
神田川
湯島聖堂
明神下
向柳原
吉田町
法恩寺橋
亀戸村
長崎橋
御竹蔵
大川
花房町
佐久間河岸
浅草橋
柳橋
南割下水
駿河台
昌平橋
筋違御門橋
和泉橋
柳原土手
浅草御門
本所
内神田
豊島町
両国広小路
両国橋
回向院
二ツ目之橋
三ツ目之橋
入江町
米沢町
馬喰町
相生町
竪川
鍛冶町
亀井町
橋町
薬研堀
松井町
林町
神田橋御門
鎌倉河岸
竜閑橋
小伝馬町
菊新道
千鳥橋
栄橋
富沢町
一ツ目之橋
弥勒寺
五間堀
菊川町
深川
今川橋
長谷川町
杉森稲荷
長桂寺
北森下町
三間町
伊予橋
六間堀
本石町
芳町
堀江町
日本橋
竈河岸
浜町堀
乙ケ淵
新大橋
富川町
猿江町
猿江橋
常盤橋御門
堀留町
万年橋
小名木川
室町
蛎殻町
高橋
海辺大工町
新高橋
砂村新田
北町奉行所
和田倉御門
呉服橋御門
一石橋
日本橋
江戸橋
小網町
日本橋川
行徳河岸
箱崎川
稲荷堀
上之橋
霊巌寺
石島町
十万坪
元大工町
永久橋
海辺橋
今川町
箱崎
南茅場町
八丁堀
組屋敷
北島町
亀島川
油堀
仙台堀
崎川橋
石小田新田
数寄屋町
三十間堀
南新堀町
永代橋
吉岡橋
亀久橋
南町奉行所
京橋
弾正橋
北紺屋町
岡崎町
亀島橋
新川
佐賀町
平井新田
霊岸島町
熊井町
富岡八幡宮
門前仲町
八丁堀
中之橋
南八丁堀
浜十三町
二十間川
木場
平井新田
銀座町
木挽町
稲荷橋
鉄砲洲
石川島
越中島
蓬莱橋
洲崎弁天
御門
数寄屋橋
十間堀川
組屋敷
西本願寺
佃島
土橋
汐留橋
0 500m
北
東
南
西

序　隠《おん》忘《ぼう》

その朝、安永《あんえい》五年（一七七六）春半ばすぎ、砂村新田《すなむらしんでん》の二十間川《にじっけんがわ》を東方へ漕ぎ進む一艘《そう》の茶船に、土手の彼岸桜《ひがんざくら》の古木《こぼく》が、うす紅色の花びらをふらせた。

あわあわと舞い散る花びらが、音もなく茶船を包《くる》んで、胴船梁《どうふなばり》と艫《とも》船梁の間に載せた《かか》の早桶《はやおけ》と、早桶の傍《そば》にちょこなんと坐《すわ》った卓ノ介《たくのすけ》の、小さな頭やすぼめた肩や膝においた手にふりかかった。

あ、と卓ノ介が見あげた空には、うす紅色の花びらがひらひらと舞って、浅い底の見える川面《かわも》へと散り落ち、漕ぎ進む船端《ふなばた》の波に後《うし》ろへ追いやられて行くのを、卓ノ介はつぶらな目で追った。

卓ノ介は、ふと何かに気づいたかのように、二十間川の両岸に広がる田畑《でんばた》や彼方《かなた》の集落、大きなお屋敷の屋根や、どこかで鳥がさえずる森や林や、白くかすんだ果てしない空へ目を戻した。

それは、芳町《よしちょう》の角をいくつも曲がってどこまでも続く路地と、路地のどぶ板を踏んで出て行く往来の、お店者《たなもの》の大きな売り声が聞こえ、荷車ががらがらと通り、沢山の男の人や女の人が行き交う雑沓《ざっとう》しか知らない卓ノ介には、初めて見る馴染《なじ》みのないよそよそしい景色だった。

路地の軒《のき》から見あげる空も、こんなに大きくて高くて、恐ろしげではない。だからほんとは、ここは自分のような子供のくるところではないのだと、卓ノ介は思うのだった。

卓ノ介は、早く芳町の路地に戻りたかった。

芳町の路地でひとりぼっちで遊んでいるのは、とても寂しかったし、つまらなかった。けれど、頭に浮かぶ芳町の何もかもが、卓ノ介にはほんとに見えたし、ほんとに聞こえたし、ほんとのことだったからだ。それから、

「卓さん、菓子をお食べ」

と、二階の出格子《でごうし》窓のかかに呼ばれ、卓ノ介は急いで《三上《みかみ》》の勝手口へ廻って二階のかかの部屋へ駆けあがって行くのだ。

「静かにしないか」

三上のご主人が内証《ないしょ》から顔を出して叱《しか》るけれど、かかがいるからちっとも怖く

なかった。かかの部屋へ駆けあがって仕舞《しま》えば平気だった。

読み書きは、かかに習っていた。朝、かかが丸鏡の前で白粉《おしろい》を塗りながら、しのたまわく……と言うのを真似《まね》て、卓ノ介も声に出して繰りかえした。

何を言っているのかわからないけれど、かかが教えてくれた。

「これは四書《ししょ》の論語《ろんご》というのだよ。卓さんはお侍《さむらい》の子だから、字を覚えて、ちゃんと本を読める人にならないといけないのだよ」

お侍の子だからと言われて、それがどういうことか、それもわからなかったけれど。

それから、いろはの手習《てならい》もした。

かかが墨を磨《す》り、筆を持った卓ノ介の手にかかが手を添え、古紙売りから買った反古紙《ほごがみ》へ、
い、ろ、は、に、ほ、へ、と、ち、り、ぬ、る、を……

と、ひと文字ひと文字を声に出して書いて行く。

卓之介は、文字を書くときのかかの手の冷たい肌触りと、白粉の香《か》を思い出した。

すると突然、かかの姿も声も匂いも、芳町の路地の光景もみんな消えて、卓ノ

介の眼前に、また砂村新田の田野の景色が広がって、二十間川は田野の中をはるか果てにかすんだ空まで続いていた。

そのとき茶船には、送葬の経《きょう》を読む僧侶、早桶を担《かつ》ぐ色茶屋《いろぢゃや》三上の下男《げなん》の四郎吉《ろきち》さんと桶屋の松助《まつすけ》さん、茶汲女《ちゃくみおんな》のお久《ひさ》さん、そして、艫《ろ》の櫓を漕ぐ船頭の五人が同乗していた。

僧侶は坊主頭に蝶《ちょう》が舞うように止まった彼岸桜の花びらを、ごつごつした指先で払った。四郎吉さんと松助さんは、二十間川の彼方をぼうっと眺め、お久さんのすすり泣く声がずっと聞こえていた。

船頭が櫓床のまり口に鈍《にぶ》くたてる櫓の音は、茶船のもの憂《う》げな呟《つぶや》きに聞こえた。はるかに遠い南の空に飛び交う鳥影が、ちら、ちら、と見えた。

やがて茶船は、北側に砂村新田の土手、南側に大名家の抱《かかえ》屋敷の土塀が長くつらなる土手道の川筋に差しかかった。

南側の大名屋敷に続いて、土手道に開いた大知稲荷《おおちいなり》の鳥居の前をすぎると、ほどなく川の先に土橋《どばし》が見え、土橋の南方の船寄せに歩みの板が渡してあった。

船頭は櫓を棹《さお》に持ち替え、茶船を歩みの板に寄せて静かに横づけた。

「行くぜ」

「よしきた」

四郎吉さんと松助さんが声をかけ合い、四郎吉さんが天秤棒《てんびんぼう》の前、松助さんが後ろを担いで、早桶を土手道へ運びあげた。僧侶に続き、

「卓さん、おいで」

と、お久さんに手を引かれ、卓ノ介は土手道にあがった。

「和尚《おしょう》さま、先導をお願いしやす」

四郎吉さんが言った。

船頭は茶船に残って、僧侶と、四郎吉さんと松助さんの担ぐ早桶、お久さんに手を引かれた卓ノ介のたった五人の葬列が、土手道から葱畑《ねぎばたけ》の畔《あぜ》を進んで、波《なみ》除堤《よけつつみ》の方角へ向かった。

葱畑で野良仕事をしていたお百姓が、手を止めて葬列に合掌《がっしょう》した。

ほどなく、畔の先に松林が並ぶ波除堤を認めた。

その波除堤のきわに、《火や》と《隠亡《おんぼう》》の住居《すまい》があった。

前以《まえもっ》て知らせてあったので、黒い衣服を尻端折《しりはしょ》りに黒の股引《ももひき》を着けた、黒ずくめのずんぐりした隠亡と使用人らが、葬列を出迎えた。

隠亡と使用人らは僧侶に掌《て》を合わせ、僧侶の指図に従って、早桶を火やへ運び

入れるようにと、四郎吉さんに言った。

すすり泣くお久さんに手を引かれ、卓ノ介は、早桶に従《つ》いて火やの両開きの木戸を通った。

広くうす暗い土間に、仏さまを荼毘《だび》に付す土竈《どがま》が据《す》えてあった。棟木《むなぎ》と垂木《たるき》を組み合わせた煤《すす》けて黒ずんだ屋根裏を、卓ノ介は呆然《ぼうぜん》と見あげた。破風《はふ》や屋根裏に近い壁に縦格子の小窓がいくつか開いていて、その小窓から射《さ》しこむ外の淡い光が、広い土間と、土間の一角に積み重ねた薪《まき》の束《たば》や藁《わら》束や柴《しば》の束の山を、くすんだ明るみに包んでいた。

隠亡の指図で、使用人らが早桶の仏さまを出し土竈へ運び入れるとき、お久さんのすすり泣きが喉《のど》を絞るような嗚咽《おえつ》になった。

それを見守っている僧侶と四郎吉さんと松助さんの間に、仏さまが纏《まと》う経《きょう》帷子《かたびら》と力なく首を垂れて眠っている仏さまの白い顔が、卓ノ介にちらりと見えた。

「かか……」

卓之介は震えながら呼びかけた。

《かか》かどうか、ちゃんとはわからなかった。

けれど、そんな気がした。

するとと隠亡が、僧侶や男らの後ろでお久さんに手をとられている卓ノ介を、じろりとにらんだ。

隠亡は卓ノ介をにらんだまま、ふうむ、となった。

それから掛矢《かけや》をふりかざし、早桶を凄《すさ》まじい音をたてて叩き割った。

隠亡は、叩き割った早桶の木片を全部土竈にくべた。そして、掛矢を松明《たいまつ》に持ち替えて言った。

「これから竈《かまど》に火を入れるが、焼《やき》の見守りは長くかかるうえに、仏さまの縁者でさえ顔を背《そむ》けずには果たしがてえお務めだ。子供が見守るのは酷《こく》だで、外で焼が済むのを待っていたほうがいいんではねえか」

土間の大人らの恐ろしげな眼差《まなざ》しが一斉に、片隅の卓ノ介へそそがれた。

卓ノ介は首を竦《すく》め、お久さんの手にすがった。

「卓さん、外で待っていようね」

お久さんが、耳元でささやいた。

卓ノ介はまたお久さんに手を引かれ、火やの外へ出た。

青白くかすんだ空に、お日さまがだいぶ高くなっていた。波除堤の松林で、鳥のさえずりが聞こえた。

お久さんはもう嗚咽はもらしていなかったけれど、下着の袖で泣き腫《は》らした目を拭《ぬぐ》っていた。

やがて、火やの中から僧侶の経を読む声が聞こえてきた。

せえそんみょうそうぐう、があこんじゅうもんぴい、ぶっしいがあいんねん、みょういいかんぜえおん、
お久さんが火やに向いて合掌したので、卓ノ介も真似て小さな掌を合わせた。

卓ノ介は、さっきちらりと見えた力なく首を垂れて眠っている仏さまの白い顔が、ほんとにかかだったかどうか、考えていた。

あの人はかかじゃない、と卓ノ介はそう思った。

かかなら、卓ノ介が呼んだら目を覚まさないはずがないよ、と思った。

そのとき、火やの格子窓から灰色の煙がふわふわと上《のぼ》った。

卓ノ介は、煙が火やの板屋根より高く上って、ゆっくりと波除堤のほうへ流れて行くのを目で追いながら、小さな痩せた身体がゆれるほどぞっとした。

そのとき、ずっと今まで卓ノ介の脳裡《のうり》に残っていた、かかの姿も声も匂いも、

手の冷たい肌触りと白粉の香も、それからあの芳町の路地もみんな消えて、かかがほんとにいなくなったことに気づいたからだった。

なぜかはわからなくとも、かかが消えて仕舞ったことだけがわかって、あまりに恐ろしく、あまりに悲しく、卓ノ介は泣くことさえ忘れて震えた。

不意に卓ノ介は、とんと背中を誰かに突かれたように感じた。

卓ノ介は、波除堤のほうへ流れて行く煙を追って駆け出した。

「卓さん……」

後ろでお久さんの呼ぶ声は聞こえた。

けれど、凝《じ》っとしていられなかった。

懸命に駆けて、むんむんと臭《にお》う草や灌木《かんぼく》の枝につかまり、波除堤の急な斜面を一歩一歩踏み締めて上った。

見あげると、灰色の煙が堤のずっと上を流れて行く。

そっちへ行っちゃあだめだと、言ってやらないといけない。

卓ノ介は必死だった。

しかし、やっと波除堤を上り松林の間に立って、卓ノ介の足は竦んだ。

波除堤をこえた先は、江戸の海まで一里（約四キロ）以上も続く葭《よし》の蔽《おお》う寄洲《よりす》である。

卓ノ介は、江戸の海を知らなかった。

それは初めて見る眺めだった。

堤を下《くだ》ったところから、ずうっとずうっと向こうまで寄洲が広がって、その先に初めて見る眺めが、お日さまの光を白くきらきらと撥《は》ねかえしていた。

その眺めは、空よりもずっと青く濃く、それでいて白くきらきらとお日さまの光を撥ねかえしているあたりからも、もっとずうっとずうっと遠い彼方のどこかで、青白くかすんだ空と重なり合っているのだった。

あれはなんだい。

卓之介はしばし呆然とした。

不気味で、恐ろしく、波除堤から先へはもう一歩も踏み出せなかった。

卓ノ介の頭の上を、灰色の煙がゆっくりとふわふわと途切《とぎ》れることなく流れ、だんだんとうすれ、やがて青白くかすんだ空にまぎれて仕舞いそうだった。

われにかえった卓ノ介に、悲しみが激しくこみあげた。

「かか……」

卓ノ介は力一杯叫んだ。

声を限りにかかを呼び続けた。

その翌々日の朝、卓ノ介は、芳町の色茶屋《三上》の前の路地で、ひとり遊んでいた。

かかの手習で覚えた、いろは、をひと文字ひと文字地面に書いては声に出し、草履《ぞうり》で擦《こす》り消し、続きを書いてまた声に出して読んだ。

路地の通りかかりは誰も彼もが、そこにいる卓ノ介が見えぬかのように、すげなく通りすぎた。

もう色茶屋三上の茶汲女の子でさえ、卓ノ介はなくなっていた。

その朝、三上の内証では、三上のご主人夫婦と町役人《ちょうやくにん》さんらが寄り合い、茶汲女の夏子《なつね》が不慮の災難に遭って命を落とし、身寄りのない四歳の卓ノ介を誰が引きとりどう扱うか、談合が行われていた。

町役人さんらは、卓ノ介はやはり三上さんがこのまま引きとって、年ごろになれば改めて使用人として雇うかどこかへ奉公に出すか、そうするのが穏当ではありませんかねと申し入れた。

ところが、三上のご主人夫婦はそれを頑《かたく》なに拒《こば》んだ。

確かにあの子は可哀想《かわいそう》だが、うちも商売で母親の夏子が働いていたから母子で住まわせていただけで、夏子がいなくなって稼ぎ手にならないあの子に、これ以上ただ飯を食わせて行くのはご免《めん》こうむります。町役人さんのどなたかがさしあたりあの子を引きとり、改めてあの子の引きとり手を見つけるのが筋ではございませんでしょうかね、と主張した。けれど、その談合は長引かなかった。

ほどもなく、路地でひとりぼっちで遊んでいた卓ノ介の前に、紺《こん》の細縞《ほそじま》を着流し、黒の角帯《かくおび》をきゅっと締めた長身痩軀《そうく》の、三十すぎかそこらと思われる中年の男が佇《たたず》んだのだった。

卓ノ介が、あさきゆめみし、の《あ》と地面に書いて、あ、と声に出したとき、その字に人影が差し、中年の男の着物の裾と、白足袋《たび》に黒い鼻緒《はなお》の草履を履《は》いた足下《あしもと》が見えた。

卓ノ介が見あげた人影の頭の上に、芳町の路地の空がまぶしかった。

「おまえさん、卓ノ介さんだな」

少し頰笑《ほほえ》んで、男が言った。

うん、と卓ノ介は頷《うなず》いた。

「字が書けるのかい」

「かかに習った。いろはは全部書けるよ」

「かかに習って、いろはは全部書けるのかい。卓ノ介さん、歳はいくつだね」

卓ノ介は四本の指をたてて、中年の男に見せた。

「四歳でいろはを全部書けるのか。凄《すご》いな」

男は卓ノ介の前にしゃがんだ。そして、卓ノ介に頰笑みを近づけた。頰がこけて皺《しわ》が目だったけれど、優しげな頰笑みだった。

「卓ノ介さん、おじさんを覚えているかい」

卓ノ介は少し考えて、頷いた。

「かかのお客さんだね」

「そうだ。おじさんも、卓ノ介さんがかかの大事な倅《せがれ》だと、聞いていたよ」

卓ノ介は小さく笑った。

「かかはもういなくなったんだ。卓ノ介さん、これからどうする」

「わからない」

「卓ノ介さんは、したいことがあるのかい」

卓ノ介はまた少し考えた。

「わからない」

戸惑いつつ繰りかえした。

「なら、おじさんと一緒にくるかい」

「おじさんと一緒に、何処《どこ》へ行くんだい」

「おじさんの店は、富沢町《とみざわちょう》という町にある。そこへ行くのさ」

「おじさんの富沢町の店に行って、おれは奉公するのかい」

「そうじゃない。おじさんと一緒に暮らすのさ。卓ノ介さんがかかと暮らしていたようにさ」

「一緒に暮らす？　字を習ったり、本を読んでくれたりするのかい」

「いいとも。字も教えてやるし、卓ノ介さんが本を読めるようになるまで、読んでやるよ。おじさんはな、文五郎《ぶんごろう》というんだ」

そのとき、芳町の路地には人っ子ひとり見えず、卓ノ介と文五郎の二人だけだった。卓ノ介のぱっちりと見開いたつぶらな目が、何かにすがるかのように、大事なものを探すかのように、四歳の童子《どうじ》なりに何かに気づき決断するかのように、凝っと文五郎を見あげていた。

文五郎が、卓ノ介のぱっちり見開いた目に頰笑みかけて言った。

「卓ノ介、《とと》と一緒に暮らそう。おいで」

「うん」

と、卓ノ介は頷いた。

四歳の卓ノ介は、文五郎に手を引かれて、かかと暮らした芳町の路地から去って行き、再び戻ることはなかった。

第一章　墓標《ぼひょう》

一

それから三十三年がすぎた文化《ぶんか》六年（一八〇九）の、夏の終りごろだった。

砂村新田の波除堤南方の磯《いそ》まで一里ほども広がる寄洲で、焚き木にする枯木を拾い集めた背負子《しょいこ》を担いだ百姓が、寄洲を蔽《おお》う葭《よし》の彼方の一ヵ所に鳥の一群が集まり、飛び交いしきりに鳴き騒いでいるのを見遣《みや》って訝《いぶか》しんだ。

百姓が鳥の騒ぐあたりへ葭を分けて行くと、鳥の一群は小《こ》あじさしと思われ、百姓を恐れることなくけたたましく鳴き騒いで、せっかくの餌を横どりしようとする邪魔者の頭上を威嚇《いかく》し飛び廻った。好奇心にかられた百姓は、
きりっ、きりっ、きりきり、きりっ、きりっ……

と鳴き騒ぎ、頭上を飛び廻る小あじさしを手にした鎌で払いつつ、鳥が群《むら》がるあたりへなおも葭を踏み分けた。

すると、葭を踏み分けた先に百姓が見つけたのは、小あじさしの群《むれ》に無残に食い破られ、あばら骨が露出し、ぼろぼろの衣服から投げ出した足先の白足袋、枯れ枝のように折れ曲がった手、啄《ついば》まれて眼窩《がんか》が黒い穴になった顔や、頭蓋《ずがい》の廻りに白髪交じりの蓬髪《ほうはつ》が抜けて散った、一体の亡骸《なきがら》だった。

ただ、あばら骨が露出していても、その胸のあたりに匕首《あいくち》が突きたったまま残されていた。

明らかに匕首で胸を深々と刺され、殺害された男の亡骸とわかった。

鳥の群に食い破られたうえに、亡骸は腐乱して強い臭気《しゅうき》を放っていた。

わっ、と百姓は思わず声を放ち、鼻を掌で蔽って顔を背けた。

けれども百姓は、また恐る恐る亡骸へ目を戻した。

百姓には、葭が開け剝《む》き出しになった石ころと砂の地面に、亡骸が仰《あお》のけに寝かされていて、その頭蓋の傍に黒鞘《くろさや》の両刀が無造作に突きたててあり、照りつける夏の日射《ひざ》しの下で、それはまるで亡骸の供養にたてた卒塔婆《そとば》のようにも、墓標のようにも思われた。

「こりゃあ、えらいことだな」

百姓は、あたりをぐるりと見廻した。

廻り一面に広がる寄洲に、人影はまったくなかった。

北側に東の中川《なかがわ》と西の洲崎《すさき》のほうまで築いた波除堤と、堤上《ていじょう》につらなる松林が見え、南側は寄洲を蔽う葭がずっと先の波打ちぎわを隠していた。

昼下《ひるさ》がりの夏空には、じりじりと照りつける日がかかっていた。

「ぐずぐずしちゃあいられねえ」

と、百姓は北側の波除堤の方角へ、急いで葭を分けた。

百姓は砂村新田の村名主の屋敷へ急ぎ、寄洲で亡骸を見つけた子細《しさい》を知らせた。

知らせを聞いて驚いた名主は、すぐに村役人らを呼び寄せ、百姓に亡骸を見つけた寄洲の場所へ、村役人を案内するように命じた。

また、使用人のひとりを江戸町奉行所へ走らせた。

砂村新田がある江戸府内《ふない》のこのあたりは、陣屋《じんや》と町方《まちかた》の両支配である。

北町奉行所の当番同心が、中間《ちゅうげん》と御用聞《ごようきき》を率い、磯から寄洲へと入る水路を茶船でとり、百姓衆の待つ寄洲の現場に着いたのは、それから一刻《いっとき》半（約三時間）後の夕七ツ（午後四時）近くになってからだった。

日が西の空へ傾いて、昼下がりよりは暑さがだいぶやわらいでいた。

磯のほうから湿った風が吹いて、さわさわと葭がそよいでいる。

鳥の群がまだ鳴き騒ぎ舞っている空の下に百姓衆の一団が見え、町方らはそちらへ葭を分け入った。

現場に到着すると、亡骸を囲んでいた百姓衆が囲みを開いた。

「ご苦労さまでございます」

百姓衆が口々に言った。

しかし当番同心は、ぼろぼろの衣服をかろうじて纏っているものの、腐乱臭を放ち、あばら骨や頭蓋が剝き出し、黒い眼窩がぽっかりと空いた無残な亡骸と、頭蓋の傍に墓標のように突きたった両刀をひと目見て言った。

「やっぱりそうか。こんなところに……」

連尺《れんじやく》に御用箱を担ぎ、木刀を差した中間が言葉を継いだ。

「棚橋《たなはし》さま、間違いございません。神門《じんもん》家のご隠居さまです」

「見ろ。手足が縛られてるぜ」

今にもくずれそうな腐乱した亡骸を、棚橋が十手《じつて》で少し持ちあげ、後手《うしろで》に縛られた様と、足にも絡んだ縄を指差した。

「手足を縛ったままここまで運んで、匕首をぐさりと突き入れ、息の根を止めた。たぶんそういうことだろう。よし、みなの衆。この周辺を廻って、仏さんにほんのわずかでもかかり合いのありそうなものが残されてねえか、仏さんをこんな目に遭わせた下手人《げしゅにん》につながりそうな、どんなものでも、痕跡《こんせき》でも残されてねえか、探ってくれ。そいつを見つけたら、みなの衆に御奉行さまから御褒美《ごほうび》が出るぜ」

棚橋が立ちあがり、広大な寄洲を見廻して言った。

砂村新田の老若男女《ろうにゃくなんにょ》に子供らまで駆り出され、寄洲の探索を日が没するまで行ったが、手がかりになりそうなものも痕跡も見つからなかった。

神門家の隠居達四郎《たつしろう》の無残な亡骸は、その夜のうちに砂村新田の火やで荼毘に付され、神門家を継いでいる左右衛門《さえもん》が遺骨と形見の両刀を持ち帰り、後日、芝《しば》の菩提寺《ぼだいじ》で葬儀が執り行われた。

葬儀には南北町奉行所の与力同心の多くと、両町奉行代理の公用人《こうようにん》も参列した。

馬喰町《ばくろちょう》の読売も、この一件を書きたて売り出した。

文化六年六月廿二日《にじゅうに》未《ひつじ》ノ上刻《じょうこく》、スナムラ新田南方ヨリス辺、北ゴ番所同心神門左右衛門ノ父、神門達四郎ノ亡キガラアラワル、コレハ同月十七日ヨリユクへ知レズノ元八丁堀《はっちょうぼり》ゴインキョニテ……

と、元町方の隠居が行方知れずの末に亡骸で見つかった事情が町家《まちや》の関心を呼び、しばらく町民の間で噂話の種になった。

その夏がすぎ、秋七月七日の七夕《たなばた》祭りの三日前、北町奉行所隠密廻《おんみつまわ》り同心萬《よろず》七蔵《ななぞう》は、北町奉行小田切土佐守《おだぎりとさのかみ》の内《うち》与力久米信孝《くめのぶたか》に、神門達四郎殺害事件の隠密の探索を命じられた。

その朝、七蔵は北町奉行所の内座《うちざ》之間に端座《たんざ》し、久米信孝を待っていた。床《とこ》の間と床わきの棚に向いた七蔵の背中の明障子《あかりしょうじ》が閉《た》てられ、縁廊下ごしの中庭の槐《えんじゅ》の木でくま蟬《ぜみ》が盛んに鳴いていた。

季節は早や秋でも、寝苦しいほど暑い日はまだまだ続いている。

このごろ七蔵は、庭の蟬の声でよく目を覚ます。

寝間《ねま》の腰付《こしつき》障子に、雨戸の隙間から射すひと筋の青い明るみが映って、欠伸《あくび》をひとつして起き出し、腰付障子と廊下の雨戸を引き開けると、秋だというのに、みんみん蟬の声が嵐のように降りそそいだ。

暑い日が続くぜ。

七蔵は縁側に佇み、朝空を見あげて思う。

けれど、少し秋が闌《た》けて、くま蟬やあぶら蟬、みんみん蟬などの暑い盛りの蟬の声が、おおしつくつく、おおしつくつく、と法師蟬《ほうし》に変わるころになればなったで、季節の果敢《はか》なくすぎて行く寂しさを感じさせられる。

中庭のくま蟬が騒がしい中、次之間に久米の気配がした。

「待たせた。萬《まん》さん」

内座之間の間仕切《まじきり》を引き開け、手をついた七蔵に久米が言った。背中を丸めた継裃《つぎがみしも》の袴《はかま》を払い、床の間を背に着座して手にした尺扇《しやくおうぎ》を開いた。

久米は七蔵を、よろず、ではなく、まんさん、と呼ぶ。

「手をあげてくれ。まだまだ暑いな」

せっかちそうに尺扇を扇ぎながら、地黒の痩せた頰とひと重《え》の細い目をゆるめて、いきなり癖《くせ》のある笑みを七蔵に寄こした。

「暑いですね。開けますか」

七蔵は手をあげ、背中の明障子を差した。

「いや。蟬がうるさい。大きな声では言えんのでな。御奉行さまのお指図だ。いいかね、萬さん」

「承《うけたまわ》ります」

七蔵が言った。

「先月の神門達四郎の一件をやってくれ」

久米が即座にかえしたので、七蔵は首をかしげた。

南北両町奉行所の廻り方には、定町廻《じょうまちまわ》り、臨時廻《りんじ》り、隠密廻りの三廻りがあって、三廻りは町家の治安を保つ役目柄、支配役の与力はおかず、町奉行の直属であった。

旗本が職禄《しょくろく》三千石の町奉行に就職するにあたり、町奉行所に所属する町方役人の与力ではなく、事慣れた者や旧来の家来など八人から十人ほどを、奉行側《そば》衆《しゅう》の公用人や目安方《めやすかた》として取り立てることができた。

これが内与力で、禄も町方与力は二百石どりだが、内与力は別枠の八百石をその人数で分けるのである。

この内与力が、町奉行直属の三廻りに奉行の指図を伝えた。

七蔵は内与力の久米に訊きかえした。

「神門達四郎さんの一件は、棚橋さんが掛《かかり》ではありませんか」

「そうだったんだがね。事情があって、棚橋ではなく萬さんに引き継いでもらうことになった。棚橋はまだ三十すぎだ。この手の調べは、背中に胼《ひび》を切らすくらいの練《ね》れた町方じゃないと、いろいろと差し障《さわ》りがありそうだからさ」

「どなたに差し障りがあるんで？」

「どなたに、というわけじゃない。強《し》いて言えばまあ、北町奉行所の面目《めんぼく》が施《ほどこ》せない。そんなところだな。とにかく、萬にやらせろと、御奉行さまのお指図だ」

七蔵と久米は、束《つか》の間、顔を見合わせ考える間をおいた。

「神門さんは三年前、倅の左右衛門さんに番代わりするまで、町会所掛《まちかいしよがかり》でした。謹厳実直《きんげんじつちよく》、融通《ゆうずう》が利かないぐらいお役目ひと筋ながら、窮民の救済には心を砕いた町方と、神門さんの悪い評判をわたしは聞いたことがありません。萬七蔵の悪口は初中終《しよつちゆう》耳にしますがね」

「わたしもよく聞くよ」

久米が応じて、あは、と二人は笑った。

「隠居をなさってからも、夫婦仲は円満だし、倅夫婦と孫たちにも恵まれ、町方ひと筋に勤めあげて倅の左右衛門さんに番代わりし、蓄《たくわ》えもそれなりにあるんでしょうね、霊岸島町《れいがんじまちよう》の盛り場に行きつけの店があって、あそこら辺《へん》では元町方のご隠居と親しまれていると聞いていました。それがまさか、あんな一件があって亡くなったのは意外でした。棚橋さんが一刻でも早く下手人をあげて、ご仏前に報告できることを願っているんですが」

「わたしも同じさ。神門達四郎の評判はいいことずくめだった。神門達四郎の一件があって、あんなにいい人が、と評判のいいことずくめがかえって心配になったくらいだ。何事もほどほどがいい。いい評判もあれば、あまり感心できない評判もある。それが人ってもんじゃないかい」

「もしかして、神門さんのあまり感心できない評判か差口《さしぐち》かが、御奉行さまのお耳に届いたんですか」

ふむ、と久米はひと息をついた。

「このたびの一件にかかり合いがあるのかないのか、そいつはまだ不明だ。だが神門の一件が起こったからには、われら町方、殊《こと》に北町の与力同心は、隠居をしたとはいえ元北町の身内の身の上に一体何があったのか、誰が隠居に手を下《くだ》したのか、北町の面目に懸けて一件落着させなければならない。そのためには、たとえ都合の悪いことが隠れていたとしても、それに目を瞑《つむ》るわけにはいかない。言いにくい話でも、しなきゃ話にならない。萬さん、そうだろう」

「そうですね」

「で、先月十七日の午後、神門達四郎が岡崎町《おかざきちょう》の組屋敷を出てから翌日朝になっても戻らず、なんぞ事故や事件に巻きこまれたんじゃないかと、倅の左右衛門がお調べ願いの訴えを出し、先月十八日の当番与力の三枝《さえぐさ》が指図して、当番同心の棚橋が掛になった。当初、掛を申しつけられた棚橋は、それほど難しい調べになるとは思っていなかった。お役目ひと筋に勤めあげ、三年前、倅に番代わりして隠居の身となり、元町方のご隠居と、霊岸島町の盛り場では顔を知られ、ご近所の、話の面白い楽しいご隠居と評判もいい神門の身に不測の事態が起こったとは、考えにくかった。二、三日もすれば、羽目を外しすぎたと照れ臭そうに組屋敷に戻ってくるのではないか。案外、隠居はあれで深川《ふかがわ》の門前仲町《もんぜんなかちょう》あたりの芸者に馴染みがいて、線香一本か二本の遊びのつもりだったのが、ひと晩になり二晩になり三晩と居続けをしているのではと、それぐらいに思っていたそうだ」

七蔵はもの憂く頷いた。

「ところが、それから五日目の二十二日の午後、砂村新田の寄洲で神門達四郎の無残な亡骸が見つかった。棚橋は神門の検屍《けんし》に出役《しゅつやく》して、一件が懐《ふところ》を狙った強盗とか喧嘩沙汰《ざた》の末とかの類《たぐい》じゃない、こいつは厄介な一件になりそうだと、やっと思い知ったわけだ」

「わたしも、殺害したご隠居の亡骸をあんなふうに曝《さら》した手口は、手をかけた相手の凄《すさ》まじい恨《うら》み、ご隠居への激しい怒りを感じました。ついね、評判のいいご隠居の表の顔には見えていないもうひとつの顔が、隠れているんじゃないかと、勘繰《かんぐ》って仕舞いました」

「だから御奉行さまは、萬さんに神門達四郎のそのもうひとつの顔を探らせろ、とのお指図なのさ」

「なぜですか。それはわたしの勝手な勘繰りですよ。勝手な勘繰りにすぎないのに、ご隠居のもうひとつの顔を当番の棚橋さんからわたしに探らせろとは、解《げ》せませんね。それに、一件は読売がすでに怪奇事件と書きたて、噂は江戸中に広まっています。今さら隠密が乗り出さずとも、町民は町方に不審の目を向けています。棚橋さんが調べを続けても、同じではありませんか。それともまだ何か、一件にかかり合いのある表沙汰になっていない事情があるんですか」

「萬さんがそう思うのはもっともだ。つまり、その事情があるのさ」

久米は扇いでいた尺扇を閉じ、七蔵が膝を進めるように尺扇で指示した。

「これから先は、あまり大きな声では言えん。も少し近く……」

と、勿体《もったい》をつけた。

「砂村新田で神門達四郎の亡骸が見つかった一件を、読売が書きたててから二日がたってからだ。本所林町《ほんじょはやしちょう》二丁目の弁蔵《べんぞう》という男が、御番所に棚橋を訪ねてきて差口をした。どういう差口かというと、手前《てまえ》はこの二十二日に砂村新田で亡骸が見つかった神門達四郎さんを殺《や》った下手人を存じております、と言うのだ。むろん、神門を殺ったその場にいたわけではないけれど、そいつに間違いないのは調べればわかる。で、そいつを責めたて何もかも洗いざらい白状させたら、御奉行さまの御褒美をいただけると聞いておるゆえ、よろしく手配を願いますとな」

「どうですかね。そういう差口には、あてにならない話が結構ありますから。大体、弁蔵とご隠居はどういう間柄なんですか」

「それが、少々胡乱《うろん》な間柄でな。萬さん、向柳原《むこうやなぎわら》の町会所が、窮民ややり繰りの難しい町民に救済策を講じておるのは知ってるな」

「はあ。米と銭の交付やら店賃《たなちん》貸付やらを行う救済ですね」

「それだ。弁蔵自身は、神門達四郎に命じられたことを果たしてきただけで、詳《くわ》しい事情を承知しているのではない、と言うておるのだがな。萬さん、暮らしに窮した町民に、米や銭の交付やら店賃の低金利の貸付やらを、家主が名主に承認を得て町会所に申請するのは知ってるな」

「存じております」

「その交付金やら低金利の貸付金を、十年ほど前の寛政《かんせい》の終りごろから、本所や深川の裏店《うらだな》の住人や小商人《こあきんど》らを相手に、暮らしに窮しているなら交付金がもらえるぜ、低利の貸付金が利用できるぜと要望を聞いて廻り、町会所に申請する家主に取り次ぐ一種の斡旋業《あっせんぎょう》を、弁蔵が神門達四郎に指図され、一件につきごくわずかな手数料を得てやってきたそうだ。ただし、一件の米銭交付やら低金利貸付の手数料はわずかでも、人数がそれなりに集まればそれなりの額になる。弁蔵は元は松井町《まついちょう》の岡場所《おかばしょ》の地廻《じまわ》りだった。地廻りにしては案外に気の利く男で、岡場所の店頭《たながしら》にも重宝《ちょうほう》されて使われていたらしく、それも弁蔵が言うには、神門達四郎の旦那のほうからあっしに目をつけ声をかけてくださったんで、と言ったそうだ」

「斡旋業をやらないかとですか」

「おめえ、暇《ひま》なら困っている住人や小商人らのために、ひと肌脱《ぬ》がねえか、小《こ》遣銭《づかいせん》ぐらいの稼ぎにはなるぜ、とだ。承知の通り、神門達四郎は町会所掛の同心だった。江戸町会所は……」

二

江戸町会所は、寛政の改革を断行した老中松平定信《まつだいらさだのぶ》により、寛政四年（一七九二）に窮民救済と備荒貯蓄《びこうちょちく》兼金融機関として、向柳原の籾蔵《もみぐら》構内に常設された。囲籾《かこいもみ》、七分積金《しちぶつみきん》、窮民への銭や米の交付、土地家屋抵当《ていとう》の低金利貸付、そして大きな火災や水害などの折りに救小屋《すくい》を建てて罹災民《りさいみん》の収容などを行った。

囲籾は向柳原構内のみならず、神田筋違橋《かんだすじかいばし》内、深川新大橋《しんおおはし》、小菅村《こすげむら》にも建てられ、毎年新米と古米をつめかえて、推定五十万人に及ぶ江戸町民の三十日分を目標に貯蔵された。

七分積金は、天明《てんめい》五年（一七八五）から寛政元年（一七八九）までの江戸の各町の町費の平均額を算出させ、その平均額より節減できた町費の七分（七割）を、会所を運営する財源《ざいげん》として毎年の積金にした。

残りの三分（三割）は地主に還元し、一分（一割）は町費、すなわち町入用《まちにゅうよう》の予備金にあてた。

町入用を負担するのは、地主と家持《いえもち》である。

勘定所と町奉行所の両町会所掛が会所を監督し、町方の神門達四郎は、北町奉行所町会所掛同心四人のうちの、町会所が常設されたときからのひとりだった。

中庭のくま蟬の鳴き声が騒々しい。

内詮議所のほうへ、御廊下を行く数人の話し声がする。

かまわず、久米は続けた。

「思うに、たぶん当初は神門も窮民のためを思って、米銭の交付や土地家屋抵当の低金利貸付の申請を、家主に働きかけていたと思われる。それが、ありがとうございました、助かりましたと、交付や低金利の融資を受けた住人や小商人らから礼を言われ、中には神門に謝礼を包む者もいただろう。そうか、それが町家の役にたっているのならと、神門が町方として思っても無理はなかった。何しろ、年々の七分積金が囲籾や窮民救助のために支出されることはそう多くはない。実情は大店《おおだな》の商人らの金融資金に利用されているのだ。それに較《くら》べれば、神門が働きかける交付や貸付などはわずかだし、裏店の細民《さいみん》や、小商いの商人らの助けになる自分のほうが、七分積金の本来の趣旨に沿っていると思ったようだ」

「それで弁蔵に、ひと肌脱がねえかと、声をかけたんですね」

「そういうことだ。町家の住人の役にたち喜ばれるうえ、間違いなく稼げる。しかも、大店の商人が町会所の貸付を受けて稼ぐ額と較べたら、こっちはほんの雀の涙ほどのおこぼれに与《あずか》るにすぎない。決して困窮している町民の、足下《あしもと》につけこんで上前《うわまえ》を撥ねてるんじゃない。世間のどこにでもある世話になった謝礼にすぎないと、神門はそう言って弁蔵を誘ったそうだ。三年前の丙寅《へいいん》火事のときも、火事では焼け出されなかった本所や深川の裏店の、米銭の交付や低利貸付を家主に働きかけて、だいぶ手数料が入ったらしい。弁蔵がそうだとすれば、神門が得た謝礼は相当な額になったと思われる。神門が倅の左右衛門に番代わりして隠居になったのは、そのあとだ」

「番代わりで隠居をしたんですから、交付金や貸付の礼金は入らなくなっていたんじゃありませんか」

七蔵が質《ただ》すと、久米はまた尺扇で扇ぎながら言った。

「そうなんだが、弁蔵によれば、たぶんそれまでの礼金の蓄えを元手に、神門は金貸を始めたそうだ。ただし、隠居になったとはいえ、元町方が金貸というのはまずい。金貸で大きく儲けて町家の噂にでもなったら、番代わりした倅の御番所勤めの障りになりかねず、それはもっとまずい。そこで、やはり弁蔵を使い、林町の弁蔵の店で金貸を営《いとな》んでいるかのように見せかけ、場所代と客ひとりあたりの手数料を弁蔵に払い、しかも客は本所深川に限って、大川《おおかわ》からこっちには絶対に知られないよう、目だたぬよう、地道に蓄えを増やして行く肚《はら》だった」

「なるほど。どうりでわからなかったはずです。ご隠居はお役目ひと筋の町方で、左右衛門さんと番代わりをして、今は悠々自適の隠居暮らしを送っていらっしゃるとばかりに思っていたんですがね。ご隠居にはそういうもうひとつの顔が、勝手な勘繰りじゃなく、本当にあったたんですね」

「まあ、そういうことだ」

「で、弁蔵が御奉行さまの御褒美目あてに、ご隠居を殺った下手人を知っていると、棚橋さんに差口に及んだ人物は誰なんですか」

「萬さん、肝心のその誰が、なんだがね……」

と、久米はまた勿体をつけた。

「深川の伊予橋《いよばし》から武家地を東へ少々行った先に、賄調役《まかないしらべやく》の竹嶋《たけじま》勘右衛門《かんえもん》という御家人の屋敷がある。主人の勘右衛門は、調役といっても禄は七十俵の三番勤めの、まあよくある貧乏御家人だ」

「禄が七十俵の三番勤めでは、ひとり二十三俵余の、町方より貧乏な御家人さんというわけですね」

「町方は三十俵二人扶持《ににんぶち》でも、献残《けんざん》の分配があって、そういう御家人さんとは較べものにならないよ。竹嶋勘右衛門は内職をしなければ、暮らしはたたなかったと思われる」

「なるほど。竹嶋勘右衛門は何か急な要《い》りようが生じて、金貸の弁蔵、すなわち神門のご隠居に借金をしたんですね」

「去年の秋、ご新造《しんぞ》がむずかしい病に罹《かか》ったらしい。医者への薬礼《やくれい》の支払いに追われ、一家で内職をしてかろうじてたてていた暮らしが、たちまちたち行かなくなった。追いつめられ、親類縁者を頼ろうにもみな同じような暮らしぶりで、頼ることなどできない。元町方の神門達四郎が影の金貸とは露《つゆ》いささかも思わず、弁蔵からやむを得ず十両を借りるしかなかった。借金は十両に一分の付金と証文を作る礼金がかかる。年利二割の三月縛《みつき》りの、まあ高利貸《こうりがし》ならそれぐらいは世間並と言っていい。むろん、付金、礼金、三月分の利息は前払いで、三月後に借金の返済ができなければ、新たに証文を書き替え、付金と書き替えの礼金、三月分の利息を前払いする決まりだ。ところが、勘右衛門が付金、礼金、利息分の前払いができたのは、去年の秋、最初に借りた十両から天引きした分だけだ。たちまち三月がすぎ、勘右衛門は借金の返済どころか、付金、証文書き替えの礼金、天引きするはずの利息すら払えず、それが上乗せになって行ったそうだ。三月後の春もまた同じで、十両だった借金は水膨《みずぶく》れのように膨らんで、勘右衛門にはもう手の施しようがなかった。棚橋からその話を聞いて、こっちもぞっとしたよ」

久米は尺扇をしきりに動かし、中庭の槐の木ではくま蝉が、猛《たけ》り狂ったように鳴き続けている。

「続けてください」

七蔵は久米を促した。

北町奉行所平《ひら》同心の棚橋弥次郎《やじろう》は、二枚目の盛《もり》を、ぴっ、と辛《から》っからの汁につけ、旨《うま》そうな音をたててすすった。

もり三まあい、と小女《こおんな》が土間にぱたぱたと草履を鳴らして客の注文を調理場に伝え、もり三《みっ》つう、と調理場の職人がかえし、ざあざあと水を流す音が聞こえる。

その日の午前、弥次郎は登城する殿さまの従える供侍の行列が、殿さまの下城を待つ大手御門下の警備役につき、午後のその刻限になって呉服橋《ごふくばし》の奉行所に戻ってきたところを、七蔵に呉服町のそば屋へ誘われたのだった。

「ちょいとそばでも食いに行かないか」

神門達四郎の一件を引き継ぐ七蔵に声をかけられ、昼がまだだったので、躊躇《ためら》いながらも承知した。

神門達四郎殺害の一件は、町方の傍輩《ほうばい》、縁者を始め、誰にも口外してはならぬと御奉行さまに命じられ、弥次郎自身、これはまずい成り行きになったと、御奉行さまに報告した以外は一切口を噤《つぐ》んでいた。

だが、一件を引き継ぐ隠密の萬七蔵に話さないわけにはいかなかった。

ではあっても、萬七蔵の五尺八寸（約一七五センチ）ほどの大柄にいく分日焼けしたいかつい顔を凝っと向けられると、自分の肚の中を何もかも見透かされている気がして、なんとなく居心地が悪かった。

だからこれまで、腕利きの町方と聞いてはいても、役目上の事柄を伝える場合や八丁堀で行き合った折りに会釈《えしやく》を交わす以外、萬七蔵とこんなふうに面と向かって言葉を交わしたことはなかった。

第一、萬七蔵は廻り方の隠密廻りに就いており、日ごろどんな仕事をしているのかよくわからないのも、とっつきにくい理由だった。

二人は、呉服町の新道《しんみち》を元大工町《もとだいくちよう》のほうへ折れる小路《こうじ》に開いているそば屋の、格子の表戸をくぐり、店奥の調理場へ通る土間に沿って、三畳の小部屋が並んだ中のひと部屋で向かい合っていた。

頬張ったそばを喉奥へ流しこんだ弥次郎に、七蔵が言った。

「それで竹嶋勘右衛門は、借金の泥沼に足をとられて、二進《にっち》も三進《さっち》も行かなくなったんだな」

「泥沼に足をとられたんじゃありません。弁蔵から聞いた限りでは、竹嶋勘右衛門は、首まで泥沼にはまりこんで、沈むしかなかったと思われます」

弥次郎はそばをすすった。

「なるほど、首までか。先月六月の三月縛りの期限がきて、神門さんのご隠居と弁蔵が借金の取り立てに、竹嶋勘右衛門の屋敷に向かったんだな。そのときの事情を聞かせてくれるかい。弁蔵は、そのときの事情が竹嶋勘右衛門を狂わせたのに間違いねえと、言ったそうだね」

「はい。御奉行さまと久米さまに御報告したことと同じですが、弁蔵自身もあのときは、神門さんの凄まじい怒声《どせい》にぞっとしたと言っておりました」

ふむ、と七蔵は頷いた。

「去年の秋の終りから、九ヵ月がすぎた六月上旬でした。竹嶋勘右衛門は最初に十両を借りたときの天引き以外は、一銭の返済もできず、借金が膨らむ一方でしたから、あの日、屋敷に向かう途中も神門さんは不機嫌で、竹嶋には世の中の道理をちゃんとわからせてやらんといかんと言っており、弁蔵は荒れそうな気がしていたそうです。竹嶋家には、主人の勘右衛門とむずかしい病気に罹ったご新造、十三歳の姉娘と九歳の弟、それから勘右衛門の老母の五人暮らしでして、そもそもが借金はしても、それをかえすあてはなかったんでしょうね」

「ご新造の薬礼のために、借金をするしかなかったんだな」

「はい。弁蔵ですら同情気味に、そう言うておりました」

弥次郎は急いで、残りの盛を平らげた。それから、

「おおい、そば湯をくれ」

と小女に声をかけ、小女がすぐにそば湯を運んできて、弥次郎は真っ黒なつけ汁にそば湯をそそいで一気に飲み乾《ほ》した。

「もう一枚どうだい。おれの奢《おご》りだぜ」

七蔵が勧めたが、弥次郎は懐紙《かいし》で口を拭い、

「いえ。十分です。それより、その当日の事情を申しますと……」

と続けた。

「神門さんは座敷に通ったら、挨拶もそこそこにかなり激しい口調で、少しは返済してもらわないと話にならない、十両を丸々借りといてこの九ヵ月、一銭も返済しないのは、これはもう騙《かた》りも同然、泥棒も同然じゃないかと、なじったそうです。勘右衛門は、ただうな垂れてかえす言葉もなかったんです。そしたら神門さんは業を煮やしたと申しますか、ますます激昂《げっこう》したと申しますか、騙りとはあんたのことだ、泥棒とはあんたのことだ、あんたは乞食侍だ、と柄の悪い地廻りの弁蔵すらが吃驚《びっくり》するほどの怒声を、繰りかえし浴びせたもんだから、借金まみれでも、御公儀《ごこうぎ》のお侍にそんなことを言って大丈夫かいと、外で控えていた弁蔵さえも耳をふさぎたくなった、と言っておりました。そのことは久米さまに、お聞きになりましたか」

「いや。久米さんからは、何を言ったかではないが、凄まじい罵詈雑言《ばりぞうごん》を浴びせたらしいと聞いただけだ。ご近所ではよくできたご隠居と評判なんだが、意外だな。人はわからんもんだ」

「では、十三歳の娘の菊《きく》のことは……」

「娘にもだいぶひどいことを、言ったらしいじゃねえか。娘の菊を身売りに出して金を作り借金をかえせとか、そんなことをさ」

「そうなんです。勘右衛門が神門さんに平身低頭して、妻の病が癒え薬礼が無用になれば、借金は必ず月毎《ごと》に、また春夏冬の三季切米《さんききりまい》の折りにも少しでも返済して行き、すぐにではなくとも必ず始末をつけるゆえ、何とぞ今しばらくのご猶予《ゆうよ》をと、懇願《こんがん》すればするほど神門さんはいっそう気を昂《たか》ぶらせ、ならば十三歳の娘がおるだろう、菊という娘を身売りに出して親の借金を返済させろと喚《わめ》きたて、老母と娘の菊と九歳の倅のいる居間に踏みこんで、菊を連れて行こうとさえしたんです。娘と倅は恐がって老母にすがり、老母は泣いて神門さんにひたすら詫びるしかなく、寝間で病の床についていたご新造は、みんな自分の所為《せい》だと、咽《むせ》び泣いていたとか、そう聞きました」

「刃傷《にんじょう》沙汰に、なりかけたんだってな」

「勘右衛門も我慢の角《つの》が折れたんでしょう。おのれ神門達四郎、武士を愚弄《ぐろう》するにもほどがあると、刀を抜きかけたんです。神門さんは大声で人殺しぃと喚くし、女子供はわあわあ泣くわで、屋敷中が大騒ぎだったと……」

ううむ、と七蔵はうなった。

「ですが、弁蔵は御公儀のお侍の組屋敷で刃傷沙汰などを起こしたら、竹嶋勘右衛門も神門さんも、高利貸の手伝いをしている弁蔵自身も首が吹っ飛びかねないと、慌てて止めに入って、どうにか刃傷沙汰にはならなかったんですがね。その日はそこで終ったけれど、こいつはこのままで済むわけがない、今に何か起こるなと、弁蔵は予感がしたと言っておりました」

「それで差口か」

「先月の二十二日に、砂村新田の寄洲で神門さんの無残な亡骸が出たと、読売が書きたてたのを知って、竹嶋勘右衛門がやりやがったか、と弁蔵はすぐに察したと言うておりました。これは隠し遂《おお》せない、探索の手が廻る前に自分のほうから云々《しかじか》と洗いざらい申し出たほうが身のためだと、思ったようです。上手く行けば、案外に御奉行さまの御褒美をいただけるかも知れねえとも」

「しかし、砂村新田の寄洲で見つかった神門のご隠居の亡骸が、ご隠居の無体《むたい》なふる舞いに恨みを抱いた竹嶋勘右衛門の仕業と結びつける証拠はあるのかい。残《ざん》虐《ぎやく》な手口だが、なんでわざわざ砂村新田の寄洲なんだ。ずい分手間がかかるぜ。勘右衛門にそんな真似ができるのかい」

「それがですね、弁蔵が言うには、竹嶋勘右衛門はお城の三番勤めと内職でぎりぎりの暮らしをたてている貧乏御家人ですが、唯一、釣《つ》り道楽でしてね。そんな貧乏暮らしでも、ほかに何も楽しみがないのですからどうぞ行ってらっしゃいと、亭主の釣り道楽を女房も許していたようです。勘右衛門は海釣りで、竿に凝ったり浮や釣り針がどうのこうのとか、船を仕たてて沖まで、という贅沢はできませんが、砂村新田の寄洲にも、釣り竿一本と魚籠《びく》を提《さ》げてひとり歩いてしばしば出かけており、神門さんの亡骸が見つかった寄洲のあそこら辺《へん》の様子は、案外詳しかったはずなんです」

「それじゃあただ、寄洲のあのあたりの様子に詳しいというだけだろう。勘右衛門はどうやってご隠居を、連れ出したか運んだかしたんだ」

「ええ、まあ、詳しい手口については不明です。けれど、弁蔵は勘右衛門の仕業だと、勘がぴんと働いたと言っておりました」

調理場から香ばしい匂いがする天ぷらの皿と盛そばの笊《ざる》を、小女が運んで行った。弥次郎は土間を行く小女を目で追いながら、

「とにかく、弁蔵の差口は、正直なところ、わたしには寝耳に水でした。これが噂になって広まったら、八丁堀の傍輩の顔を潰《つぶ》すことになりかねない、当番与力の野原《のはら》さまに知らせるより、まずは御奉行さまのお耳に入れてお指図を仰《あお》ぐべきではないかと思いましてね。それで久米さまに御報告いたしました」

と、声を落として言った。

「弁蔵の差口のあと、神門達四郎と竹嶋勘右衛門の調べを進めたのかい」

「いえ。御奉行さまのお指図があるまで、動くなと言われましたので」

「神門達四郎も竹嶋勘右衛門も、調べるのは評定所の掛だからな」

「今朝、大手御門下の警備に出役する前、久米さまより隠密の萬さんにやらせることに決まったと聞きました。どういうお指図だったんですか」

「評定所の掛だとしても、元町方のご隠居が殺されて、身内の町方が放っとくわけにもいかねえ。町方が巻きこまれた一件を、町方は町方として手をつくして落着させよ。ただし、町方の面目を損《そこ》なうことがないよう隠密に、とのお指図さ」

「ですよね。もう掛ではありませんが、少々かかわりましたから気になります。調べに人手が要るときは言ってください。陰《かげ》ながら、お手伝いいたします」

「そうかい。棚橋さんに手伝ってもらえたら心強い」

七蔵は顎《あご》を指先で摩《さす》りつつ言って、しばしの間をおいた。

「そうだ。おれが掛になったことはむろん伏せて、ご隠居の表だっては知られていなかったもうひとつの顔というか、裏の顔というか、それを倅の神門左右衛門さんに、それとなく訊いてみてくれねえか。おれたちと同じで何も知らないようなら、深掘りする必要はねえ。番代わりしてからのご隠居の普段の暮らしぶりとか、ひょっとして、隠居はあれで案外の女好きだったかとか、町会所掛だったころの父親の昔話を懐かしむような感じで、それとなくさ」

「承知しました。今晩早速《さっそく》、左右衛門を訪ねます。左右衛門とは歳が近いので、割と親しい間柄ですから……」

三

その夜六ツ半（午後七時）、棚橋弥次郎は、定服《じょうふく》の黒羽織ではない普段着に五合徳利《どっくり》を提げて、岡崎町の神門左右衛門の組屋敷をぶらりと訪ねた。

弥次郎は中庭へ廻って、左右衛門の居室の縁廊下から訪問を告げた。

左右衛門が、帷子一枚の寛《くつろ》いだ恰好《かっこう》で縁廊下に出てきた。

「弥次郎か。どうした」

「無沙汰《ぶさた》をしていたのでな。たまにはと、一杯誘いにきた」

弥次郎は、五合徳利を顔の高さにかざした。

「そうか。それはいい。月が沈む前に月見酒と行くか。まああがれ」

左右衛門は縁廊下に立って、西の夜空にかかる四日目の月を眺めて言った。

左右衛門の女房が、酒の肴《さかな》の炙《あぶ》って裂いた干魚の皿と大根やごぼう、人参の味噌漬けの鉢《はち》を調えた。そして蚊遣火《かやりび》を焚き、弥次郎が隠居の達四郎の葬儀に参列した礼を言った。

「棚橋さん、先だってはお世話になりました。少しは落ち着かれましたね」

「お内儀もお疲れでしたな。舅《しゅうと》の繰り言《くりごと》やら昔話やらを初中終《しょっちゅう》聞かされ、いい加減に聞き流していたのが、聞けなくなって仕舞うと、ぽつんと穴ができたみたいな物寂しさを覚えて、ほんとにいなくなったんだねと、改めて思いまさあ」

「そういうもんだ。失って初めて、生きていてくれた人の有難味《ありがたみ》に気づくことが多い。親父さまはおれたちの父親としても、町家のためにつくした町方としても、よく生きた大《て》えした男だった」

左右衛門は女房の言葉を継いだ。

棚橋弥次郎の組屋敷は北島町《きたじまちょう》にあり、神門左右衛門の組屋敷は岡崎町にあって、年ごろも近い二人は町方同心の倅で幼馴染《おさな》みである。

双方の女房も、同じ町方同心の女《むすめ》であった。

萬七蔵の組屋敷は亀島町《かめじまちょう》にある。

左右衛門は、気持ちよさそうに徳利酒をあおりながら続けた。

「町会所掛は、廻り方のような派手さはねえ地味な役目さ。けど、日々の暮らしに困っている町家の住人のために、縁の下の力持ちとなって働く大事な務めだ。おれはね、目だたねえ町会所掛の親父さまが自慢だった。おれもああなりてえと、心底思っていたんだ」

「左右衛門もいずれ町会所掛に就くことになるさ。さあ、呑め」

弥次郎は、左右衛門の杯《さかずき》に酌をした。しかし、

「ごゆっくり」

と女房が退《さが》って行くと、弥次郎、左右衛門は語調をひそひそ声に変えた。

「ところで、弥次郎、下手人の探索はどうなってる。そろそろ目星がついているんじゃねえか。まさか、下手人は女じゃあるめえ。どんな野郎が浮かびあがっているんだ。教えられるところまで教えてくれ」

「じつはな、おれは親父さまの一件の掛をはずれたんだ」

「え？　なんでだ。あの日は偶然おめえが当番だったから、砂村新田で亡骸が見つかったと知らせが入って、検屍に行ったんじゃねえか。そしたらなんと、亡骸はおれの親父さまだった。倅に番代わりをして、のどかに隠居暮らしを送ってい

た年寄りを、どこのどいつが、なんの遺恨《いこん》があってそんなひどいことをしやがったと、おれは親父さまが可哀想で、一日泣いた。けど、幼馴染みの弥次郎が偶然あの日の当番で一件の掛になったのは、これは親父さまが倅の幼馴染みに手柄をたてさせようと案配してくれたのに違いねえと思った。おれは弥次郎が下手人をあげて手柄をたてるのを、この毎日、ずっと待っていたんだぜ」

「親父さまの掛になったのは、ただの偶然だ。手柄をたてるためじゃねえ。町方なら、誰でもが果たさなきゃあならねえ務めを果たす。それだけだ」

「わかってるさ。それはそうでも、おれは弥次郎に手柄をたててほしいのさ。親父さまの無念を、幼馴染みの弥次郎に晴らしてほしいのさ。おれにはそれが、親父さまの残した意味だと思えてならねえのさ」

弥次郎と左右衛門の間に、もの憂げな沈黙が流れた。

「弥次郎に代わって、誰がやるんだ」

左右衛門がぼそりと訊《たず》ねた。

「評定所の留役《とめやく》が、調べることになるらしい。もともと、親父さまの一件は評定所の扱いになるのが筋だ。町方も御公儀の役人だからな。御用聞が殺《や》られたのとはわけが違う。留役は、てめえらのことを切れ者と思いこんでる。町方の平同心が掛を務めるよりは、ずっとましだよ」

「ちぇ。町家の事情を知らねえ評定所の留役に、何ができるんだ。どうせ汚れ仕事は下役《したやく》がやるんじゃねえか」

「仕方がねえんだ。廻り方だって、御用聞がいなきゃあ御用は務まらねえ」

弥次郎は炙った干魚をかじり、杯を舐めた。

「ところで左右衛門、掛をはずれたから気楽に訊くが、親父さまは一体何があってあんなことになったんだい。おれたち町方の倅らには、愉快で頼りになる親父さまだった。ご近所づき合いもまめで、誰に対しても親身になる町方らしい町方だったし、霊岸島町の盛り場でも、話が面白くて楽しいご隠居さまと親しまれていた。そんな親父さまが、なんであんなひどい目に遭わされなきゃあならなかったんだい。おれは今でも不思議でならねえんだ」

「納得がいかねえのは、倅のおれだって同じさ。親父さまは、これっぽっちも人さまの恨みを買うような町方じゃなかった。人さまに後ろ指を差されるような親父さまじゃなかったのは、倅のおれが一番よく知ってる」

「おれもそう思ってるし、それを疑って言うんじゃねえ。子供のときから、愉快で頼もしい達四郎小父《おじ》さんだった。けどな、人のためによかれと思ってやったことが、正しい、間違っていねえと思っていたふる舞いが、相手によっちゃあ誤解を生んで逆に恨まれる場合もあるんじゃねえか。万々が一の話、もしかして親父さまのあのことじゃねえのかと、気になる覚えはねえかい。お袋さまと話したりはしねえかい。身内だけしか知らねえ何かをさ」

途端、左右衛門が向かっ腹をたてた。

「なんでえ。親父さまのことで、おれたち身内に隠し事があるような言い方をするじゃねえか。弥次郎、おれを疑ってるのか」

「怒るなよ。そうじゃねえ。おれだって、親父さまがあんな目に遭わされるような町方じゃねえことは、百も承知さ。だから心配してるんじゃねえか。なんでかわからねえのが不審なんだ。何か思いあたることはねえのかい」

と、弥次郎は左右衛門の杯に徳利を傾けた。

左右衛門はそれを渋々受けながら、それでも思い出したように言った。

「先だって、親父さまが光《みつ》に、富沢町の古手屋《ふるてや》でお召しと帯のひと揃えを買ってきた。京の公家《くげ》のお内儀が嫁入り前に拵《こしら》えた、公家らしい品のいい、ただし、若い娘のころにしか着られねえ華やかなお召しさ」

「そうか。おみっちゃんもお召しを拵える歳か」

「いや。まだ九歳だが、あと三、四年もすれば着るようになる。こういう京のお公家が着るようなお召しは、江戸の呉服屋では手に入らねえ。上方《かみがた》から直《じか》に仕入れる古手屋じゃなきゃあな。いい品を見つけたんで、帯とひと揃えをつい奮発した。光には似合うぞと、ひとりで喜んでた」

「上方から直に仕入れるのか。なんという古手屋だ」

「確か、富沢町のやなやだ。親父さまに言わせれば、中店《ちゅうみせ》だが、上方から古手を仕入れる大坂《おおさか》古手問屋《といや》仲間では行事役《ぎょうじやく》を務める老舗《しにせ》らしい。と言っても、一流の呉服問屋で拵えるのとは較べものにならねえが、なるほど着物はやはり京だと思うよ。おれの古女房じゃあ、京のお召しの晴れやかさは無理だ。これから娘になって行く光のような年ごろでねえとな。江戸の越後屋《えちごや》あたりの呉服商で拵えたら、値は京の古手より張っても、中身は京の古手に及ばねえ。いいものは残る。残る値打ちがあるからだというのが、親父さまの口癖だった。親父さまはそういうことにこだわった。あれが、親父さまが普段と変わったことをした最後だった。くそ。光に買ってくれた折角《せっかく》のお召しが、親父さまの形見の品になっちまった」

「人づき合いでは、どうだい。番代わりする前の町会所掛のころから、親父さまとつき合いがあった気になる人物はいねえかい」

「町方のか」

「町方でも、町方でもなくてもさ」

「弥次郎、おめえやっぱり、腹に一物《いちもつ》隠していやがるな。幼馴染みのおれの言うことが、信用ならねえのかい」

「またそれを言う」

弥次郎は呆《あき》れた素《そ》ぶりを見せた。

「今も言っただろう。評定所に掛が移ったんだ。町方ごときと見くだすような留役が、おれにもおめえにも訊きこみにくるに違いねえんだ。一々向かっ腹をたててそんな応対をしたら、親父さまのありもしねえことを何か隠しているんじゃねえかと、却《かえ》って疑われるぜ。いいかい。倅のおめえと同じで、おれは親父さまに人には知られていねえ隠し事があったとは、思いたくもねえ。だが、よく考えてみろ。親父さまがあんな惨《むご》たらしい殺され方をしたのは……」

と、弥次郎は声をひそめた。

「左右衛門にも覆《くつがえ》すことのできねえ実事なんだ。親父さまはよかれと思ってやったのに、それが誰かの逆恨《さかうら》みを買ったかも知れねえだろう。十二、三歳の無足《むそく》見習から始まって、四十年以上の町方暮らしで、町民に恨まれるような務めもやらなきゃならねえことが、ひとつや二つ、いやもっとあるのが、おれたち町方の定めだと思わねえかい」

左右衛門は、むっつりと黙りこんだ。何か思いあたることを探るかのように、弥次郎から目を背け宙へ泳がした。

台所のほうで、娘の光と母親が交わす遣りとりが、のどかに聞こえた。

ふと弥次郎は、深川の竹嶋勘右衛門へ、娘の菊に身売りをさせて借金をかえせと怒声を浴びせた高利貸神門達四郎の、鬼の形相《ぎょうそう》を想像した。

弥次郎の背筋に、つうん、と冷たいものが走った。

四

翌早朝、七蔵と御用聞の樫太郎《かしたろう》は、箱崎《はこざき》から行徳河岸《ぎょうとくがし》へ渡り、堀沿いの土手道を新大橋《しんおおはし》へととった。

土手道に長屋門や白壁の塀をつらねる武家屋敷に繁《しげ》る木々でも、土手の柳でも鳴き頻《しき》る蟬の喚声《かんせい》が、土手道を行く七蔵と樫太郎を押し包んでいた。

今日も暑くなりそうな朝の日射しを、二人は菅笠《すげがさ》を着けて防いでいる。

箱崎へ渡す永久橋《えいきゆうばし》の袂《たもと》をすぎ、土手道と田安《たやす》邸の石垣の間をゆるく流れる堀のずっと先に、中洲を囲む三《み》ツ叉《また》と大川のゆったりとした流れが横たわっている。中洲では数羽の白鷺《しらさぎ》が水辺で泥鰌《どじよう》か小魚をあさり、数羽が蘆荻《ろてき》をかすめて中洲の周辺を舞っていた。

紺青《こんじよう》の川面を湛える大川の対岸は、浜十三町《はまじゆうさんちよう》の漁師町が隙間なく板屋根の軒をびっしりとつらねて、河岸《かし》場《ば》には夜の漁を終えた漁師船も舫《もや》っている。深川の町家の屋根より高く、七夕祭りにたてた五色《ごしき》の短冊を飾った数えきれないほどの葉竹が、土手道を行く七蔵と樫太郎にも見えていた。

まだ夏の盛りのような青空が、はるか東の彼方の地平まで広がって、その地平すれすれに、白い雲が帯のようにかかっていた。

「それじゃあ旦那、左右衛門の旦那は、自分のお父《と》っつあんがあんなにひどい殺され方をしたわけがわからないと、合点《がてん》がいかないと仰《おつしや》ってるんですね」

樫太郎が、七蔵の黒い絽《ろ》羽織の背中に言った。

「弥次郎さんが、ご隠居があんな殺され方をしたのは、元町方の評判のいいご隠居にも、表向きには知られていないわけがあって恨みを買ったんじゃねえかと、それとなくほのめかしたそうだ。けど、左右衛門さんは不機嫌になって、親父さまのことは自分が一番よく知ってる、親父さまは人から恨みを買ったり後ろ指を差されるような町方じゃねえと、ずっとそういう調子だったそうだ。親父のことをあれこれ探られるのは、倅としては我慢ならねえんだろうな」

七蔵の背中が樫太郎に応えた。

「だけど、旦那。この一件は評定所も動くし、町奉行所だって放っておけないじゃありませんか。倅としてのつらい気持ちはわかりやすが、つらくても探り出さなきゃならねえんですから、少しでも手がかりになりそうなことを明かして、協力すりゃあいいのにと思うんですがね」

「樫太郎は、左右衛門さんが父親のご隠居の身辺の事情で、何かを隠していると思うのかい」

「隠しているというのじゃなくて、気づいても、あれは違うな、そうじゃないなと、思いこもうとしていたりとか……」

「思いこもうとしているのかい」

「あっしが十三、四歳のころ、お父っつあんがお妾《めかけ》を囲っていたことがあったんです。お父っつあんは普段通りで、倅のあっしにはそんな素ぶりを一切見せなかったし、おっ母《か》さんも知っていたでしょうけど、何も変わっちゃあいない様子でした。それでも、あ、お父っつあんはそうなんだって、確かめなくても間違いないと、あるとき、なぜか気づいたんです。たぶん、あっしもそろそろ、そういう大人の事情とかがわかる年ごろだったんでしょうね」

「ふうん。大人の事情ね」

「ですから、左右衛門さんは親父さまの身辺に表向きとは違う、日ごろとは違うふる舞いとか、言葉の端々に変だなと首をかしげたり感じるような何かがあったと思うんです。けれど、変だなと首をかしげたり感じたりしても、確かめたわけじゃないので、気の所為《せい》だとか、そんなわけないよとか、言い聞かせて戸棚や押入に仕舞い、気づかなかったこと、感じなかったことにするんです。身内って、親子って、そういうとこがありませんかね」

「気づかなかった、感じなかったことにするのかい」

あるかもな、と七蔵は樫太郎へ首をひねって頰笑んだ。

樫太郎は、築地《つきじ》三十間堀《さんじっけんぼり》端木挽町《こびきちょう》の地本《じほん》問屋文香堂《ぶんこうどう》の倅である。三年前の文化三年の正月、その前年まで七蔵の御用聞を務めていた嘉助《かすけ》親分が、

「どうしてもこの若いのが、旦那の手先を務めてえと申しやして。歳は若いが、あっしなんかよりずっと気が利いてまさあ」

と連れてきたのが、あれから三年がたった文化六年の今年、二十歳になった樫太郎だった。

童顔だが本好きで頭がよく、いずれ、七蔵の御用聞、つまり岡っ引き、あるいは手先、と呼ばれるその経験を元に戯作《げさく》を書くつもりで、生家の文香堂は、歳の離れた妹に婿《むこ》をとらせて譲り、自身は戯作者になる希《のぞみ》を持っている。

その朝、樫太郎は明るい萌黄《もえぎ》の単衣《ひとえ》を尻端折りに、年中、黒か紺を着けている股引に黒足袋草履の拵えである。

七蔵と樫太郎は、三ツ叉の中洲を南方に見て新大橋へ向かっていた。

新大橋を深川元町《もとちょう》へ渡って、五間堀《ごけんぼり》の弥勒橋《みろくばし》から竪川《たてかわ》沿いの林町へとった。

林町一丁目の弁蔵の裏店は、路地奥の九尺二間の割《わり》長屋である。

明地《あきち》の稲荷の側に葉を繁らせる木蓮《もくれん》で、鳴きしきるみんみん蟬の声が路地を蔽《おお》っていた。

「弁蔵さん、ちょいと御用の筋で訊きたいことがありやす。開けやすぜ」

樫太郎が表戸の外から声をかけ、弁蔵の返事を待たず腰高《こしだか》障子を引いた。

九尺二間のうす暗い店《たな》にいた弁蔵が、ああ？　という顔つきで路地の樫太郎と七蔵を怪訝《けげん》そうに見つめた。

弁蔵は出かけるところだったらしく、紺地に白の水玉の手拭《てぬぐい》を頬かむりにしていた。七蔵の黒羽織を認め、頬かむりの手拭をとって手にぐるぐると巻きつけ、四畳半ひと間の中ほどに、痩せた両肩の間へ首を竦めて坐った。そして、

「お役人さま、お役目畏《おそ》れ入りやす。弁蔵でございやす」

と、土間に入った七蔵と樫太郎へ、月代《さかやき》ののびた白髪交じりの頭を垂れた。

「おれは北町の萬《よろず》だ。先だって、弁蔵が北の御番所に差口した一件についてなんだが、念のために確認したいことがあってきたのさ。むろん、弁蔵は差口の一件を覚えてるよな」

「そ、そりゃあもう……」

「よかろう。出かけるところを悪いが、ちょいと邪魔するぜ」

「さようで。なら、出かけるったって、大《て》えした用じゃございやせん。萬さま、どうぞおあがりくだせえ。白湯《さゆ》しかありやせんが、支度いたしやす。そちらの若い親分さんも、どうぞあがってくだせえ。こんなぼろ店《だな》でも、掃除をそれなりにしておりやすんで、汚くはございやせんので」

「いや。こっちも先だっての確認だけだから、手間はとらせねえ。白湯もいらねえ。ここへかけさせてもらうぜ」

「へい。それでよろしけりゃあ、どうぞ」

七蔵は両刀を帯びたまま、四畳半の上がり端に斜《はす》に腰かけ、樫太郎は腰高障子を背にして腕組みをし、殺風景な店を見廻した。

「神門の旦那の一件があって、こりゃあ大《て》えへんなことになっちまい、このままにしちゃあおけねえと思ったんでございやす。掛の棚橋さまに、十数年前から神門の旦那にお指図を受けてきた謝礼稼ぎと、番代わりをなすってご隠居になられてからこの三年は高利貸のお手伝いをしてきたいきさつを、洗いざらいお話ししやした。ところが日がたっても御番所は何も動きがねえんで、お話しした事情をおとりあげにならなかったのかなと、ちょいと心配しておりやした」

「そうじゃねえ。神門達四郎の一件は町奉行所から評定所の掛に移されたんだ」

「ひょ、評定所にでやすか。だったら、あっしが棚橋さまに云々《しかじか》と差口したことはどうなるんで」

「差口の御褒美を気にかけているなら、その心配は要らねえ。弁蔵の差口が役にたって下手人があがったら、御褒美はいただけると思うぜ。ただし、弁蔵も神門達四郎の謝礼稼ぎに手を貸していたわけで、御奉行さまがそれをどうお考えになるか、少々気にはなるところだがな」

「そんな。あっしらみてえな三下《さんした》は、町方の旦那に手を貸せと言われたら、断れねえんです。町方の旦那ににらまれねえように、たとえよくねえんじゃねえかなと思っても、手を貸さなきゃならねえ。町方の旦那の謝礼稼ぎに手を貸したと責めるんなら、そんな町方を指図していた御奉行さまも手を貸したことになるんじゃありやせんか。御奉行さまはあっしら三下を責める前に、まずはご自分の落ち度を責めりゃあいいじゃありやせんか」

「弁蔵には弁蔵の言い分が、あるってわけだな」

「こんなあっしでも、内心は心苦しいんですぜ。恨まれるんだろうなと、びくびくしてんですから」

「竹嶋勘右衛門を差したのが、心苦しいってかい」

「そうですよ。竹嶋さんは、ただ貧乏なだけの御家人さんなんです。なんにも悪いことはしていなかった。悪いのは貧乏だ。貧乏が悪いなら、竹嶋さんを貧乏にしたお上《かみ》はもっと悪いんじゃねえんですか。竹嶋さんが刀を抜きかけたときも、神門の旦那は言いすぎたし、やりすぎだった。恐がって婆さまにすがって泣いている十三歳の娘を、身売りさせて借金をかえせと怒鳴りつけ、竹嶋さんや病気で寝ていたお内儀の目の前で、無理矢理引き摺《ず》って行こうとしたんですぜ。あんな真似をしちゃあ、誰だってかっとなりやす。あっしみてえな三下でも、見かねて神門の旦那を宥《なだ》めたぐらいでやすから」

「見かねたのに、竹嶋勘右衛門の差口はしたのかい」

「苛《いじ》めねえでくだせえよ。ですからあっしは、ただの三下なんです。それはそれで、これはこれじゃありやせんか。神門の旦那を殺った下手人がわかっているのに、それを奉行所に差口しなかったら、あとでまずい事態になりゃしねえかと心配だったし、こう言うのも気は引けやすが、神門の旦那とあっしは、寛政のころからの、かれこれ十三年か四年続いた腐れ縁なんです。旦那を殺った下手人の差口をして御褒美をあてにしたのが、いけやせんか」

「わかった。もういい。御褒美のことは言っといてやる」

七蔵は苦笑しながら言った。

「ところで、評定所の役人はここへ、もうきたのかい」

「いえ。どなたも見えやせん」

「誰もか。そうか」

七蔵は少々不審を覚えた。

「いいだろう。それでだ、たとえ神門達四郎が隠居の身ではあっても、元は北町の身内には違いねえ。つまり御奉行さまは、身内に起こった一件の調べを評定所に任せて手を拱《こまぬ》いているのではなく、町方も続けよとお考えで、おれがこの一件の掛を棚橋さんから引き継いだってわけさ。弁蔵の差口は棚橋さんから聞いてはいるが、念のため弁蔵からも聞かせてもらおうと思ってね」

「そういうことなら、いくらでも話しやすすぜ。どの辺から話しやすか」

「じゃあまずは、町会所の窮民救済の米銭の交付やら、小商いの表店《おもてだな》に低利貸付の話を弁蔵が持ちこみ、神門達四郎が町会所への仲介をして、こっそり礼金をせしめるその手口を始めたときのいきさつから頼むぜ。確か寛政八年（一七九六）だったな。そこから弁蔵の言う神門達四郎との腐れ縁が始まった。そうだな」

へい、さようで……と弁蔵は瘦せた両肩の間に竦めた首を上下させた。

明地で鳴きしきるみんみん蟬の声が、ずっと聞こえている。路地のどぶ板を踏む住人の足音も、とき折り聞こえてきた。

五

日がだいぶ高くなった午前の五ツ半（九時）すぎ、七蔵と樫太郎、道案内に立った弁蔵の三人は、五間堀の土手道を南の伊予橋へ向かった。伊予橋の袂を東へ折れ、横川《よこかわ》端の菊川町《きくかわちょう》までの一帯は、殆《ほとん》どが小禄の御家人屋敷が建ち並ぶ武家地である。

竹嶋勘右衛門の屋敷は、富川町《とみかわちょう》の飛び地の隣に、矢来《やらい》の垣根《かきね》が囲う古びた一軒だった。垣根沿いに栗や梅の木が葉を繁らせ、その葉陰《はかげ》でもみんみん蟬がしきりに鳴いていた。

「旦那、ここが竹嶋勘右衛門の屋敷です」

水玉を頰かむりにした弁蔵が、矢来の垣根ごしに午前の日射しを撥ねかえす屋敷の牡蠣《かき》殻《がら》を葺いた屋根を見遣《みや》りつつ言った。

片開きの木戸を通って、前庭に入った。

板縁の明障子をすかした座敷の隣に、引違いの腰高障子があった。風を通すためにか、腰高障子も少しすかしてある。

樫太郎が腰高障子の前へ駆けて行き、すかしごしに戸内へ声をかけた。

「畏れ入りやす。北町奉行所の御用の者でございやす。こちらの竹嶋勘右衛門さまに、お取り次ぎを願いやす」

ほどもなく、戸内に人の気配がして、

「どなたで……」

と、樫太郎を質す男の低い声が腰高障子ごしにかえされた。

使用人をおく余裕があるはずはなく、竹嶋勘右衛門と思われた。

樫太郎は腰高障子をもう少し開け、戸内の暗みへ辞儀《じぎ》をした。

「北町奉行所の萬七蔵の旦那と、あっしは旦那の御用聞を務めております樫太郎と申しやす。こちら、御公儀賄調役の竹嶋勘右衛門さまのお屋敷とうかがい、お訪ねいたしやした。竹嶋勘右衛門さまでございやすか」

「いかにも、竹嶋勘右衛門です。町方がわたしに何をお訊ねですか」

「へい。先月、思いがけず亡くなられた元町方神門達四郎さんの一件についてのお訊ねでございやす」

「それは昨日、評定所よりお呼び出しがあって、掛の評定所留役にお答えいたした。町方は神門達四郎さんの一件の掛ではないはずですが、評定所と同じお訊ねなら、評定所へ行かれてはいかがか」

「なるほど。評定所のお呼び出しがございやしたか。ですが、あっしらは町奉行所の……」

言いかけた樫太郎を、勘右衛門の言葉がさえぎった。

「神門達四郎さんの一件は、それがしにはかかり合いのないお訊ねなので、しつこく訊ねられてもお答えは同じです。することがあるのです。差し支えがありますので、何とぞお引きとり願いたい」

すると、大柄な七蔵が中背《ちゅうぜい》の樫太郎の後ろに立った。

「樫太郎、おれが頼んでみる」

竹嶋勘右衛門は、青鼠《あおねず》の地味な単衣を着流した痩せた胴に黒の角帯を廻して、浅黒い顔色に精彩《せいさい》がなかった。土間からの上がり端に佇立《ちょりつ》し、樫太郎と代わった七蔵へ素っ気ない眼差しを寄こした。

戸内の一間（約一・八メートル）ほどの土間と、土間続きに火の気のない炉を切った台所の間が見えた。むろん、玄関のある屋敷ではない。

台所の間の奥の間仕切が一枚開いていて、奥の座敷にいた勘右衛門の娘と幼い倅と老母が、恨めしそうな目つきを七蔵に寄こした。

「北町奉行所の萬七蔵と申します」

七蔵は勘右衛門に辞儀をし、奥の座敷の姉弟と老母にも会釈を送った。

しかし娘は、素早く間仕切を閉てた。

「竹嶋勘右衛門です。早速ですが萬さん、御用聞の樫太郎さんに申しました。神門達四郎さんの一件は、評定所で訊いてください。何もかもありのままに話しております。新たにつけ加えることはありません。どうしてもと申されるなら、支配役の賄頭《まかないがしら》を通していただかないと困ります。こんな暮らしをしていても、わたしどもは町家の者とは違うのです。ともかく頼みます。わが家のことは放っておいていただきたい」

「申しわけありません。ですが、神門達四郎は隠居をしていても、わたしら町方の身内なんです。このたびの身内の一件を評定所だけに任せておくわけにはいかない事情が、町方にもありましてね。ほんの二、三お訊ねできれば……」

と、七蔵は声を落とし腰を低くした。

みんみん蟬が鳴きしきり、蟬の声に交じって、お内儀らしいかぼそい咳《せき》が、屋内のどこからか聞こえてきた。

勘右衛門の困惑が頰のこけた浅黒い表情を歪《ゆが》め、眉間《みけん》に深い皺を刻んだ。

やがて勘右衛門は、煩《わずら》わしそうな吐息をもらした。

「仕方がありませんな。わかりました。わたしは、高利貸をなさっている神門達四郎さんがどういう方か、まったく存じあげなかった。元は町方をお勤めだったと、このたびの一件を聞いて、そうだったのかと思ったばかりです。どうせ、何を訊かれても、わたしがお答えできることはわずかです。こちらへ……」

と、台所の間と隣り合わせた座敷の間仕切を引いた。

そこは、前庭から見えた板縁と明障子を風通しに少しすかした八畳の座敷だった。床の間と押入があって、板縁とは反対の奥側にも部屋があり、そこの間仕切も少しすかしてあった。

おそらくお内儀は、その部屋で病の床に臥《ふ》せっていると思われた。勘右衛門は七蔵を八畳間に導き入れると、すかしていた間仕切を閉てた。

「移る病気ではありませんので、ご心配なく」

言いながら、板縁側の明障子を両開きにした。

矢来の垣根ごしに、午前の青空が広がっている。

樫太郎と弁蔵は、前庭のほうから廻って座敷の板縁下に控え、障子戸を開けた勘右衛門に改まって辞儀をした。勘右衛門は頰かむりをとった弁蔵に気づき、

「あ、そちらは。先だっては……」

と声をかけた。

弁蔵は、へへい、と恐縮し、痩せた身体が折れそうなほど畳んだ。

「先だって、借金の催促にきた神門達四郎さんと、双方がかっとなって、危《あや》うく

斬り合いになりかけたのです。それをあの使用人が止めに入ってくれて、事なきを得ました。高《たか》が使用人と気にもかけていなかった者に、助けられたのです。人を軽んじているわが身の愚かさを、思い知らされました」

勘右衛門は、床の間を片側に七蔵と対座して言った。床の間の刀架に黒鞘の二刀がかかっていて、勘右衛門は無腰だった。

「白湯しか出せませんが、支度させます」

「何とぞおかまいなく。二、三おうかがいして、すぐに引きあげますので」

「茶葉もない貧乏暮らしですが、白湯なら何とかなります。貧乏侍の体裁です。菊、お役人方に白湯の支度をしてくれ。庭のほうに御用聞のお二方がおられるので、お三方分を頼む」

はい、と若い娘の小声が聞こえた。

「では、何からお話しすればよいのですか。なんでも訊ねてください。隠すほど値打ちのあるものは、持ち合わせておりませんが」

やっと少し、勘右衛門はくだけた言い方をした。

「神門達四郎に借金を頼んだのは、去年の秋の暮れだったそうですね」

「さようです。もともと、蓄えもできないその日暮らしでした。賄調役は七十俵ですが、三番勤めの三名で禄を分けなければなりません。一家そろって提灯《ちょうちん》張りの内職でどうにかしのいでこられたのが、一番元気だった妻が病に罹って薬礼がのしかかり、高利貸に借金をせざるを得なくなった。妻の病状は少しずつ回復しておりますが、暮らしのほうは破綻《はたん》の瀬戸際です。十両を借金し、三月縛りの年利二割。三月分の利息の天引きに付金、証文書き替えの礼金など、最初の十両から差し引いた以外は一度も前払いに応じられず、十両は疾《と》うに消えても借金だけは膨らんで行く、まさに借金を質《しち》に借金をしている有様です」

借金苦を吐露する勘右衛門の淡々とした口ぶりが、かえって無残だった。

娘の菊が、白湯の碗を盆に載せて運んできた。

童女のあどけなさが残る十三歳の娘の様子が、七蔵の胸を刺した。

神門達四郎はこの娘を引き摺って、身売りさせて借金をかえせと、勘右衛門に怒声を浴びせた。

十三歳の菊には、さぞかし恐ろしい光景だっただろう。

菊は板縁に出て、板縁下に日射しを浴びて控えている樫太郎と弁蔵にも、「どうぞ」と白湯の碗をおいた。

七蔵は熱い碗をとり、白湯を喫した。

矢来の垣根きわの樹木で、しきりに鳴く蟬の声を聞きながら、熱いぐらいの白湯を喫するのが、七蔵にはかえって心地よかった。

台所へ退《さが》って行く菊を見送り、七蔵は言った。

「神門達四郎は、泣いている菊さんを引き摺って、身売りさせて借金をかえせと勘右衛門さんに怒声を浴びせた。そこで勘右衛門さんは堪忍袋の緒が切れて、刀の柄に手をかけ、抜きかけた。あのときは、本気で神門達四郎を斬り捨てるつもりだったのですか」

うっふ、と勘右衛門は自嘲《じちょう》するように笑った。そして、床の間の刀架にかけた二刀を見つめた。

「昨日の評定所の訊問《じんもん》で、それを質されました。わたしを訊問した留役は、調べを始める前から、わたしが神門達四郎を殺害し、砂村新田の寄洲に捨てたのだろうと疑っておりました。萬さんも疑っておられるのでしょうね」

「疑ってはいません。しかし、神門達四郎の不埒《ふらち》なふる舞いに怒りを覚え、斬って捨てると刀に手をかけられたのは無理もないと、思っております」

「貧乏御家人の唯一の道楽が海釣りです。ならば、砂村新田の寄洲の様子にも詳しいに違いなく、そこに殺害した神門達四郎を放置したのではないかと、留役は疑念を抱いてはおるようでした。ただ、どうやって神門達四郎をあの寄洲まで連れ出したか、あるいは亡骸にして運んだか、それについてはただ推量を弄《もてあそ》んでいるばかりでした。第一、神門達四郎が行方知れずになった六月十七日の当夜、わたしはこのわが住居《すまい》におり、倅と娘、老母とともに提灯張りの内職で夜なべをしておりました。覚えております。あの夜は月もない闇夜で、とき折り小雨がぱらついておりましたな。提灯張りの数を仕あげないといけなかったので、ちょっと焦《あせ》っておりました。倅と娘、老母はわかっております。むろん、病に臥せっている妻も知っております。それに、神門達四郎が行方知れずになった十七日の当夜と申しましても、日が暮れてからの宵の口か、真夜中か、またどこでどのようにか、わたしはそれすら存じません。評定所の昨日のお呼び出しにそのように答え、訊きとりも長くはかかりませんでした。それと……」

と、勘右衛門は骨と皮ばかりの痩せた手で床の間の刀架より、黒鞘の二刀をとって七蔵の膝の前においた。

「これがわたしの、武士の魂です。どうぞ、お改めください」

そうなのか、とそのとき七蔵は改めるまでもなく察した。

手にとった二刀は軽々として、五、六寸（約一五～一八センチ）ほど抜いてすぐ鞘に納めた。

「そうでしたか」

七蔵は勘右衛門の膝の前へ、二刀を戻した。

「暮らしに窮し、恥ずかしながら竹光《たけみつ》にしたのは、夏の初めでした。武士の魂をわたしは質に入れました。これでも徳川家の御家人、賄調役に就いている侍なのです。三番勤めではあっても、竹光を腰に帯びて役目が務まるのかと、わが身の情けなさに呆れるばかりだ。竹光を帯びてお役に就いていることが露顕《ろけん》すれば、失笑を買い、侮蔑《ぶべつ》され、これでもおのれは侍だと、武士だと思いたいなら切腹するしかありません。ただし、切腹する刀は、どなたか憐《あわ》れんでくださる方にお借りするしかありませんがな」

勘右衛門は、二刀に落としていた目を、板縁に畏《かしこ》まった樫太郎と弁蔵のほうへ向けた。みんみん蟬が鳴きしきり、庭にふる白い日射しが、蟬の鳴く木陰を色濃く落としていた。

「あの日、泣いて助けを求める菊の声に堪忍袋の緒が切れ、神門達四郎に立ち向かい刀の柄に手をかけたとき、内心、竹光を抜いて恥を曝《さら》す前に斬り捨ててくれと、願っていました。ここで斬り捨てられたら、くる日もくる日も続く貧乏暮らしから解き放たれ楽になるだろう、残される老母や妻子には申しわけないけれど、おのれはこれまでと覚悟したのです。ですが、あの使用人が慌てて止めに入り斬り合いをまぬがれたとわかった途端、助かったとほっとしたのですから、おのれの不甲斐《ふがい》なさに言葉がありませんでした。もっとも、評定所では、あまりにも恥ずかしく面目が施せませんので、竹光のことは話しておりません。ただ、刀を抜く気はなかったと、それのみにて……」

空虚な沈黙をおいて、勘右衛門は言った。

「お聞かせできるのは、こんなところです。貧乏の話なら、山ほどあるので、まだできますが」

「わかりました。町方風情《ふぜい》が無理矢理押しかけて、つらい話をさせて仕舞いました。申しわけない。それでは、わたしらはこれで……」

と立ちかけ、

「ちょいと厠《かわや》をお借りします」

と七蔵は言った。

「どうぞ。そちらです」

勘右衛門は、板縁へ手を差した。

七蔵は厠へ立った。庭側の板縁の突きあたりに厠があった。厠で懐紙に一分銀《いちぶぎん》二枚を包み、厠から出ると、

「引きあげるぞ」

と、板縁下に畏まった樫太郎と弁蔵に言った。

樫太郎と弁蔵は、へい、と頷いた。

「竹嶋さん、これは話を聞かせていただいた礼です。どうぞ」

七蔵は再び勘右衛門と向き合い、懐紙の包みを勘右衛門の膝の前にすべらせた。

「お役目なのですから、このようなお気遣いは無用ですが、そうですか」

と、勘右衛門は固辞《こじ》しなかった。

しかし、懐紙をとり、おや、という素ぶりで懐紙を開き、一分銀を見つけて目を瞠《みは》り、戸惑いの表情を七蔵に寄こした。

「これは一分銀ではありませんか。しかも二枚も。い、いけません、萬さん。お役目の訊きとりにお答えしただけで、に、二分は多すぎます。わが家の暮らしに同情してくださるお気持ちはありがたく頂戴します。ですが、これほどの礼はいただけません」

勘右衛門は懐紙の包みを、震える手で七蔵の膝の前に差し戻した。

「いえ。町方が普通に差し出す礼ですよ。これぐらいのことはよくあります。竹嶋さんこそ気兼ねなさらずに。少しでも、何かの役にたてばいいのです」

七蔵はさらりと言い、包みを再び押しかえした。


真昼に近い日射しが、人通りの少ない武家地の往来をじりじりと焼いていた。

七蔵と樫太郎、弁蔵の三人は、五間堀の伊予橋のほうへ戻っていた。

「旦那、ちょっとつらい訊きこみでしたね」

往来を行きながら、樫太郎が七蔵の背中に言った。

前を行く七蔵の広い背中が、かすかにうめいた。

すると、樫太郎と並んでいた弁蔵も続いた。

「まさかまさかの竹光だったとは、吃驚《びっくり》ですぜ。あのときは、今ここで刃傷沙汰を起こしてお上の調べが入《へ》えったら、あっしみてえな三下はひでえ目に遭わされるんじゃねえかとびくびくもんだったんで、竹嶋さんをとりなすのに必死だったんですぜ。竹光だったのかよ。それでも侍かよ。よくお役目が務まるよな」

ふうむ、と七蔵はまた物思わしげにうめいた。

「けど旦那、神門の旦那は今にも斬り合いになりそうだったのに、あの日の戻りでは、けろりとしておりやしてね。やばかったですねと向けたら、あれしきの貧乏侍のこけ威《おど》しなど屁《へ》とも思わねえと、嘲《あざけ》っておりやした。今日は知り合いにお召しをねだられているから、これから古手屋へ寄る。おめえはもういい、用はねえので帰《け》えれと、さっさと追い帰《け》えされやした。まったく、てめえ勝手でけちな爺さんだったな。町方の町会所掛のときは、米銭の交付やら低金利貸付の上前を撥ねて裏金を稼ぎ、隠居をしてからは高利貸で人の生き血を吸って儲けて、そりゃあ恨みを買うはずですぜ」

すると七蔵が歩みを止め、弁蔵へふりかえった。

「弁蔵、神門の隠居が殺されて、高利貸の証文やら貸金やら、彼方此方《あちこち》にいる貸した相手の取り立てはどうなっているんだ」

「いえね。表向きはあっしの店で高利貸は営んでおりやした。ただし、指図しているのは神門の旦那ですんで、あっしは旦那に言われるまま、一々証文を渡されてこれを取り立ててこいとか、金を借りにきた相手に旦那が応対する折りの細々した用を言い遣《つか》っていただけでやす。だもんで、証文も元手も取り立てた金も、全部旦那がどこかに仕舞っており、あっしは、旦那がどれほど稼いでいるのか、詳しいことはわかりやせん。けど思うに、金貸の相手の数は十人や二十人では済まねえ。いくらなんでも三桁はいかねえと思いやすが……」

「じゃあ、金貸の証文や台帳はどこに仕舞ってあるんだ」

「だからそりゃあ、八丁堀の神門の旦那の組屋敷なんじゃありやせんか」

「それは違う。隠居と番代わりした倅の左右衛門は、隠居が金貸をやっていることは知らねえはずだ。元町方の隠居が、高利貸を営んでいるのが御奉行さまに知られたら、倅の奉行所勤めの差し障りにならないわけがねえ。それを知られねえように用心して、表向きは弁蔵の店で金貸をやっていることになっているし、大川から東の深川や本所界隈《かいわい》でしか金貸はやってねえと聞いてる。じゃあ、金貸の証文や金は、普段どこにあるんだ」

七蔵はぶつぶつと自問し、また日射しの下を行き始めた。

そうか。神門にはまだ使っている手下がいるのか。この弁蔵とほかに誰か……。

七蔵は、ふと、古着屋？　と思った。

「まさか、隠居が二六時中肌身離さず持ち歩いていたはずはねえ。弁蔵、隠居はあの日の戻り、知り合いにお召しをねだられ、古手屋へ寄ると言ったんだな」

「さようで。あっしはもう用はねえから、飯も食わさず帰《け》えれって」

「どこの、なんという古手屋なんだい」

「さあ。富沢町あたりの古手屋じゃありやせんか。なんという古手屋かは聞いておりやせん」

「お召しをねだった知り合いってえのは、誰だか知ってるのかい」

「知りやせん。神門の旦那は、金貨の用以外はめったに話さねえんで」

「孫娘のお召しを買うとかなんとかじゃあ、なかったのかい」

「孫はいるでしょうけど、孫を可愛がる爺さんとは思えやせんぜ」

　すると、樫太郎がぽつりと言った。

「旦那、もしかして富沢町の古手屋だとしたら、あの近所に神門の隠居の馴染みの女がいて、お召しをねだったのは馴染みじゃありやせんか」

「あ、かも知れやせん。女は従順なのがいいとか、金がかかるとか、拗《す》ねるところが可愛いとか、あっしが岡場所の女郎衆の話をしてたとき、神門の旦那が言ったのを覚えておりやす。まさか、拗ねるところが可愛いってえのは、てめえの古女房のことじゃありやせんよね」

　弁蔵は自分で言っておかしくなり、噴き出した。

　神門達四郎が孫娘の光のお召しを買ったと、倅に自慢していたのが《やなや》という富沢町の古手屋だったと、七蔵は今朝、弥次郎から聞いた話を思い出した。

武家地を抜けて五間堀の伊予橋を西へ渡り、三間町《さんげんちょう》から北森下町《きたもりしたちょう》にかけての町家の往来をなおもとった。

本所深川界隈の町家に入り、人通りが急に増えた。

荷車引きの人足《にんそく》らが、表店の軒下で休息している。

「樫太郎、これから嘉助親分とお甲《こう》のところへ行くぜ。それから、籾蔵の町会所で訊きこみだ。それが済んだら、富沢町の古手屋をぶらついてみようぜ。高価な品は無理だが、手ごろな値段なら、小袖と角帯ぐれえ買ってやる」

「わあ、そうなんすか。嘉助親分とお甲姐《ねえ》さん、それから、向柳原の町会所。最後が、富沢町の古手屋でやすね。承知しやした」

若い樫太郎が声を弾《はず》ませ、弁蔵が言った。

「いいね、兄さん。これから秋だ。古手屋なら、絽の小袖なんかもそろそろ安く出廻るころだぜ」

「だが、まずは腹ごしらえだ。弁蔵も腹がへっただろう」

「へえ。あっしはもう腹がへって腹がへって、目が廻りそうで」

と、弁蔵はわざとふらついて見せ、樫太郎を笑わせた。

三人は北森下町長桂寺《ちょうけいじ》門前の一膳飯屋《いちぜんめしや》の縄暖簾《なわのれん》をくぐった。

六

お天道さまが西の空へ傾いて、日中の暑さもやわらいだころ、初秋の夕風がそよぎ始め、町家の屋根〳〵より高くたてた、五色《ごしき》の短冊を飾った七夕祭りの葉竹がさらさらとゆれなびく様子が涼しげだった。

西日が長い影を往来に落とし、行き交う人の顔を赤く耀《かがや》かせている。

七蔵と樫太郎は、向柳原の籾蔵構内の町会所で、神門達四郎が町会所掛だった三年以上前のことをあれこれ訊いたが、神門達四郎の裏の顔をほのめかす手がかりになりそうな事情は、何も聞けなかった。

そろそろ夕方に近い七ツ（午後四時）ごろ、二人は濱町堀《はまちようぼり》に土手蔵がつらなる元濱町《もとはまちよう》から、古手屋が店を並べる富沢町まできた。

古着を古手と言い、多くの古手屋が富沢町に軒をつらねている。

古手市場は、慶安《けいあん》四年（一六五一）まで、鎌倉河岸《かまくらがし》に開かれていた。

鎌倉河岸の古手市場が、江戸城に近い町地に古手市場はいかがなものかという事情により移されたのが、富沢町の古手市場の始まりだった。

町役人の決まりでは、古手市場で古手を仕入れる者、また売る者の双方の商売は、紛失物吟味《ぎんみ》、すなわち盗品などの吟味のため、昼前の四ツ（午前十時）から昼の九ツ（正午）までと限られていた。

だが、夕七ツごろの刻限になっても商いを止《や》める古手屋はいない。

古手屋店頭《てんとう》の庇下《ひさしした》に敷いた筵《むしろ》に古手を並べ、市場をめぐる客を相手に売り買いは盛んで、高価な古手などは店の間で使用人が応接し、売りさばかれて行く。

この時代、江戸の古手商は二千軒を優に超え、古着を買い廻る《古着買》は一千八百余人、衣類を扱う質屋を含め、古着商売に従事する者およそ六千人。

そのほか、古着をほどいた《切売《きれ》》《ぼろ買》《木綿《もめん》古切下げ店》の振売《ふりうり》、さらに綿入《わたいれ》の古着を、表、裏《は》、綿の三つにわけて売り歩く《三ツ物振売》もいて、江戸庶民の着物から継ぎ接ぎの布地まで、衣類を実質において賄《まかな》っているのは、大店の呉服問屋や中店の太物《ふともの》問屋ではなく、古着の売り買いにかかわる業者だった。

「旦那、そろそろ七ツなのに、みな商売熱心ですね。どの店も、まだ閉じる気配は見えませんぜ」

路上や店先で、古着売や古着買の賑やかな遣りとりを左見右見《とみこうみ》しながら、樫太郎が、前を行く七蔵に声をかけた。

「呉服問屋で衣類を拵える余裕のある客は、ほんのひとにぎりだ。暮らしに窮したお武家のご新造やお内儀が、お召しを売りにくるのも大抵《たいてい》暗くなってからだ。真夜中に盗まれた衣類が持ちこまれるのも、足がつく前の暗いうちだしな。たとえ夜ふけや早朝であっても、その刻限でないと売り買いの都合の悪い客がいるのだから、古手屋は店を開けるのさ」

七蔵は、黒羽織の袖をなびかせて言った。

「樫太郎、あれだ」

土手道から大門《おおもん》通りのほうへ向かい、榮橋《さかえばし》の通りへ折れた三軒目に軒暖簾を吊るし、往来に開いた店の間一杯に、模様や色合いの鮮やかな古手をずらりと吊り並べ、両隣や周辺の店とは、店頭の趣《おもむ》きの少々違う古手屋があった。

立看板はなくとも、軒暖簾に《大坂古手》と記してあり、上方から仕入れた《下《くだ》り古手》を扱う古手問屋とわかる。

店頭の庇下には筵を敷き並べ、こちらは店の間に吊り並べた古手と違って汚れなどがある安値の古着を積み重ねて売っており、古着買らしい男とねじり鉢巻きの職人風体《ふうてい》の若い衆がひとり、積み重ねた古着を物色していた。

「ここが簗屋《やなや》ですね」

樫太郎が、店の間をのぞきこんだ。店の間では細縞を着けた中年の男が、母親と若い娘相手に、黄枯茶《きからちゃ》と桔梗色《ききょういろ》の小袖を並べて見せ、

「古手と申しましても手前どもは、大坂古手問屋でございますので、お値段の割にはお買い得でございますよ。お嬢さまにはとてもよくお似合いです……」

と、下り古手の色合いや文様《もんよう》の上等さを強調しつつ、娘の肩に小袖を羽織らせたりしていた。

古手を吊り並べた店の間奥の壁ぎわには、大きな衣装櫃《びつ》が重ねてあって、内証の引違いの腰付障子が閉じられており、店の間沿いに折れ曲がりの前土間は、奥の内証や勝手向きへ通じている造りだった。前土間に踏み入り、

「ごめんよ」

と、樫太郎が声をかけた。

御仕着せの十四、五と思われる小僧が、「へえい」と声変わりしかけた返事をかえし、土間の奥から急ぎ足で応対に出てきた。

「おいでなさいませ、お役人さま。御用でございましょうか。古手のお求めでございましょうか」

小僧は七蔵と樫太郎に辞儀をした。

「こちらの店は、古手商の簗屋さんだね」

七蔵が訊ねた。

「さようでございます。手前どもの主人は、仲間連名帳を通町組《とおりちょうぐみ》を通じて町年寄さまに提出しております大坂古手問屋仲間の、行事役を務めております」

小僧は町方定服の七蔵に、訊かれていないことも自慢げに言った。

「その大坂古手問屋仲間の行事役を務めているご主人に、訊ねたい一件があるのさ。取り次いでくれるかい。それから、着物も見せてもらいたい。この若い衆に似合いそうなのをさ」

七蔵が樫太郎を差した。

樫太郎は照れ臭そうに含み笑いをする。

「主人に御用のお訊ねと、こちらの若い親分さんのお召物の御用でございますね。承知いたしました」

すると、母娘の接客をしていた紺木綿の細縞を着けた中年の男が、母娘に断りを入れ、七蔵と樫太郎のいる前土間の上がり端にきた。素早く着座し、

「三吉《さんきち》、あちらのお客さまにお茶をお出ししなさい」

と小僧の三吉に命じ、三吉がまた急ぎ足で奥へ戻ると、七蔵と樫太郎に向いて畳に手をついた。

「簗屋の主人でございます。お役目ご苦労さまでございます」

色白の細面《ほそおもて》に、一重《ふたえ》の切れ長な目に鼻筋が通り、少し寂しげに唇を結んだまま頬笑む相貌に愁《うれ》いを感じさせた。月代を綺麗に剃《そ》った小銀杏《こいちょう》の髪は、作りもののような漆黒《しっこく》に映え、一糸《いっし》のほつれも見えなかった。

「あんたが簗屋さんのご主人か。北町の萬七蔵だ。簗屋さんのお客のことで、少々訊ねたいことがあってね」

「あ？　はい。簗屋のお客さまのことで……」

「けど、急いでいるわけじゃねえんだ。おれたちはここで待たせてもらう。簗屋さんの商いを先にしてくれ」

七蔵は店の間の母娘へ、ちらと目配せした。

「お気遣い畏れ入ります。では、お役人さまを店の間でお待たせいたすわけには参りません。こちらは人の出入りでごたごたいたします。ほどなく番頭と小僧も戻って参ります。仏間《ぶつま》ではございますが、そちらが静かでございますので、奥へご案内いたします。少々、お待ち願います」

「店の間では確かに迷惑をかけそうだ。樫太郎、奥で待たせてもらおう」

「三吉、お役人さまを奥の座敷へご案内しなさい」

主人が、茶碗を載せた盆を母娘に運んできた三吉に命じた。

七蔵と樫太郎は、折れ曲がりの土間を行き二階へ上《のぼ》る階段下をくぐって、裏庭側の明障子を両開きにした、土間奥の八畳の仏間へ通された。

仏壇と、仏壇わきに花活けに萩《はぎ》を活《い》けた棚があった。

仏間の濡縁《ぬれえん》からほんの二、三歩ほどの狭い裏庭を、黒板塀が囲っていた。

板塀の下に植わった萩の灌木が、白や紫の小さな花を咲かせ、板塀ごしの隣家の板屋根に西日が射していた。

往来に面した表店の賑わいと違い、裏庭側の仏間は、夕方の気配が暑さをやわらげ、思いのほか穏やかな静けさに包まれていた。

三吉が、七蔵と樫太郎に茶を運んできた。

表店に客の出入りが続き、ほどなく、番頭と小僧が戻ってきたらしく、籐屋の主人と番頭らしき男の遣りとりが聞こえた。

「旦那、ずい分繁盛しておりやすね」

「店の間に吊るした衣装は、みな古手でも晴れやかなものが多かったな」

「京や大坂の古手は江戸より派手で、目だちやすね。京のお公家さんに仕えている、女房の衣装も吊ってあるんでしょうね」

「だろうな。樫太郎も上方の派手なのを着てみたらどうだ」

「ええ、なんだか恥ずかしいな。ところで、神門のご隠居はこちらの簗屋で孫娘のお召しと帯を買ったんですね」

「そう聞いた」

「簗屋のじゃあ、古手でも安くはなかったんでしょうね」

「安くなかっただろうな」

そこへ、通り抜けの土間に草履の音が近づき、土間側の明障子ごしに主人の声がかかった。

「お役人さま、お待たせいたしました」

主人が仏間の明障子を引き開け、膝をすべらせ座敷に入った。鉄色の角帯で隙なく締めた細縞が、案外に肩幅のある長身痩軀になかなか似合っていた。

「やはり秋でございますね。夕方になりますと涼しさが感じられます。改めまして、簗屋文左衛門《ぶんざえもん》でございます。お役目、ご苦労さまでございます」

七蔵と対座し、簗屋の主人の文左衛門は言った。

穏やかな口調ながら、声にも張りがあった。

歳は三十七。女房と子はなく、父ひとり倅ひとり、とわかっている。

なるほど、これも男盛りか、と七蔵はなぜか思った。

「忙しいさ中に申しわけねえ。簗屋さんは大坂古手問屋仲間の行事役をお務めだけあって、大《たい》した繁盛ぶりだ」

「いいえ。簗屋は主人のわたくしと、番頭ひとりに小僧が二人だけの、小店《こみせ》と中店の間ぐらいの古手屋でございます。もっと商いの盛んな古手屋さんも仲間になっておりますが、大坂古手問屋仲間の結成を提唱したのがわたくしでございましたので、仲間の行事役は提唱したわたくしにと推《お》され、今も務めております。ありがたいことに、下り古手を扱いますので菱垣廻船積《ひがきかいせんつみ》問屋仲間に加入いたすことができ、簗屋の商いは仲間の古手屋さんと同じ程度には増えました。ただそれだけでございます」

「それだけでも大したもんじゃねえか。簗屋さんの先代は文五郎さんだったね。今は隠居をなさっているのかい」

「隠居をしたのではございません。ですが、ただ今は武州《ぶしゅう》幡羅郡《はらぐん》の妻沼《めぬま》に別店を設けておりまして、そちらの店を営んでおります」

「武州の妻沼に、簗屋さんの別店があるのかい」

「ございます。大坂古手問屋仲間の結成以来、武州のみならず、上野《こうずけ》や下野《しもつけ》にも取り引き先が増えまして、三年前、利根川《とねがわ》以北のお客さまのご要望にもお応えができるよう、妻沼に別店を設けたのでございます。上方より仕入れた下り古手を荷船に積み、月に二度ほど、中川《なかがわ》から利根川へ出て、妻沼の河岸場まで運んでおります。古手をご要望のお客さまは、宿場やご城下の町家暮らしの方々だけではございません。田畑を耕しておられるお百姓衆も、わたしどもの古手を求めておられ、妻沼の店も、下り古手の商いをもっと広げて行けるのでは、と思っております」

「文五郎さんは、今おいくつで」

「今年、六十四歳になっております。ありがたいことに、妻沼で達者に暮らしてくれております。ですが、隠居暮らしのつもりじゃあ困るよ、まだまだ働いてもらわないとね、と親父さまには申しております」

文左衛門は、愁いを含んだ頬笑みを七蔵に寄こした。

「六十四歳で妻沼の別店をか。そうなのかい。知らなかったよ」

「お役人さま、御用のお訊ねをおうかがいいたします」

ふむ、と七蔵は切り出した。

「訊きてえのは、先々月の下旬のことなんだ。三年前に倅に番代わりをした北町の元町方の、神門達四郎という隠居が、孫娘のために、富沢町の古手屋でお召しと帯のひと揃えを買った。なんでも、京の公家のお内儀が嫁入り前に拵えた、公家らしい品のいい、ただし、若い娘のころしか着られねえ華やかなお召しらしい。その古手屋が、富沢町のやなやと倅は隠居から聞いていた。こちらの簗屋さんだね。簗屋さん、覚えているかい」

文左衛門は目をわきへ伏せるように、短く考える間をおいた。

それから、やおら言った。

「覚えております。忘れはいたしません。あれは確か、五月二十一日の宵でございました。初めてのお客さまで、少しほろ酔い加減でございました。華やかな本染の紫に、夏草と白鷺の舞い飛ぶ文様をほどこした小袖、それから帯は、紅花《べにばな》色の繻子《しゅす》の丸帯でございました。お孫さんが十三、四になられて、これをお召しになれば、艶《あで》やかに大人びて、さぞかし映えることでございましょうねと、帯と合わせて三両二分の値でお勧めいたし、お買い求めいただきました。あれぐらいの品を大丸《だいまる》にてお求めになれば、お召しだけでも四両余にあたる品でございました。

念のために申しておきますが、古手が必ずしも古着とは限りません。新裁《しんさい》の品もございますし、大店呉服問屋には売倍方という部門がございまして、在庫の着物用の反物《たんもの》が表店の商人のみならず、振売や古手屋にも卸《おろ》されております」

「なるほど。で、神門達四郎はその宵、簗屋には初めてのお客だったが、お召しと帯を買い求めるときに、元町方の神門達四郎と名乗ったんだな」

「名乗られたと、そういうことではございません。宵とは申せもう暗くなっておりましたし、酔ってもおられましたので、八丁堀のお屋敷までお供をして小袖と帯をお届けいたしました。道々、三年前ご長男と番代わりをなさるまで町方のお役に就かれ、今は隠居暮らしの無用ノ介《むようのすけ》だと戯《たわむ》れに仰っておられたのです。その折りに、元町方の神門達四郎さまとお聞きいたしました」

「小僧さんや番頭さんではなく、ご主人が届けられたんで？」

「はい。そろそろ店を閉める刻限でございましたので、番頭と小僧らに戸締りを任せ、わたくしがお届けいたしました。それに三十七歳にもなって、不調法者《ぶちょうほうもの》のわたくしは女房も子もおりません。父親は妻沼ですし、行徳河岸の行きつけの酒亭《しゅてい》に、お届けした戻りに寄って行くつもりでございました」

「そういうことか」

と、七蔵は腕組みをして、指先で顎をなでながら頷いた。

「その隠居の神門達四郎が、六月十七日の昼下がり、岡崎町の組屋敷を出てから行方が知れず、五日後の二十二日に、斬殺され腐乱した亡骸となって砂村新田の寄洲で見つかった。それを知ったのは？」

「翌々日に売っていた読売を、先月のお客さまが、と小僧があわてて持ち帰り、それで知りました。町方のお役人さまが見えて、神門達四郎さまのお訊ねがございましたのは、そのあとでございます。お孫さんのお召しと帯をお買い求めになった折りの様子などをお応えしたことは、今日と同じでございます」

「神門達四郎がここら辺の古手市場で、古手をよく買っている話や噂を耳にしたことはないかい。富沢町界隈で神門達四郎が、たとえば、女連れのところを見かけられたとか、そういう噂話を小耳に挟んだとかでもいいんだがね」

「わたくしはございません。たまたま富沢町界隈を通りかかり、たまたま築屋をのぞいて気に入ったお召しが見つかり、気まぐれにお買い求めになった。そういうことでございませんでしょうか。築屋にとりましては高価な古手をお買い求めいただきました。ですが、あのご様子では、普段は越後屋さんとか白木屋《しろきや》さんとかの呉服問屋で、新しくお誂《あつら》えになっているご様子でございました」

なるほど、こういう商人か。

七蔵はつい思った。

たまたまだったとしても、神門達四郎はなぜ富沢町を通りかかり、この店に入ったのか。

しかもほろ酔いだった。この近辺のどこかへ寄って、一杯呑んだ。その戻りだったことは間違いない。

そこでは元町方の面白くて楽しいご隠居じゃあねえ、本所の御家人竹嶋勘右衛門の屋敷で見せた、十三歳の娘を身売りさせ借金をかえせと迫った、高利貸神門達四郎の顔だったのかもな。

「わかった。訊きてえのはそんなところだ。邪魔してすまなかった」

「いえ。大してお役にはたてませんでしたが……」

「十分だ。それとな簗屋さん、この若い衆に似合いそうな、普段着になる古手を見せてもらえないかい。少々派手でもかまわねえんで」

「さようでございますか。こちらの若い衆の普段着でございますね。では、表の店の間にいろいろと並べておりますので、どうぞお選びになってください」

簗屋の主人が、樫太郎に頰笑みかけた。

七蔵と樫太郎が富沢町の簗屋を出て、大門通りを高砂町《たかさごちょう》の方角へ折れたころ、日が沈んで西の空の果てが真っ赤に染まっていた。一方、大門通りの巽《たつみ》の方角の夕空には、星がぽつんぽつんとまたたき始めている。

七蔵の背中が、簗屋で買った小袖の風呂敷包みを嬉しそうに抱えている樫太郎に言った。

「樫太郎、霊岸島町の酒亭で、一杯ひっかけて行こう」

「霊岸島町の酒亭で？　承知しやした」

「神門のご隠居が行きつけにしていた酒亭が、霊岸島町にあるそうだ。その酒亭をのぞいてみよう。霊岸島町の盛り場で、隠居は元町方の顔が知られ、評判もよかった。けどな、行きつけの酒亭の亭主と神門のご隠居の思い出話を肴に一杯やれば、案外、おや、と思う話が聞けるかも知れねえ」

七蔵は大門通りを行きながら、物思わしげに雪駄《せった》を鳴らした。

第二章　冤《えん》　罪《ざい》

一

翌朝、お甲は《長唄師匠《ながうたししょう》》の札《ふだ》を軒に下げた店を出た。

そこは、狭い路地にどぶ板が続き、路地の両側に割長屋が窮屈そうに軒をつらねている花房町《はなぶさちょう》の矢兵衛店《やへえだな》である。

その朝お甲は、ほっそり色白の目鼻だちが整った相貌の、やや厚めの唇にうすく紅を刷《は》いて、秋とはいえ厳しい夏の名残りの日射しを避け、ひと重《え》の強い眼差しを隠すように編笠を目深《まぶか》にかぶっていた。

三つ折りの中棹《ちゅうざお》三味線を青い袋に包んで小脇に抱え、白足袋へつっかけた組紐の鼻緒の吾妻《あづま》下駄を、かたことどぶ板に鳴らした。

井戸端で洗濯をしている数人のおかみさんたちと、二言三言、朝の挨拶を交わして、明地《あきち》の無花果《いちじく》の木で騒いでいるみんみん蝉の声に背中を押されつつ、矢兵衛店から火除《ひよ》け地《ち》の河岸《かし》通《どお》りへ出た。

神田川の河岸場の物置場と筋違御門橋の間に船寄せがあって、何艘もの荷船が舫い、軽子《かるこ》らが船荷をおろし、河岸場の荷車に積み替えている。

お甲は、荷物の木箱を堆《うずたか》く積んだ荷車が車輪をがらがらと鳴らし、火除け地の河岸通りを行くのを身軽に避け、筋違御門橋へとった。

筋違御門の屋根の上に美しい朝空が広がって、鳥影がかすめていた。

橋の手摺《てすり》ごしに、荷船が行き交う神田川下流のずっと先の和泉橋《いずみばし》までが見通せ、片《かた》や神田川の一町（約一〇九メートル）余上流には、昌平橋《しようへいばし》、そして駿河台《するがだい》の急な坂を上って行く武家地が見あげられた。

お甲は筋違御門外の八ツ小路《やつこうじ》に出て、日本橋《にほんばし》への大通りをとった。

日本橋の室町《むろまち》一丁目と二丁目の境を本小田原町《ほんおだわらちよう》へとり、途中の小路を折れた先の四辻《よつつじ》に髪結《かみゆい》の《よし床《とこ》》がある。

よし床の主人の嘉助は、今年六十一歳。

去年、弟子の広ノ助《こうのすけ》を養子に迎え、店を任せたはずだったが、歳をとったら気楽が一番とは限らず、気持ちがむずむずして今でも店に出て接客する、口うるさい親方が、嘉助はいまだやめられなかった。

その髪結よし床の口うるさい親方の嘉助は、北御番所隠密廻り萬七蔵の有能な御用聞、すなわち町方の岡っ引きを、四年前の五十七歳まで務めていた。

「何しろ歳でやすから、旦那と一緒に走るのは無理だ」

一昨々年《さきおととし》の正月、嘉助はそう言って、手下の下っ引きの中でこいつは若えのに使えると見こんだ樫太郎に七蔵の御用聞を任せた。けれどこれも、

「親分、また頼めるかい」

と、顔の広さと腹の据わった度胸、衰《おとろ》え知らずの嗅覚を具《そな》えた腕利きの嘉助を頼りにする七蔵に頼まれ、若いころからの岡っ引きの血が騒いだ。

「承知しやした。やってみやしょう」

嘉助は、若いころと変わらぬ岡っ引きの鋭い目を光らせた。

そんな嘉助と長年連れ添った五歳下の女房のお米《よね》は、亭主のそういう気性を心得て、変わらずに支《ささ》えている。

お甲はよし床の腰高障子をそっと引いて、顔をのぞかせた。店の間で客の髪を梳《す》いている広ノ助と目が合い、

「お早うございます。親分はいますか」

と、仕事の邪魔にならないように声をかけた。

「ああ、入《い》らっしゃい」

広ノ助が客の髪を梳きながらお甲にかえし、広ノ助の傍《かたわ》らで盥《たらい》を抱えた修業中の小僧が、「おいでなさいやし」と元気な声を張りあげた。

「旦那はついさっき、何も言わずに出かけやした。おかみさんが朝の片付けをやってます。松《まつ》、お甲姉さんがお見えですって、おかみさんに知らせてきな」

松と呼ばれた小僧が盥をおき、おかみさあん、と勝手のお米を呼びに行った。

「お甲ちゃん……」

お米がすぐに店の間に顔を出し、おいで、と手をかざしてお甲を店の間の片隅へ呼んだ。お甲は髪結の客に遠慮しつつ、店の間片隅の上がり端に膝をついたお米の前へそっと近づき、小声で訊ねた。

「親分はもう、お出かけなんですか」

「そう。深川から佃島《つくだじま》のほうへ廻るって。昨日、旦那とかっちゃんがきてね。またむずかしい御用らしく、親分と大分長いことひそひそやってた。家《うち》からお甲ちゃんのところへも、旦那とかっちゃんが行ったんだね」

「はい。旦那の御用で、これからちょいと出かけます。親分にお知らせしておこうと思って、寄ったんです」

「そりゃよかった。親分が出かける前に、お甲ちゃんが顔を出すかも知れないから、どこを廻るか訊いておくようにってさ。それから、ひとりのときはあんまり無理をしないようにとも言ってた。いいね」

「はい。大丈夫です」

「行き先は遠いのかい」

「いいえ。旦那のお指図で、濱町堀周辺の訊きこみを……」

お甲はいっそう声をひそめて、お米に二、三の行き先を伝えた。

「そうかい。わかった。そこら辺ならそう遠くはないけど、気をつけてね。ひと区切りがついたらまたお寄りよ」

「そうします。親分のわかったことも知りたいし」

「うん。待ってるよ。じゃあね」

お甲はお米と頷き合って、店の間の広ノ助と客、小僧の松にもねっとりとした愛想笑いを向けつつ前土間を出た。

表戸を閉じて、四辻を足早に遠ざかって行く吾妻下駄の音が聞こえた。

「なかなかの年増《としま》じゃないか。どこのおかみさんだい」

店の間の客が広ノ助に、小声をかけた。

「おかみさんじゃありません。独り身。長唄のおっ師匠《しょう》さんです」

「ほう、独り身で長唄の。それであの三味線かい。あのおっ師匠さんがちんとんしゃんと鳴らしたら、さぞかし色っぽいだろうね」

「表向きはね。けど、じつはあれで、町方の御用を務めている女岡っ引きなんですって。しかもあの細身で凄腕《すごうで》の……」

広ノ助も小声になった。

「へえ、そうなのかい。見かけによらないね」

「ですから、確かに色っぽいけど、なんとも言えない陰があるでしょう」

「あるある。けど、あの女岡っ引きに、御用だよって、十手でこんこんとやられたら、畏れ入りやしたとへなへなになっちゃうだろうね」

「あっちのほうは、しゃきんとしているでしょうけどね」

広ノ助が言うと、傍らで盥を抱えた小僧が、ぷっと噴き出した。

お米はとっくに勝手へ戻っている。

お甲は、室町から土手蔵が並ぶ米河岸の伊勢町《いせちょう》や堀留町《ほりどめちょう》、小舟町《こぶねちょう》の堀端をとって、田所町《たどころちょう》と新大坂町《しんおおさかちょう》の境の大門通りを横切り、濱町堀の千鳥橋《ちどりばし》を元濱町から橘町《たちばなちょう》一丁目へと渡った。

お甲は熊手《くまで》の熊三《くまぞう》の異名をとる、掏摸《すり》の名人のひとり娘だった。

幼いころ母親が三歳のお甲と亭主の熊三を捨てて姿を消し、父親熊三の男手ひとつで育てられ、物心ついて間もなく、父親に掏摸の手ほどきを受けた。

初めて掏摸を働いたのは、お甲が十歳のときである。

熊三がどじを踏んで捕縛され、小伝馬町《こでんまちょう》の牢《ろう》屋敷で裁きを待つ間に引いた風邪をこじらせ牢死し、父親とともに捕らえられていたお甲は、男手ひとつで育ててくれた父親の死を牢屋敷で知ったのだった。

父親の死を聞いてほどなく、牢屋敷から放免されたお甲は足を洗った。

それからいろいろと事情があって、お甲は北町奉行所目安方《めやすかた》久米信孝の手配により、萬七蔵の隠密の御用を務める身となった。

歳月が果敢《はか》なくすぎ去り、お甲は今、二十九歳である。

お甲はこのごろ、あたしはお父っつあんとおっ母さんから何を受け継いだんだろうね、と考えることがあった。

おっ母さんからは、目鼻だちはまあまあだけれど、暗い影のある器量を受け継いだんだろうね。

お父っつあんからは、手先の器用さと身軽さと俊敏さと、捨鉢《すてばち》な度胸と、たぶん悔《く》いだらけの一生を送る定めを受け継いだんだね、とお甲は思っている。

お甲は、掏摸の熊三の下で掏摸を働いていたころから、江戸市中の賭場《とば》の貸元《かしもと》や盛り場で一目おかれている顔利きらに、熊三にこんな器量のいい娘がいるのか
と、顔が知られていた。

その貸元や顔利きらは、掏摸稼業《かぎょう》の足を洗い女岡っ引きになったお甲が、掏摸だったころの昔の縁で訊きこみに行っても、嫌な顔をしなかった。

よくきたとは言われなくとも、そいつは話せねえ、という事情もぽつりぽつりとほのめかしたり、じつはあれはなと、案外に聞かせてくれ、貸元や顔利きらとの縁は今も続いて、御用聞の役にたっていた。

先月、砂村新田の寄洲で亡骸が見つかった元町方の隠居神門達四郎は、濱町堀周辺から両国《りょうごく》界隈の町家のどこかに馴染みの女を囲い、本所の弁蔵を使って営む高利貸の証文や金を、囲った馴染みの店に仕舞っているのかも知れない。

神門達四郎が濱町堀の富沢町の築屋で、孫娘のお召しと帯の古手を買ったり、知り合いにお召しをねだられ古手屋に寄るというのは、濱町堀の界隈や周辺の町家のどこかに、馴染みの店があったからではないか。

神門達四郎が女を囲っていたかどうか、囲っていたなら、どこでどんな女を囲

っていたかそいつを探れと、昨日、お甲は七蔵の指示を受けた。

お甲は村松町《むらまつちょう》の古い馴染みの人寄せ稼業の顔利きと、薬研堀不動《やげんぼりふどう》前の柳橋《やなぎばし》芸者の置屋《おきや》を束ねる見番《けんばん》の長老を訪ねた。

柳橋芸者は、眉《まゆ》を落とし歯を染めて座敷に出るので知られている。

顔利きも長老も、熊三の娘のお甲が今は町方の御用聞を務めているのは承知しており、殺された元町方神門達四郎が囲っていたかも知れない馴染みの女、というのに関心を示した。だが、

「殺された元町方の隠居が、下町のこの界隈にこっそり女を抱えていた。その女の廻りでごたごたがあって、隠居は始末されたのかも知れねえってかい。ありそうな筋書きだ。あはは。けど、そういうもめ事は近ごろ聞いてねえ。わかった。それらしき噂が入《へ》えったら、おめえに知らせてやるぜ」

と、気になる話は聞けなかった。

お甲は薬研堀不動前の長老の元を辞去し、昼すぎ、横山町《よこやまちょう》の大通りをお城の方角へとって、通塩町《とおりしおちょう》、通油町《とおりあぶらちょう》をすぎ、通旅籠町《とおりはたごちょう》内北の菊新道《きくじんみち》へ折れた。

昼下がりの八ツ（午後二時）前、お甲が訪ねた三軒目は、菊新道に《革煙草入《かわたばこいれ》品々》の立看板を出した中上屋六兵衛《なかがみやろくべえ》の店だった。

軒暖簾をくぐって前土間に入ると、ほのかに革の臭いが嗅げ、唐革《からかわ》の煙草入のほかにも、羅紗《ラシャ》、更紗《サラサ》、唐織物類も商っている中店である。

店の間には手代《てだい》二人と小僧がいて、「おいでなさいませ」と声がかかった。

帳場《ちょうば》格子の主人の六兵衛がすぐお甲に気づき、気さくに呼びかけた。

「おや、お甲さんか。入《い》らっしゃい。久しぶりだね」

「六兵衛さん、ご無沙汰しておりやした。中上屋のどなたさまも、お変わりはございやせんか」

お甲は六兵衛に辞儀をして言った。

「今のところ、どうにかみな変わらずだよ」

「ご隠居さんは、いらっしゃいやすか」

「いるよ。裏で革の細工物を何かやってる。またお父っつあんに御用かい」

「はい、またちょっと」

「お甲さんが顔を出せば喜ぶから、行ってごらん」

六兵衛は、裏の住居へ通る店わきの路地のほうを指差して言った。

「じゃ、勝手に行かせてもらいます」

お甲は手代や小僧にも軽く会釈を投げ、一度、店先に出て、店わきの木戸から裏へ通る路地に下駄を鳴らした。

裏庭を囲う目抜きの打板塀ごしの隣家は、もう小伝馬町の町家である。

「ごめんなさい」

お甲は言いながら、片開き戸をくぐり、板塀ぎわに趣向を凝らした盆栽《ぼんさい》を並べた棚や、つつじや紫《むらさき》の灌木が繁る狭い裏庭の縁側で、革細工の針を使う手を止めお甲を見つめている中上屋先代の吉兵衛《きちべえ》へ頬笑みかけた。

吉兵衛は老視の眼鏡をとり、お甲へ笑みをかえした。

「なんだ。お甲か。懐かしい女の声が聞こえたから、どきりとしたよ」

「あら、どきりとするほど、懐かしい女の声に似ていましたか。お安くありませんね。吉兵衛さん、お元気そうで何よりです」

お甲は庭先へ進んで、吉兵衛に愛想よく頬笑みかけた。

「そんなんじゃないよ。大体、年寄りがそんなに元気そうなわけがないだろう。だがまあ、寝こみもせず、こうやって革細工の暇潰《つぶ》しができてるよ。唐革が手に入ったんでね。久しぶりに煙草入を拵えてみようと思ったんだが、目が見えなくなっているのに今さら気づいて、なんて様《ざま》だとてめえの老いぼれぶりに呆れた。けど、途中で投げ出すのも癪《しやく》だから、仕方なく続けてるってわけさ。それでお甲がわざわざ訪ねてきたってえのは、むずかしい御用かい」

吉兵衛は、老視の眼鏡をつけ直して訊いた。

お甲は、こくり、と頷いた。

「吉兵衛さんの早耳なら、もしかして、耳寄りな話が聞けるんじゃないかなと思ってきました」

「そいつはどうだかね。このごろは、耳鳴りならよく聞こえるけどさ」

「ある男が、濱町堀界隈か下町のどこかの裏店に、馴染みの女を囲っていたかも知れないんです。その店がどこか、知りたいんです」

「ある男？　そのある男ってえのは誰だい」

「先月、砂村新田の寄洲で亡骸が見つかった、神門達四郎という元北御番所の町方です。表向きはご近所でも評判のいいご隠居だったんですけど、いろいろと表沙汰にできない裏事情があったご隠居らしく……」

「先月の元町方殺しの一件を、探ってるのかい」

お甲はまた、こくり、と頷いた。

「ふうん。殺された元町方は馴染みの女を囲っていたか、いたかも知れないんだな。じゃあまあ、あがるかい。麦茶を出すよ」

二

まだ昼下がりの刻限なのに、小伝馬町側の庭は早や日が陰っていた。夏の名残りの暑さはだいぶやわらいで、涼しい秋の気配がたちこめた。

遠慮して縁側に腰かけたお甲に、吉兵衛は冷たい麦茶をふる舞った。

「話せない事情はいいから、できるだけ元町方の話を聞かしておくれ」

老視の眼鏡をかけた吉兵衛は、革細工の続きにかかりながら、お甲を促した。

吉兵衛は、盛り場の顔利きや人寄せ稼業の請人《うけにん》、賭場の貸元らとは縁のない町家で革屋を営む隠居だが、耳が早く、日本橋から神田界隈にかけての、ご近所同士のもめ事ごたごた喧嘩騒ぎ、男女の出会いと別れ、子供が生まれただとか誰それが借金取りに追われて夜逃げをしただとか、冠婚葬祭から噂話人情話に悪口陰口まで、お甲が驚くほど、江戸下町の市井《しせい》の事情に通じていた。

お甲は、本所の御家人竹嶋勘右衛門と斬り合いになりかけた容赦ない取り立ての顚末《てんまつ》は伏せ、元町方の裏の顔を吉兵衛に話して聞かせた。

「なるほど。ご近所では評判のいい元町方のご隠居に、そういう裏の顔があったのかい。まだまだ知らないことが、沢山あるね。となると、その裏の顔の所為《せい》で恨みを買い、あんな無残な殺され方をしたということは、十分考えられるな」

なんまんだぶ、なんまんだぶ……。

細かい革細工の手先を動かしながら、吉兵衛はぶつぶつと唱えた。

「吉兵衛さん、神門のご隠居が囲っていた妾にかかり合いのありそうな、それらしき噂や評判は、聞こえていませんでしたかね」

「聞いたことはないな。誰にも知られないようによほど用心していたか、妾を囲っていたのは下町じゃあないのかもな。それに、元町方が妾を囲っていたとも限らないんだろう。囲ってもいない妾の噂を聞かれても、知るわけないよ。どうやら、無駄足を踏ませたようだね」

「そうですよね……」

お甲は、ぽつんと呟き、冷たい麦茶をひと口含んだ。すると、吉兵衛は革細工の手を止め、日の陰った庭の盆栽棚へ目を流し、

「ただね、あてにはならねえ女の噂話なら、ひとつ、知ってるよ」

と、ぶつぶつとまた念佛《ねんぶつ》を唱えるように言い出した。

「堀留町二丁目の杉森《すぎもり》稲荷の裏手に政右衛門店《まさえもんだな》があって、その裏店にお千左《ちさ》とい

うまだ三十前のちょいと色っぽい年増が、二、三年ほど前から物騒なことにひとり暮らしをしていたんだ。お千左はなんでも上州渋川《じようしゆうしぶかわ》かそこら辺の女で、まだ小娘のころに諏訪町《すわちよう》のお店の下女奉公で江戸へ出てきて、何年かたって奉公を辞め、浅草広小路《あさくさひろこうじ》の茶汲女になった。それから、いくつか茶屋を渡り歩いて、政右衛門店に移ってひとり暮らしを始める前は、霊岸島町の茶屋で働いていたらしい。そういう年ごろの年増が、裏店のひとり暮らしってえのは大抵わけありだよ」

と、吉兵衛が庭の盆栽から縁側のお甲へ目を戻した。

お甲もそういう年増のひとり暮らしである。

「ええ、まあ……」

お甲は受け流した。

「家主の政右衛門は、お千左のひとり暮らしはわけありじゃないかと訝しんだものの、身元の確かな店請人《たな》がいたし、当人もちゃんとした挨拶ができるし、たとえなんぞわけありでも、店賃さえきちんと納めてくれるならまあいいだろう、不都合があれば出て行かせればいいと、あまりしつこく詮索しなかった」

「お千左さんの店請人は、誰だったんですか」

っだ」

「霊岸島町の《橘川《きつかわ》》という酒亭の亭主だ。だからまあ、店請人の身元も確かだったようだ」

「霊岸島町の茶屋で働いていたお千左さんが、霊岸島町の酒亭橘川の亭主が店請人になって、政右衛門店に越してひとり暮らしを始めたんですね」

「そういうことだ。で、政右衛門が言うには、お千左が越してから三、四日がたって、菅笠をかぶって身形《みなり》は地味だがまあ悪くない、お千左とは親子ぐらい歳の離れた年配のお侍風体が、お千左の店を訪ねてきた。お侍風体は日が暮れて暗くなったころ帰って行き、それからまた三、四日がたって訪ねてきて、そういうことが続き、やっぱりそうか、お千左はそのお侍風体の妾奉公を始めたんだなと、なんとなくわかった。ただし、お侍風体がどこのご家中の誰兵衛《だれべえ》で、どういう身分か、政右衛門は変に気にかけてお侍とこじれては面倒だから、と訊かなかったし、お千左も話さなかったってわけさ」

「お千左さんは今も、堀留町二丁目の店にいるんですね」

「だから、あてにはならねえ女の噂話だと言ったろう。先月末、ちょいと旦那とわけがありましてね、と政右衛門に言って、お千左は堀留町二丁目の店を引き払ったそうだ。政右衛門にしてみれば、妾奉公にはありがちなことで、二年半以上続いたのは、妾奉公にしては長持ちしたほうだ、あの手の女はちょっとでも割のいい旦那がみつかるところころと変わるから、薄情なもんだと言っていたよ。政右衛門は、はいそうですかとお千左を店送りにした。とまあそれだけのことだから、あんまり耳寄りな話じゃないがね」

しかし、お甲の腰が浮きかけていた。

「念のためあたってみますので。お千左さんの店送りは、どちらへ」

お甲は平静を装って言った。

「浅草の黒船町《くろふねちょう》と聞いたが、どこの店かはわからねえ。政右衛門に訊きゃあわかると思うぜ。生憎《あいにく》、浅草のほうまでは気にかけちゃあいなかったんでね」


およそ半刻《はんとき》（約一時間）後の八ツ半（午後三時）すぎごろ、三味線袋を背中にかついだお甲は、浅草御蔵前《おくらまえ》の大通りを広小路の方角へとっていた。

日は西へだいぶ傾いたものの、まだ初秋の空に高く、お甲のかぶった編笠にじりじりと照りつけた。

御蔵前の樹林の間で、みんみん蟬が激しく鳴きしきっている。

政右衛門に訊ねたところ、お千左が店送りになった先は、黒船町代地の佐渡屋《さどや》長屋《ながや》と知れた。

黒船町代地は、諏訪町の諏訪神社前をすぎ、諏訪町と駒形町《こまがたちょう》の境の往来を西へ折れた三間町《さんげんちょう》の先にある。

町内に黒船神社が祀《まつ》られていて、佐渡屋長屋は黒船神社の裏手にあった。

煙管《キセル》師村田《しむらた》の店と墨筆硯《すみひっけん》問屋紅雲堂《こううんどう》の境に木戸があって、佐渡屋長屋の住人の表札が木戸の軒下にかかっていた。

表札の並びの一枚に《三味線長唄指南《しなん》ちさ》と読めた。

「これだ」

お甲は木戸をくぐり、路地のどぶ板を鳴らした。

佐渡屋長屋は、井戸やごみ溜め、厠、物干場、稲荷の祠《ほこら》を祀った明地があって、二棟の棟割長屋が、黒船神社の裏手へ板屋根を並べていた。

長屋の路地奥の板塀ごしに、黒船神社の青白い銅葺《どうぶき》の屋根が見えていた。

夏の名残りの日射しを避けて明地に人影はなく、長屋はひっそりとしていた。

ごみ溜めにごみを捨てに出てきた年配のおかみさんに、三味線長唄指南のお千左の店を訊ねた。

教えられた店には、《三味線長唄指南》の板札はかかっていなかった。

「ごめんなさい。ごめんなさい、お千左さん……」

お甲は声をかけ、返事がないので、片引きの腰高障子をそっと引いた。

うす暗い店に、かすかな人の気配がした。

狭い土間の片側に竈や流し場の炊事場があって、三畳の寄付きと奥のもうひと部屋を間仕切した腰付障子が開いていた。お甲はまた、

「ごめんなさい、お千左さん」

と言って、土間にそっと入った。

すると、腰付障子が開いた奥の部屋の陰から人影がふわりと現れ、間仕切の敷居に訝しそうに佇んだ。

店裏の腰付障子もすかしてあり、裏手から射す明るみで現れた人影の顔つきを見づらくしたが、お千左に違いなかった。

衣類の黒茶の沈んだ色が、髪を片はずしに結ったお千左を、聞いていた歳より老《ふ》けて見せた。

「どなた」

お千左は眉を少しひそめた尖った目を、編笠をつけ三味線袋をかついだお甲に凝っと向け、素っ気なく質した。

「いきなりごめんなさい。お甲と申します。お千左さんですね」

お甲が辞儀をした。すると、

「三味線長唄の稽古は、今はちょいと具合が悪くて弟子はとってないんだよ。よその師匠をあたっておくれよ」

と、お千左は間仕切の敷居に立ったまま、不機嫌そうに言った。お甲の三味線袋をかついだ恰好に、てっきり三味線長唄を習いにきたと思ったようだった。

お甲は、表戸の腰高障子を閉めて言った。

「三味線長唄を習いにきたんじゃないんです。これでも少々御用を務めておりましてね。お千左さんに話を訊きにきたんですよ」

「えっ、御用？」

お千左の不機嫌そうな目つきが、みるみる険《けわ》しくなった。

「お千左さんが先月、こちらに越してくる前まで住んでいた、堀留町二丁目の家主の政右衛門さんにうかがったんです。お千左さんが政右衛門店に住んでいたころ、時どきっていうか、しばしば年配のお侍さんが訪ねてきたそうですね。そのお侍さんのことを、うかがいたいんです」

「年配のお侍だって。知らないよ、そんなお侍。それにどこの誰かも知らないあんたなんかに、なんでそんな話をしなきゃならないのさ」

「ごめんなさいね、いきなり訪ねてきて。でも、御用の務めできたのは嘘じゃないんです。政右衛門店でお千左さんと親しい間柄だったお侍さんがどういう方か、どういうお役目の方か、もしかしてお千左さんに訊けばわかるんじゃないかと、思いましてね。お千左さん、ちょいと聞かせていただけませんかね」

するとお千左は、いきなり激しい剣幕《けんまく》で投げつけた。

「冗談じゃないよ。お侍のことなんか、知らないって言ってるだろう。えらそうに、御用を務めてるって言ったら、みんな言うことを聞くと思ってるのかい。他人の店にいきなり踏みこんで、妙な因縁《いんねん》をつける気ならただじゃ済まさないよ。怪我をしないうちに、とっとと帰んな」

お甲は戸惑った。

話が聞けるような、お千左の素ぶりではなかった。

「そうですか。お千左さんのことを勘繰りにきたんじゃないんですけど、気分を害されたなら、ほんとにごめんなさい。仕方がないから、今日は引きあげます。また日を改めて……」

「ああ、帰んな帰んな」

お千左が繰りかえし、お甲が腰高障子に手をかけたときだった。

「待ちな」

と、奥の部屋から男の太い声がかかった。

お甲がふりかえると、店の裏手から射す明るみの影になった大柄な男が、ゆっくりと起きあがる態《てい》で、敷居のお千左の傍らへ並びかけたのだった。

月代を伸ばした男の頭が、鴨居《かもい》に届きそうだった。

着流した細縞の左右の前身頃《まえみごろ》をたくしあげ、脛毛《すねげ》に蔽《おお》われた太い足の下で部屋の畳を軋《きし》ませた。

のっぺりとした扁平《へんぺい》な顔を突き出し、ひと重瞼《まぶた》の感情のない目つきを土間のお甲へ向けてきた。

「日を改めてってえのは、どういうことだい」

男の扁平な顔に表情はなく、青黒い唇だけが震えるように動いた。

「おや、お知り合いがいらっしゃったんですね。気づきませんでした。失礼しました。お千左さんにちょいと、お訊ねしたいことがあったんですよ。でも今日はもういいんで、これでごめんなさい」

「てめえ、待てって言ってるだろうが。日を改めてどうするってんだ。ええ、てめえ。日を改めてどうするってんだと訊いてるだろうが」

男が怒鳴るように繰りかえした。

「なんですか。大きな声で。どうするもこうするも、あんたに関係ないだろう」

お甲が言い捨て、腰高障子に再び手をかけた背後へ、寄付きの床をどすどすと震わせて男が迫り、お甲の二の腕を凄まじい力で鷲《わし》づかみにして、背中にかついでいた三味線袋の紐を引きちぎり、土間へ投げ捨てた。

「何すんのさ」

お甲は腕をふり払ったが、

「答えろ。てめえ、何を探りにきやがった」

と、男はお甲の二の腕をつかんだまま、背後からお甲の喉に太い腕を巻きつけ抱えあげるように絞めつけた。

お甲も女にしては、上背《うわぜい》のあるほうだった。

だが、大柄な男の怪力には敵《かな》わず、喉を絞められ息ができなかった。

土間から浮いた足をじたばたさせ、脱げた吾妻下駄がくるくると舞った。

「てめえ、答えねえなら細っ首をへし折るぜ」

男がお甲の耳元で喚いた。

「とんでもねえ女狐《めぎつね》だ。さっさと答えな。ほんとに首根っこをへし折られるよ。女の癖に岡っ引きの真似なんかしてるから、こんな目に遭うんだ。覚えときな」

お千左が寄付きの上がり端にきて、お甲の頭の上から嘲った。それから、

「圭二郎《けいじろう》、その辺にしておき。ここでほんとに殺っちまったらまずいよ」

と、圭二郎を宥《なだ》めるように言った。

「よし。これぐらいにしといてやる。二度と偉そうな面あ出すんじゃねえぜ」

圭二郎は、お甲の喉に巻いた腕でお甲の細身を左右にゆさぶった。

しかし、気が遠退《とおの》きかけながらも、お甲は土間の流しの縁を懸命に蹴った。

途端、圭二郎の大柄は後ろへぐらりと傾き、半間（約九〇センチ）ほどの幅しかない土間の寄付きの角に肉づきのいい腓《ふくらはぎ》を掬《すく》われる恰好で、お甲を抱えたまま仰のけに、寄付きの古畳を店がゆれるほど軋ませて倒れた。

圭二郎の後ろにいたお千左が、圭二郎の大柄が倒れる弾みを喰らって寄付きの茶簞笥《ちゃだんす》に衝突し、ぎゃっと悲鳴をあげた。

茶簞笥が潰れ、碗や皿や小鉢が割れたり飛び散ったりして散乱した。

「お千左、大《で》えじょうぶか」

圭二郎はお甲を突き飛ばして、片はずしの髪も乱れたお千左を助け起こしにか

かり、一方のお甲は土間に転がり落ちた。

お甲は土間の三味線袋をつかむと、激しく咳きこみながらも寄付きへ走りあがって、お千左を助け起こしかけた圭二郎の背後より、三つ折り中棹《ちゅうざお》をふりあげ、右耳とこめかみへ三味線の胴を叩き落とした。

棹が折れて袋も破れ、こぼれた胴が竈のほうへ吹き飛んで行く。

「わあっ」

圭二郎は叫んだ。

だが、次の瞬間には躍りあがってお甲に襲いかかった。

すかさずお甲は、圭二郎ののっぺりした顔面へ、折れた棹の先を槍のように突きこみ、棹の先が圭二郎のひと重瞼の黒く空虚な目を潰した。

圭二郎の絶叫が甲走《かんばし》った。

のっぺりした顔を皺だらけにして、圭二郎は拳《こぶし》をふり廻した。

その拳を、お甲は低くかがんで空《くう》を打たせ、再び顔面へ棹を突き入れようとしたところへ、傍らから突き出された拳が、圭二郎の横っ面をえぐった。

ぐらっと傾いた圭二郎の大柄が、奥の部屋へたたらを踏んだが堪えきれず、裏手のすかした腰付障子を突き破って、濡縁ごしの佐渡屋長屋を囲う板塀との狭い隙間に転落した。

「お甲、怪我はねえか」

白髪頭ながら、がっしりした体軀《たいく》の嘉助が、よろけるお甲を支えて言った。

「ああ親分、助かったぁ」

お甲はぜいぜいと喉を鳴らした。

路地に集まった住人らが、開け放たれた表戸から中をのぞきこんでいる。

「間に合ってよかったぜ。こいつら何もんだ」

嘉助が言ったとき、お千左が悲鳴をあげて店から飛び出して行った。

「あとで言うから、親分、圭二郎をふん縛《じば》って」

お甲は裏手の濡縁下でのびた圭二郎を指差し、お千左を追って駆け出した。

「任せろ」

嘉助の声がお甲の背中を押した。

お千左は路地の住人をかき分け、佐渡屋長屋の木戸へと跣《はだし》で駆けて行き、そのお千左を追うお甲も跣である。

木戸を抜け、黒船町代地と三間町の往来へ走り出たお千左は、髪を乱し着物の裾を引き摺って逃げつつ、金切声《かなきりごえ》で叫んだ。

「助けてぇ、助けてぇ、人殺しぃ」

黒船町代地と三間町の表店の住人が、往来へ顔を出した。

しかし、お千左よりはるかに俊敏なお甲が追いつき、お千左の背中を勢いよく突いた。お千左は勢い余ってつんのめり、土煙《つちけむり》を巻いてどっと転倒する。

人殺しぃ、人殺しぃ、と喚き、起きあがりかけたお千左の首筋を、お甲は前身頃を真っ白な脛が見えるまでたくしあげ、跣でぎゅっと踏みつけた。

「お千左、御用だ。大人しくしろ」

お甲の御用のがらがら声が響きわたって、お千左を黙らせた。

往来の騒《ざわ》めきも、御用だ、のひと声で寂《しん》とした。

「折れた三味線の弁償をしてもらうからね。覚悟しな」

お甲はなおも、がらがら声で言った。

三

玉砂利《たまじゃり》を敷いた上がり框《がまち》の引違いの腰障子に、《黒船町代地》と《自身番》の文字が大きく記してある。

その黒船町代地の自身番の三畳に、当番の家主ひとり、店番が二人、書役《かきやく》を兼ねた定番がひとり、そして、お甲と町内から呼ばれた年配の町医者がいた。

町医者は、お甲の紫色になった喉に手をあて、ここは痛いですか、ここは、こは、と訊き、お甲が嗄《しやが》れ声で、いだい、いだい、と答えるのを面白がって押したりつまんだりした。

「当面はなるべく声を出さず、喉を休ませるように。それで癒えるのを待つしかありませんな。膏薬《こうやく》を塗っておきましょう」

と、年配の町医者は、膏薬を塗り延ばした布をお甲の喉に貼った。そうして、適度な長さの晒《さらし》を折り畳んで、喉を保護するため首輪のように巻きつけた。

医者が帰って行くと、当番や店番が口々に、ひどい目に遭いましたね、大変でしたね、などとお甲をねぎらい、お甲は声には出さず、頷いたり首を左右にしたりして答えた。

お千左と圭二郎は、腰付障子を閉てた奥の三畳の板間で、後手《うしろで》に縛《いまし》められ、壁にとりつけた鉄の輪のほたに括《くく》りつけられていた。

お千左はお甲に捕らえられてからずっと泣き続け、片はずしの髪は乱れ、剝《は》げた白粉と黒く汚れた涙の痕《あと》で、元の顔がわからないほどになっていた。

圭二郎は、嘉助の拳に顎をえぐられ、縄目を受けるときにも暴れて拳を二、三発浴び、のっぺりした顔はでこぼこに歪んでいた。

しかも、でこぼこの間から板間の空虚を見つめる細い目の片方は、お甲に三味線の柄で突かれ、瞼が腫れて真っ赤だった。

わずかに残っていた外の明るみに宵の帳《とばり》がおりたころ、自身番の腰付障子に提灯の明かりが射し、上がり框の前の玉砂利が鳴った。

「ごめんよ」

と、外で声がかかった。

当番と店番、定番の四人が端座して腰障子を引き開け、七蔵と嘉助、提灯を提げた樫太郎に向いて、当番がうやうやしく言った。

「お役目、ご苦労さまでございます。お待ちいたしておりました」

「世話になる。あがるぜ」

「狭《せ》もうございますが、どうぞ」

当番と店番、定番が隅へ座をずらして部屋を空け、七蔵と嘉助、樫太郎の三人が自身番の琉球畳《りゅうきゅうだたみ》を踏んだ。

「旦那……」

端座したお甲が七蔵を見あげ、かすれ声を絞り出した。

「お甲、よくやった。けど、ひでえ目に遭わせてすまなかった。道々、嘉助親分から子細を聞いてぞっとした。ともかく、無事で何よりだった。喉の具合はどうだい。馬鹿力で絞められたそうだな」

「はい、なんとか」

かすれ声が答えた。

「医者の診《み》たてはどうなんだい」

七蔵は当番に訊ねた。

「お医者さまは、なるべく声を出さず、喉を休ませ、癒えるのを待つしかないとのお診たてでございました」

「お甲姉さん、よかった。お甲姉さんの無事な顔を見られてほっとしたよ。たんこぶなんかできたら、せっかくの器量が台無しだからさ」

樫太郎が言って、お甲は、大丈夫、と声に出さず樫太郎にも笑みを送った。

「旦那、早速始めやしょう」

嘉助が七蔵を促した。

樫太郎が、板間の腰付障子を両開きにした。

行灯《あんどん》の明かりが、七蔵、嘉助、お甲、そして樫太郎の影を、板間のほたに括りつけられたお千左と圭二郎の上に落とした。

お千左は泣き顔をあげ、圭二郎の空《うつ》ろな目は板間の宙に泳いだ。

「お千左、圭二郎、お上の御用で訊くことがある。こっちの訊くことに、じたばたせず素直に答えるなら縄は解いてやる。どうだ」

お千左はうな垂れて、髪の乱れた頭を大きく上下させた。

圭二郎の細い目は、ぼやっと宙に泳いだままだった。

「圭二郎、答えろ。どっちなんだ。縛られたままでいてえのか」

嘉助が、月代がのびた圭二郎の大きな頭を小突《こづ》くと、圭二郎はくぐもったような案外に細い声をかえした。

「今さら隠す気はねえよ。なんでも答えるから、縄を解いてくれ。喉も渇《かわ》いた。水が飲みてえ」

「親分、樫太郎、縄を解いてやれ。当番さん、二人に茶を一杯出してやってくれるかい」

「承知いたしました」

当番が言った。

嘉助と樫太郎が、お千左と圭二郎の縄を解いた。

お千左はすっかり観念し、まだすすりあげつつも、膝を正して板間の七蔵と向き合った。

胡坐《あぐら》をかこうとする圭二郎を嘉助が咎《とが》め、圭二郎も正座になった。

店番が出したぬるい茶を、二人とも喉を鳴らして飲み乾した。

相対した七蔵は、両刀と朱房《しゅぶさ》の十手を帯びたまま端座し、お千左と圭二郎がひと息つくのを見守った。

お甲は七蔵の後ろに着座し、お千左に話を聞くため黒船町代地の佐渡屋長屋へきたいきさつを、七蔵の耳元でささやきかけた。

七蔵はお甲の話に頷きながら、お千左と圭二郎から目を離さなかった。

嘉助と樫太郎は鍛鉄《たんてつ》の十手を帯び、二人の両脇に位置を占めた。

自身番の当番と二人の店番、定番を入れた四人は三畳間に居並び、板間の七蔵らの訊問を見守っている。

お甲からひと通りのいきさつを聞いた七蔵は、お千左に言った。

「まずはお千左だ。おめえ、二、三年前から、堀留町二丁目の政右衛門店で妾奉公を始めたな。奉公を始めたその旦那の名を聞かせてくれるかい」

お千左は言いにくそうにもじもじしていたが、やがて肩をすぼめて、

「神門のご隠居です」

と、小声で言った。

「ふむ。そうかい。おめえが妾奉公を始めた旦那は、神門のご隠居、つまり八丁堀の元町方神門達四郎なのかい。なら、神門達四郎の妾に囲われたきっかけから洗い浚《ざら》い話してくれ」

へえ、とお千左は弱々しく頷いた。

「二十歳をすぎてから茶汲女を始めて、浅草界隈の茶屋をわたってました。四年ほど前にちょっと気分を変えるつもりで、初めて浅草から離れて霊岸島町の茶屋の《田島《たじま》》に勤め替えしたんです。三月《みつき》ぐらいがたって、まだ町方のお役人だった神門さんが田島に遊びにきて、気むずかしくて怖いお役人という感じはぜんぜんなくて、初めは愉快に遊んでいかれる年配のお侍さんという感じでした。あんまり言い触らすんじゃないぞと前置きして、御番所のお役人さま方の裏話みたいな失敗談とか、御奉行さまの滑稽《こっけい》な癖とかを面白おかしく聞かせてくれて、馴染みになるとかそういうのじゃなく、あたしら茶汲女とふざけて、堅いお役目の気疲れをほぐすみたいな感じだったんです。ですから、お役目が忙しいらしくて、

そんなに遊びにきたわけじゃありません。三日ばかり続けて顔を見せることがあったあと、二、三ヵ月ぐらいご無沙汰だったりとかで、あたしが気に入られたってわけじゃやなかったんです」

「それがなんで、妾奉公の話になった」

「一昨年の春の初めごろ、でしたかね。ぷっつりと半年近くも顔を見せなかった神門さんが、久しぶりに田島に顔を出して、そのとき、去年の冬、町方のお役目は倅に番代わりして勤めの重荷をおろし、隠居になったと聞いたんです。十代の見習から始まって、四十年以上も町方を勤めあげた。倅夫婦に孫もできたし、これからは勤めの気苦労もなく呑気《のんき》に暮らすと聞かされたんです。初めてね、その日、神門さんと懇《ねんご》ろになったんです。そのとき、神門さんの歳は五十五歳と聞きました。けど案外に元気で、全然爺さん臭くなかったし」

「五十五歳の神門達四郎は、隠居はしても爺さん臭くはなかったのかい」

お千左は、指で目を拭いながら頷いた。

神門達四郎がお千左に妾話を持ちかけたのは、その折りだった。

いつまでも、茶汲女を続けられるわけでもないだろう。堀留町の杉森稲荷の近所に、手ごろな裏店を見つけてある。そろそろ客商売に見切りをつけ、呑気に暮らしてみる気はないかい。おれに面倒を見させてくれたら、暮らしの方便に苦労をさせねえ。

と、神門達四郎に誘われた。

二年半前の一昨年の春、お千左は二十七歳で、もう若くはなかった。見た目は客相手の派手やかな日々を送っていても、それが未来永劫《えいごう》続くわけでなし、先行きに不安を覚えないではなかった。

そんなとき、神門達四郎の申し入れは渡りに舟だった。

ただ、町方同心が所詮《しょせん》は禄の低い小役人であることが懸念だった。

しかも、もう隠居である。

せめて隠居でなければ、町家のみならず諸大名家からも付け届けの余禄があって、町方の羽ぶりはいいと聞いているけれど、元町方の隠居では、大して手当はあてにできなかった。

せめて、町家の中店ぐらいのご隠居さんならいいのだけど、とお千左は少し迷った。

それでも、茶汲女をずっと続けられるわけではないしと思い、お千左は神門達四郎の妾話を受けることにした。すると、

「それとな、隠居はしてもおれは元町方だから、元町方なりの世間体はつくろわなきゃあならねえ。妾を囲った噂が広まったら、古女房も孫もいる隠居が何やってやがるんだと、番代わりした倅の町方勤めにも差し障りになりかねねえ。段どりは一切おれがつけるが、おれのことは名前も知られねえようにして、偽名を使って古い縁者が気にかけて訪ねてくるだけだと言っとけ。おめえの店に行くのも、昼間だけで暗くなるころには引きあげる。だからと気を許して、暗くなって男を引きこんだりするんじゃねえぜ。心細くねえように、小女を雇え」

と、神門達四郎は釘を刺した。

堀留町二丁目の政右衛門店に越すときのお千左の店請人は、霊岸島町の酒亭橘川の亭主が引き受けたが、神門達四郎が橘川の亭主にどう話をつけたのか、また橘川の亭主の顔もお千左は知らなかった。

それが一昨年の春で、お千左は今年二十九歳になっている。

「そりゃあ、二年半も妾に囲われてりゃ、神門さんの狙いが妾を囲うことじゃないぐらい、馬鹿なあたしにだってわかってきます。大抵、三日か四日に一度ぐらいに昼ごろ政右衛門店にきて、おざなりなお相手を務めさせられましたけど、用があってお務めをしないときだってありましたね。用ってえのは、神門さんは書付を何枚も納戸《なんど》に仕舞っていて、それをとり出してはぶつぶつ言いながら算盤《そろばん》をはじき、なんかの勘定の帳簿をつけてるんですよ。まるで、妾の店にお役所仕事を持ちこんでいるみたいでした」

お千左は、手首の縄目の痕を擦りつつ言った。

「それがなんの用か、二年半も妾に囲われてわかってきたんだな」

七蔵が言うと、お千左は鼻でふんと笑った。

「ほんとは、半年も見たりぶつぶつ言うのを聞いたりしてわかりましたよ。そのときは用があるからあっちへ行ってろって、追い払われるんですけどね。神門さんは御番所のお役目を倅と番代わりして隠居になってから、どこで誰を相手にかまではわかりませんでしたが、金貸を始めていたんです。女房や倅夫婦と孫のいる八丁堀の組屋敷で金勘定はできないから、政右衛門店に妾を囲ったことにして、そこで金貸稼業をってわけです。書付は貸した相手からとった証文で、結構な束になってました。ぶつぶつ言いながら算盤をはじいてつけてた帳簿も、二年半で三冊ありました。どちらも納戸に仕舞って、納戸の把手《とって》に錠前を自分でとりつけ、これは大事なものだから絶対触るんじゃないぞと、滑稽なくらい用心してました。錠前なんか、釘抜き一本で簡単にとりはずせましたけどね」

「先月二十二日、砂村新田の寄洲で殺された神門達四郎の亡骸が見つかった。それはいつ知ったんだ」

「読売を読んで。二十四日でした」

お千左はぽつりと言った。

それから、指を折って数えた。

「その前にきたのが十七日で、二十一日の四日目になってもこないんで、変だねとは思いました。どんなに間が空いても、四日以上空けることはなかったんで、もしかして病気で寝こんでるんじゃないのって、婢《はしため》の子と話したりはしました。でも、神門さんがくるかこないかはあたしにはどうしようもないんで、放っとくしかないじゃありませんか」

「読売を読んで、それからどうした」

「そりゃあ、腰を抜かすくらい吃驚しましたよ。どうして、何があったの、どうしようって、頭がこんがらがって狼狽《うろた》えました。でも、すぐに思いました。金貸業でもめて恨みを買って殺されたんだ。それしかないって。釘抜きで納戸をこじ開けて、金貸の証文と帳簿をとり出して、どこの誰にいくら貸して利息はいくらで期限はいつかとか、全部調べました。茶汲女なんかやってましたけど、あたし、読み書き算盤ができるんです。だってそうでしょう。神門さんのお手当で日々の暮らしを賄い、妾奉公がお払い箱になったときに備えた蓄えとか、そういう金勘定ができなきゃ妾奉公は務まりませんから」

「貸付はいくらぐらいあったんだ」

「百二、三十両はありました。証文についていた神門さんの判もありましたね」

「百二、三十両の証文と判がかい」

お千左は涙が乾いた痕が黒ずんだ顔を、七蔵に向けた。

「隠居暮らしのお年寄りが、凄いですよね。貸付先は全部大川向こうの本所と深川の住人ばかりで、中にはお武家らしい名前も結構あって、神門さんは金貸稼業がばれないように用心してたんでしょうね。ですから、たぶん金貸の元手は、表沙汰にできないお金に違いないと勘繰りました」

「奉行所に知らせようとは、思わなかったのかい」

「だって……」

お千左は、それ以上は言い渋った。

「納戸に金は隠してなかったのか」

「びた一文もありませんでした。信じちゃくれないかも知れませんけど、ほんとなんです。でも、神門さんは金貸で儲けた金は両替屋《りょうがえや》に預けてると思います。どこの両替屋かは知りません。妾奉公を始めるとき、手当の心配はいらねえ。家の者も知らねえまとまった金を両替屋に預けてあると、言ってましたので」

「まあいいだろう。で、証文やら帳簿を調べて、それからどうした」

「新鳥越町《しんとりごえちょう》の圭二郎に、話を持ちかけました」

「なるほど。圭二郎を連れて神門に借金をした相手を廻り、期限のきている証文を突きつけて、神門の代わりに取り立てにきたと、集金に廻ったわけだな」

七蔵が圭二郎に向くと、圭二郎はでこぼこののっぺり顔を背けた。

お千左は、萎《しお》れるように頭を垂れて言った。

「神門さんがあんなことになったのは、江戸中知れわたっているでしょうから、あたしは亡くなった神門達四郎の女房です、夫が貸したお金の取り立てにきましたって、この通り、亭主の使っていた判もありますと見せて、一軒一軒証文を持って圭二郎と廻ることにしたんです。相手がわたしのことを、ほんとの女房かどうかを疑って支払いを拒んだら、圭二郎が、この証文と判を持ってるのが女房の証拠だ、女房じゃなけりゃあ誰がこの証文と判を持ってるっていうんだと納得させて、取り立てるつもりでした」

「納得させてね。相手は圭二郎のでかい身体を見て、納得せざるを得なかったんだろうな。で、今日までに何軒廻って取り立てた」

「まだ廻っていません。これから廻るところでした。まずは、政右衛門店から佐渡屋長屋に越して、金額の多い相手から廻るか、必ず取り立てできそうな相手から廻るか、お武家は当分は見送ろうか、とかなんとか圭二郎と相談をして段どりを決めているところでした」

「まだ取り立てはしてねえのかい。なら、金貸の証文と判は佐渡屋長屋の店にお千左が持ち出したまま残ってるのか」

「はい。残ってます」

と、お千左は黒ずんだ顔を七蔵に向けた。

「だいたい、おめえと圭二郎はどういう仲なんだ」

「圭二郎はあたしが、浅草広小路の茶屋で初めて茶汲女を始めたときの、馴染みの客です。あたしが霊岸島町に移ってからはずっとご無沙汰だったけど、神門さんに囲われて政右衛門店で暮らし始めてから、神門さんは暗くなる前には絶対引きあげるし、暇な日が多いから、婢の小女と久しぶりに浅草の観音さまを拝みに行ったとき、広小路でばったり会って、あれからどうしてたのとか、懐かしくていろいろ話してるうちに、つい縒《よ》りが戻って……」

「政右衛門店に連れこんだことも、あるのかい」

「神門さんは、自分さえよけりゃあたしのことなんか気にかけませんけど、圭二郎はあれがとっても上手なんです。だから、小女には口止め料のお小遣いをあげて、ときどきは政右衛門店にも呼びました」

当番がぷっと噴き、定番や店番らがくすくす笑いをもらした。

七蔵は圭二郎に言った。

「圭二郎、おめえ、お千左に取り立ての話を持ちかけられて、こいつは旨い話だと、後先を考えずに乗ったんだな」

「お千左が、大丈夫、あたしに任せなって言うんで。なら、どうせだめで元々だしと思ったからよ」

すると、嘉助が後ろから圭二郎の月代ののびた大きな頭に張り手をかました。

「てめえ、それだけでお甲の喉を絞めたのかい。殺すつもりだったのかい」

「あ、いやあ。つい……」

圭二郎が、首をかしげ事もなげに言ったので、

「この大馬鹿野郎が」

と、いっそうかっとなった嘉助は、圭二郎に張り手を見舞い続けた。

「親分、落ち着いて、落ち着いてくだせえ」

樫太郎が嘉助を懸命になだめた。

四

駒形町の屋根より高く、七夕祭りにたてた五色の短冊を飾った葉竹の影が、宵の紺色に染まった空にそよいでいた。

広大な天上には、ひとつ二つ、三つ四つと星がきらめいて、ただ、日が沈んだあとの夕焼けが、西の彼方の地平に細く赤い帯を締めていた。

店番が佐渡屋長屋のお千左の店から運んできた、神門達四郎の集めた証文の束や貸付の帳簿を仕舞った柳行李《やなぎごうり》を、樫太郎が風呂敷に包んで肩にかついだ。

結局、お千左と圭二郎は、お甲に乱暴を働いたことと神門達四郎の貸金の証文と帳簿を勝手に持ち出したというだけで、入牢《じゅろう》証文をとるほどではなかった。

「お千左、圭二郎、おめえらにまだ訊くことがあるかも知れねえ。許しが出るまで、佐渡屋長屋から出るんじゃねえぜ」

七蔵はお千左と圭二郎に厳しく命じて、二人を帰らせた。

黒船町代地の自身番を出た七蔵らは、浅草御門の大通りに向かった。

七蔵は夕暮れの往来を行きながら、後ろの嘉助に言った。

「親分、喉が渇いた。《し乃《の》》で一杯やろう。一杯やりながら、今日の報告を聞かせてくれ。鎌倉河岸まで船で行こう」

鎌倉河岸のし乃は、内与力の久米信孝が馴染みにしている小料理屋で、女将《おかみ》のお篠《しの》が婀娜《あだ》な年増である。

「承知しやした。あっしも今日は疲れやした。歳ですね」

嘉助は、白髪交じりの鬢《びん》のほつれを撫でた。

「歳には見えねえぜ。あの圭二郎をのしたんだから、吃驚だぜ」

「たまたまです。お甲が危なかったんで、夢中でした」

「ほんとに吃驚だよ、親分。あのでかい圭二郎が、ぼこぼこになってましたもんね。ねえ、姉さん」

樫太郎がお甲に言い、お甲が、あは、と嗄《しやが》れ声で笑った。

すると嘉助は、喉を痛めたお甲へふり向いた。

「そうだお甲、今日からうちへこい。その喉が治るまで、うちで養生しな」

「大丈夫ですよ、親分。これぐらい、ほっときゃそのうちに治ります」

嗄れ声でも、お甲は気丈だった。

だが、嘉助は自分の娘を気にかけるように言った。

「若いからって、油断しちゃあならねえ。しばらくうちで養生すりゃいいんだ。お米もお甲の身をいつも気にしてるんだぜ」

「お甲、それがいいな。明日からは当分親分と組んで、賊《ぞく》の足のほうを探ってくれ。おれと樫太郎は、神門の証文と帳簿に載ってる借り手を一軒一軒訊きこみに廻って、神門が襲われたと思われる先月十七日当日とその前後の借り手の動きを探る。評定所の調べがどれほど進んでいるかわからねえが、むずかしい探索になると思う。地道な訊きこみを続けるしかねえ。頼むぜ」

合点《がってん》、承知、と三人は声をそろえた。

浅草御門の大通りから駒形町の河岸場に向かった四人は、上手い具合に箱崎の船宿《ふなやど》へ帰る屋根船に乗ることができ、

「へえい、お役人さま。鎌倉河岸まで、承知しやした」

と、頬かむりの船頭が、屋根船を大川の流れへゆらりと押し出した。

昼間はまだ夏の名残りの暑気が続いても、宵の帳がおりるころには、秋の涼し

さがたちこめ、日中に働いた七蔵ら四人の火照《ほて》った身体を、川面に流れる夜風がひんやりとなだめた。

屋根船は、御厩河岸《おんまやがし》から本所へ渡す渡船場と、浅草側は御米蔵《おこめぐら》、本所側は御竹《おたけ》蔵《ぐら》の間の大川をすぎて、そろそろ両国橋が近くなった。

両国橋周辺は、五月二十八日の川開きから八月二十八日までが《納涼》の期間で、両国橋両岸の盛り場は夜ふけまで人があふれ、川面にも江戸市中の船宿が客を乗せた船を浮かべ、管弦《かんげん》を鳴らし花火を打ちあげ、歓楽の宴《えん》に賑わっている。

その騒めきが聞こえる両国橋をくぐり、両岸の盛り場が大川の波間に明かりをちりばめる中、屋根船はゆっくりと櫓を軋ませていた。

「で、親分、何か気になった賊の足の話は聞けたかい」

七蔵が嘉助に声をかけた。

神門達四郎の亡骸を砂村新田の寄洲に捨てた賊は、神門が生きていたにせよ亡骸だったにせよ、砂村新田の寄洲かその近辺まで運ぶのに船を使ったと思われ、七蔵の指示を受けた嘉助は、賊の足となった船を探っていた。

「今日のところは、深川の浜十三町の漁師町から佃島へ渡って、船松町《ふなまつちょう》、本湊《ほんみなと》町《ちょう》まで、漁師やら瀬取船《せどりぶね》、荷足船《にたりぶね》の水手《かこ》らに、六月十七日の夜ふけから十八日の夜明けごろにかけて、ほんのちょっとでも気になる動きをしている漁師船や荷船、夜釣りの船でもいいんだが、深川沖を中川方面へ向かっているとか、あるいは戻ってくるとか、そういう船を見かけたかと訊いて廻りやした。今日のところは、そういう船を見かけた話は聞けやせんでした。明日は人手を増やして、漁師や水手らには引き続き訊きこみをし、それから河岸場の人足らにも訊いて廻るつもりでおりやす」

それと旦那、と嘉助は続けた。

「さっきのお千左の話では、神門さんは十七日の日暮れごろ、お千左を囲っていた政右衛門店を出た。それから、堀留町二丁目の戻りに霊岸島町の行きつけの酒亭をのぞき、そこで一杯やって、腰をあげたのが四ツ（午後十時）前ごろで……」

「そうだ。霊岸島町の神門の行きつけは酒亭の橘川だ。橘川を出たあと、神門の行方がぷっつりと途絶えた。で、二十二日に砂村新田の寄洲で神門の亡骸が見つかった。十七日の夜ふけ、神門の身に異変が起こったのは間違いねえ。どうやら橘川の亭主も、八丁堀の陽気で楽しいご隠居の裏の顔を知っていたのが、お千左の話でよくわかった。あの亭主、神門の裏の顔も妾のお千左の店請人になったことも、掛の棚橋弥次郎には一切隠していやがった。もしかして、神門の裏の顔と亭主には、人には話せねえ因縁があるのかもな。明日、橋川の亭主にじっくり話を聞いてみるつもりだ」

「だとしたら、一件の手がかりがなんぞ聞けるかも知れませんね」

「かもな。で、神門が橋川を四ツ前ごろに腰をあげた。それがどうした」

七蔵が嘉助を促した。

「訊きこみをしていて、ふと思ったんです。夜ふけの四ツ前ごろ、神門さんが橋川を出て真っすぐ岡崎町のお屋敷に戻るとしたら、道筋は霊岸島町から川口町《かわぐちちよう》をへて亀島橋を渡り、亀島町、それから岡崎町という道順になりやすね。船を使った賊が、神門さんの命を狙って襲い亡骸を船に運ぶ、あるいは無理矢理かどわかすなら、おそらくその場所は、亀島橋の袂の船寄せに船を停めて、亀島橋の近辺になりやすね」

「亀島橋近辺か。それで？」

「しかし、旦那。隠居といっても、神門さんは元町方の二本差しです。いくら四ツ前の夜ふけで人通りはなかったとしても、亀島橋近辺のしかも町方の組屋敷からさほど離れてもいねえ町中で、二本差し相手にそんな荒っぽい手口をとるでしなりかねやせん。縮尻《しくじ》ったら面倒になるどころじゃ済まねえ。その場でお縄にだってなりかねやせん。賊は神門さんが、十七日の夜ふけの刻限に亀島橋を通ることがわかっていたとして、船寄せに船を停めて待ち受け、亀島橋を通りかかった神門さんを襲って船に運んだんじゃなく、船に誘ったとしたら……」

するとと樫太郎が言った。

「そうか。親分、船饅頭《ふなまんじゆう》ですね。賊は船饅頭に化けて、亀島橋の袂で神門さんを誘ったんですね」

「それもあるんじゃねえか、と思うんだ。神門さんが夜ふけの亀島橋で船饅頭ごときに声をかけられ、そう易々《やすやす》と誘われたかどうか、そいつは別だ。おまんでござい、と船饅頭に声をかけられた神門さんは、こんなところで客を引くんじゃねえ、しっしっ、と追っ払ったかも知れねえ。けど、怪しいやつと警戒はしなかった。船饅頭に気をとられて、油断していたところなら、少々手荒な手口でもそうむずかしくはなかったんじゃねえか」

「じゃ、賊はひとりじゃなくて、女の仲間もいるってわけですね」

「砂村新田の寄洲に神門さんの亡骸をわざわざ捨てる、そんな手間をひとりでは到底かけられねえ。男並みに働ける女だって、いくらでもいる。殺してえと思うくらい恨む気持ちは、男も女も同じだ。神門さんがあんな惨い殺され方をしたのは、よっぽどの恨みを買ったんだろうな」

「親分、賊は何人ぐらいだと思う」

それは七蔵が訊いた。

「船頭と、もうひとりか精々《せいぜい》二人。あっしはそんなもんだと思いやす。数が増えると、それだけ人目にもつきやすくなりますから」

「そうだな。いいだろう。親分とお甲は、漁師やら瀬取船、荷足船の水手ら、河岸場の人足らの訊きこみはそのまま続けて、船饅頭や河岸場の夜鷹《よたか》らにも、十七日の夜ふけから十八日の朝方にかけて、気にかかるような船を見かけなかったかどうか、あたってみてくれ」

「承知しやした。お甲、明日、本所の吉田町《よしだちょう》へ行ってみよう。夜鷹らのねぐらがあそこら辺にある。なんか聞けるかも知れねえ」

「はい。船饅頭なら、やっぱり箱崎の永久橋《えいきゅうばし》ですね。中洲をぐるっとひと廻りして三十二文、と聞いてます」

お甲ががらがら声を絞り出すと、

「竜閑橋《りゅうかんばし》にも船饅頭が出るって、聞いたことがありやすぜ」

と、樫太郎も言った。

「よく知ってるじゃないの、かっちゃん。竜閑橋のお姉さんたちに、馴染みがいるのかい」

お甲がからかい、樫太郎は、ぷっ、と噴いた。

そのとき、屋根船は新大橋をくぐり、箱崎のほうの水路へ舳《へさき》を転じた。

すでにとっぷりと暮れ、濱町の武家地も三ツ叉の中洲も夜の帳がおりて見えず、天空は満天の星がきらめいていた。


その少し前、賄調役御家人竹嶋勘右衛門の深川屋敷に、支配役の賄頭より差し遣わされた三名の侍と中間五名が屋敷内へ入り、主屋の表戸を叩いた。

だんだんだんだん……

と、日が暮れて閉じたばかりの板戸が、不穏な高い音をたてた。

三人の侍は襷《たすき》がけに、両刀を帯びた袴の股立《ももだ》ちを高くとって、手甲脚絆《てっこうきゃはん》草鞋、ひとりは黒塗りの陣笠《じんがさ》、二人は菅笠をかぶっていた。

侍衆に従う中間は、黒看板《くろかんばん》と梵天帯《ぼんてんおび》に六尺棒《ろくしゃくぼう》を携え、みな賄頭配下の提灯を掲げていた。陣笠のひとりが板戸ごしに声を発した。

「賄調役竹嶋勘右衛門殿、評定所よりの御達しでござる。われら、支配役の賄頭遠山良之介《とおやまりようのすけ》さまのお指図により、竹嶋勘右衛門殿の身柄をお預かりするため、差し遣わされました。評定所までお連れ申すゆえ、速《すみ》やかにお支度をなされご同道願いたい。お聞き届けなくば、われら、この戸を打ち破らねばなりません」

陣笠の侍の発する物々しい言い草が、屋敷の静寂を震わせた。

「は、はい、ただ今……」

勘右衛門の慌てた声が、板戸ごしにかえされた。

たてつけの合わない板戸が引き開けられ、垢染《あかじ》みた納戸色の帷子一枚に無腰の勘右衛門が、物々しく支度した侍衆と中間らを不審そうに見廻した。

「この刻限に、評定所の御達しとは、一体いかなる御達しですか」

中間らの提灯に照らされ、勘右衛門はまぶしそうに目を細めて質した。

寄付きに勘右衛門の老母と姉娘、幼い弟が出てきて、不安な様子で成り行きを見守っていた。

「われらは支配役賄頭遠山良之介さまのお指図に従っているまでにて、評定所の御達しの子細は知らぬゆえ、評定所にてお訊ねなさればよかろう」

「さようですか。いたし方ありません。ではすぐに支度をいたします。お待ちください」

「いや。これは登城ではござらん。そのままで差し支えござらん」

陣笠は言い捨て、二人の侍衆と中間へ向いて合図を送った。

行きかけた勘右衛門が、えっ、とふり向いたところへ、侍衆と中間が寄付きのある狭い土間に荒々しく踏み入り、痩せ衰えた勘右衛門をとり囲んで土間に引き据え、荒々しく縄をかけた。

寄付きの老母や姉弟らが、怯えて悲鳴をあげた。

「こ、これはご無体《むたい》なふる舞い。言われるままに従っておるのに、まるで罪人のごとき扱いではありませんか。それがしが何をしたと言われるのだ」

「お訊ねの儀《ぎ》あらば、評定所にてなされよ。これも支配役賄頭遠山良之介さまのお指図でござる」

「理由もなくこのような扱いを受ける謂《いわ》れはない。武士に対して無礼な」

「問答無用。引ったてよ」

陣笠が命じた。

寄付きの老母と姉弟が泣き崩れた。

「案ずるな。これは何かの間違いだ。誤解だ。父は間違ったことはしていない。

すぐに解き放たれて戻ってくる。それまで、母の看病を頼む」

勘右衛門は言い残し、往来へ引き摺り出された。

夕闇のおりた往来には、騒ぎを聞きつけた富川町の町民や、界隈の武家屋敷の住人らが姿を見せていて、勘右衛門は憐れみと蔑《さげす》みの眼差しの中を跣のまま引ったてられて行った。

第三章　七《しち》夕《せき》

一

五節句のひとつ七夕の朝、七蔵は北町奉行所内座之間で、内与力目安方の久米信孝を待っていた。

奉行所内は朝の慌ただしい刻限ではあっても、公事人溜《くじにんだまり》に詮議を待つ町民の姿もまだなく、寂《しん》とした穏やかな気配の中にあった。

今朝はまた昨日より、一段と涼しかった。

不意に、背中の障子戸を閉てた中庭で法師蟬が鳴き出した。

おおしつくつく、おおしつくつく、おおしつくつく……

つくつくつくつくつく……

けたたましく、それでいて寂しく果敢《はか》なげな、法師蟬の声が続いた。

町家ではつい昨日まで、みんみん蟬やあぶら蟬が太々《ふてぶて》しく鳴いていたのに、たった一日で急に秋めいた。

「今日は七夕、秋だな」

七蔵はもの憂く呟き、ふ、と息を吐いた。

深川の賄調役御家人竹嶋勘右衛門が、昨夕、評定所の指図により捕縛され、元町方同心神門達四郎殺害の下手人として小伝馬町の牢屋送りとなったことは、鎌倉河岸の小料理屋《し乃》から戻って知った。

奉行所の中間が、竹嶋勘右衛門の入牢とその件について用件あり、との久米の伝言を届けにきたのだった。

少々酔ってあとは寝るだけだった七蔵は、竹嶋勘右衛門入牢の久米の伝言を受けて、酔いも眠気も吹き飛んだ。

馬鹿な、と思った。

早朝のこの刻限、北町奉行小田切土佐守はまだ登城前である。

内与力の久米らは、朝四ツ（午前十時）登城の御奉行さまの御駕籠《おかご》をお見送りするまで、御奉行さまへ様々な報告をし、お指図を受ける忙しい刻限である。

それにしても、あり得ねえだろう、と七蔵は思っている。

つくづく馬鹿だね、と法師蟬も庭の夾竹桃《きょうちくとう》の灌木で言い合っている。

ちょっと調べただけで、竹嶋勘右衛門が神門達四郎殺しなんてできねえことは明らかになるはずだ。何しろ、勘右衛門の武士の魂は、病気の女房の薬礼に消えて竹光なんだ。まさか、そんなことがわかってねえはずはねえだろう。

それだけじゃねえ、と思ったところに、人の気配が次之間にして、内座之間の間仕切が引かれた。

「やあ、萬《まん》さん。こっちから呼び出しといて、待たせてすまなかった。御奉行さまのお指図が長引いてな」

尺扇を手にした久米が、床の間を背に着座しながら早口で言った。

「いえ。お忙しいのはわかっておりますので。まずは、御奉行さまのお指図をお聞かせ願います」

七蔵は、垂れた頭をあげて言った。

「昨夜知らせた通り、賄調役の竹嶋勘右衛門がお縄になった。何しろ評定所は、隠居ではあっても元町方の神門があんな殺され方をして、しかも神門の裏の顔についても神門ひとりのことじゃないんじゃないか、他にも似たようなことが奉行所内にはびこっているんじゃないかと勘繰っているらしく、なんとしても自分らで下手人をあげると意気ごんでいてな。つまり、この一件は町方には任せられない、評定所に任せろと、少々前のめりになっているようだ。昨夕、下城なされた御奉行さまに、評定所が竹嶋勘右衛門を捕らえ訊問することになったと聞かされ、わたしも驚いた。竹嶋勘右衛門の神門殺しはほぼないと、萬さんに聞いていたので意外だった。もしかして、評定所が萬さんも知らない勘右衛門の身辺の何かをつかんだか、あるいは弁蔵とは別の差口が、やはり勘右衛門についてもたらされたかで、そうでもなければ強引すぎるのさ」

「久米さんにお伝えした、勘右衛門がお内儀の薬礼の支払いに、刀をすでに質に入れて竹光だったことや、砂村新田の中洲へ神門の亡骸を捨てる手口は、ひとりでは到底無理だし船がないとむずかしく、神門殺しは何名かがかかわり、船が使われたと思われること、それから先月十七日当夜は老母と姉娘とともに内職をしていて、どこにも出かけていないとかは、御奉行さまはどのように」

「御奉行さまが申されるには、評定所留役の考えはこうだ。竹光の一件は、神門殺しに名刀である必要はない。古道具屋で二束三文《にそくさんもん》の雑刀ぐらい、手に入れるのはむずかしくない。船についても、勘右衛門の唯一の道楽が海釣りのようで、お内儀が病に臥《ふ》せる以前は、釣り仲間らと船を雇って、深川の沖で釣りを楽しんだことがあったらしい。評定所お雇いの同心が探ったところによると、勘右衛門は今でもごく稀《まれ》に、釣り竿一本を肩にかけて、ひとりで洲崎やら砂村新田の寄洲のほうまで足をのばし、海釣りを続けているそうだ。だから砂村新田の寄洲の景色にも通じており、いろんな釣り場を廻って、船着場につないだままの荷船などを密かに使う手口を思いついたのではないかとのことだ。十七日当夜は屋敷にいて内職をしていたというのは、それを明かす者は身内しかおらん。身内の者だけの明かしでは、真偽はあてにならんということだ」

「ですが、評定所が勘右衛門をお縄にした、古道具屋の雑刀だの海釣りが道楽だのの疑いこそ、どれもこれもあてにならない推量にすぎないじゃないですか。そんないい加減な推量で勘右衛門が引っ捕らえられ、あとは白状するまで拷問《ごうもん》にかけて一件落着ってやつですか」

「評定所には評定所の考えがあるのだろう。ともかく、御奉行さまは本日御登城なされ、公事方《くじがた》の勘定《かんじょう》奉行さまに、評定所が勘右衛門捕縛に踏み切った子細を質される。子細が明らかになれば、萬さんにも話してやるよ」

七蔵は一昨日、勘右衛門の屋敷で、姉娘の菊が出した白湯を思い出した。

みんみん蟬の声に交じって聞こえた、お内儀のかぼそい咳を思い出した。

不満だったがどうにもならず、ただ溜息が出た。

「で、御奉行さまのお指図が、何かあるんですか」

少々投げやりな口ぶりになった。

「評定所が動き出して、竹嶋勘右衛門がお縄になった。よって、御奉行さまの言われた、北町奉行所の面目が施せない、萬にやらせろとのお指図はもうよい、これまでにせよとのご意向だ」

「そんな。評定所があてにならない推量で竹嶋勘右衛門をお縄にしただけじゃありませんか。一件はまだ落着していないんですよ。元北町のご隠居が殺されいまだ下手人があがらず、北町奉行所の面目が施せないのは、何も変わっちゃあいないってことです。ご報告している通り、調べは少しずつですが進んでいます。このまま調べを続けさせてください。必ず真の下手人を捕まえます」

「町方が目だった動きをすると、この一件は町方の掛ではない、評定所の調べを邪魔する気かと、強硬に申し入れてくるだろうな。御奉行さまは評定所一座のお立場もあって、配慮せねばならない事情が様々におありなのが、おつらいところだ。ともかく、評定所が竹嶋勘右衛門を捕縛して事態が変わり、御奉行さまのただ今の御意向は伝えましたと、わたしはそのように申しあげるのみだ。あとは萬さんがどうするかだよ」

そして久米は、尺扇で膝を軽く打ちながら続けた。

「ま、隠密廻りは御奉行さま直属の間者《かんじゃ》ですから、目安方ごときでは目が行き届きかねますがと、そうも言うておく。あは……」

おおしつくつく、おおしつくつく、と法師蟬が久米と一緒に笑った。

およそ一刻（約二時間）後、七蔵と樫太郎を乗せた茶船は、艫の船頭の漕ぐ櫓が、ごと、ごと、と音を刻んで砂村新田の二十間川を漕ぎ進み、土手の南側に開いた大知稲荷の鳥居の前をすぎた。

真っすぐ東に続く川筋の先に土橋が架かっていて、土橋の南側の袂に、船寄せの歩みの板も見えた。

「お客さん、あの先に見える土橋だ」

艫の船頭が櫓の音を刻みながら言った。

「そうか。こんなに遠いんじゃあ、やっぱり船がねえと無理ですね」

樫太郎が七蔵に言い、

「無理だな」

と、七蔵は二十間川周辺の景色を眺めて言った。

二十間川は、青く晴れた空の下の、稲穂が実る田んぼや葱畑、葉が色濃く繁る彼方の森や林の木々、集落の茅葺《かやぶき》屋根、そして、低い土塀に囲われた大名家の下《しも》屋敷なども散在する東の彼方へ、真っすぐに続いている。

田んぼの中を行く百姓の姿は、飯粒のように小さい。

涼しい風が、さえぎるもののない田園にそよぎ、二十間川の川面にさざ波をたてて吹きすぎて行く。

やがて、茶船が土橋に近づくと、船頭は櫓を棹に持ち替え、土橋の袂へ茶船を廻しつつ、歩みの板へゆるゆると横づけた。

船縁《ふなべり》が歩みの板の杭を、かすかに音をたてて擦った。

「ここから畑の畔を行けば波除堤だ。波除堤のきわに火やと隠亡らの店があるだでな。今日は煙が見えねえから、仏さんは出ていねえようだ。波除堤の向こうが、海までずうっと一里ばかしが寄洲だよ」

艫の船頭が、土手にあがった七蔵と樫太郎に南の彼方を指差した。

「世話になった」

七蔵は船頭に船賃を払った。

「お客さん、戻りはいいのかい」

「一刻はかからねえと思うが、待てるなら頼みたいが」

「どうせ昼を使うから、待っててもかまわねえぜ」

「なら頼む。戻りは小名木川《おなぎがわ》のほうへ廻ってほしい。祝儀《しゅうぎ》ははずむ」

「承知だ」

船頭と言い交わし、七蔵は樫太郎を従え土手から畑の畔をとった。

七蔵は白衣《びゃくえ》に黒羽織の町方の定服を、明るい藍《あい》の淡色《あわいろ》に市松《いちまつ》小紋を抜いた小袖、群青《ぐんじょう》の細袴、菅笠と腰に帯びた両刀、白足袋に雪駄の侍風体に変えていた。

樫太郎は、紺地の井桁絣《いげたがすり》を尻端折りにし、同じく菅笠と角帯に差した木刀、足下《あしもと》は黒足袋草履をつっかけた中間のように装っている。

ほどなく、昼に近い青空の下に波除堤と、堤の上の松並木が見えてきた。その松並木の廻りを、いく羽もの小さな鳥影が舞っていた。

火やと隠亡の住居《すまい》が、波除堤のきわに建てられている。

火やに煙は上らず、まるで空家《あきや》のように静まって、隠亡の姿もなかった。

「ここが砂村の火葬場か」

「樫太郎は、砂村の火葬場は初めてか」

「へえ。うちは親類もみな、西本願寺《にしほんがんじ》さんの火やでお願いしておりやす」

「築地の住人は西本願寺さんだな」

言い交わしながら、みちやなぎやたでが茫々《ぼうぼう》と蔽《おお》う波除堤を上った。

波除堤の松並木は、強い海風に曝されてどれも陸《おか》のほうへ傾き、木々の廻りで鳥のさえずりが絶えなかった。

その松林を抜けて堤をくだったところから、ずっと彼方の海まで一面に葭の蔽う寄洲が、青空の下にはるばると広がっていた。

その寄洲の先の海は、日射しの粒をきらきらと撥ねかえしていた。

「わあ、旦那、江戸の海が白く光ってますぜ」

樫太郎が声をあげた。

「こんな眺めなのか。おれも知らなかった」

七蔵は菅笠を持ちあげ、東の房総《ぼうそう》のはるかな遠い山々、南の羽田沖《はねだおき》のほうまでを眺め、つい溜息をもらした。

それから眼下の寄洲へ目を戻し、村人らが葭を踏み締めてできた葭原を通る細道や、海から寄洲の中へ水路が流れこんでいるあたりを見遣った。

「樫太郎、あそこに海までつながる水路が見えるだろう」

七蔵は水路のほうを指差した。

「へい。見えやす」

「棚橋さんに聞いた。あれぐらいの水路だと、荷足船なら寄洲の奥まで入ることができるそうだ。たぶん釣りもできるんだろうな。もしかしたら、勘右衛門もあの水路の岸辺で釣りを楽しんだかも知れねえ。神門のご隠居の亡骸は、あの水路の近くの、葭が開《ひら》け剝き出しになった石ころと砂の地面に仰のけに倒れ、胸には突き入れたままの匕首が残っていた。傍らに黒鞘の両刀が供養にたてた墓標か、卒塔婆みてえに突きたってた。水鳥に食い荒らされ、死臭もひどかったそうだ。蛆《うじ》も集《たか》ってたろう。ご隠居の亡骸が見つかった、あそこら辺を見ておこう。行くぜ」

七蔵は波除堤を下り、葭の蔽う寄洲の細道を分け入った。

分け入りながら、樫太郎に言った。

「病気の女房と幼い倅は無理だろう。勘右衛門のおっ母さんと姉娘の菊に、勘右衛門が唯一道楽にしている釣りの仲間や、よく出かける海釣りの場所とか、顔見知りの船頭やら漁師らを聞き出して、ひとりひとりにあたってみよう。十七日の夜から十八日にかけて、勘右衛門は夜ふけまで内職をしていたのか、もしかしてそれは偽《いつわ》りなのか、そこら辺のことを徹底して洗うんだ」

「合点だ」

　樫太郎がかえした。

二

　同じ七夕の昼近く、富沢町に古手屋を構える籐屋文左衛門は、午後の商売を番頭と二人の小僧に任せて店を出た。

　濱町堀端に土手蔵が並ぶ往来をとって、千鳥橋の袂を元濱町の往来へ折れた。

　その日は昼から、元濱町の西隣、新大坂町の古手問屋《小泉《こいずみ》》で、大坂古手問屋仲間の寄合が開かれる。

　文左衛門が新大坂町の小泉の、軒暖簾をかけた表戸をくぐって前土間へ踏み入ると、店の間で接客中の手代や小僧らが口々に、おいでなさいまし、おいでなさいまし、と挨拶を寄こした。

　小泉の店の間は、籐屋の店の間よりだいぶ広く、手代や小僧などの使用人の数も多いが、店の間に色柄も様々な古手をずらりと吊るして客に見せ選ばせる古手屋商売の様子は、籐屋の店の間と同じである。

奥の帳場格子にいた年配の番頭が、店の間の上がり端まで出て手をついた。

「簗屋さん、おいでなさいまし。主人がお待ちいたしております」

「お邪魔しますよ。みなさんはもうお揃いですか」

文左衛門が訊ねると、

「倉屋《くらや》さんと梅谷《うめたに》さんは先ほどおこしです。福屋《ふくや》さんと野崎《のざき》さんもおっつけお見えでございましょう。和助《わすけ》、簗屋さんを奥へご案内しなさい」

と、番頭は小僧に命じた。

四半刻《しはんとき》（約三十分）後、八畳の客間で大坂古手問屋九軒六店の頭取《とうどり》を務める小泉の主人の両側に、行事役の簗屋文左衛門、倉屋と梅谷の三名、福屋と野崎の二名が向かい合って居並び、月に一度の定例の寄合が開かれた。

寄合での議題は大よそいつも同じで、上方よりの下り古手の仕入れ状況、江戸及び関東八州《かんとうはっしゅう》方面の売れ行き、奥州《おうしゅう》筋の販路を広げる手順、さらに下り船の菱垣廻船と奥州筋の石巻《いしのまき》まで古手を運ぶ廻船の調整などである。

幸い、文化の初めの大坂古手問屋仲間結成以来、廻船は海難事故に一度も遭うことなく、三艘に分けて古手を輸送する一艘が、陸前《りくぜん》沖で波をかぶり被害が出た一件のみで済んでいた。

「ありがたいことに、これまでのところ六店の売上も概《おおむ》ね順調にのびており、このまま推移すれば、来年もよい正月が迎えられることでしょう。何かほかに話し合う懸念などがなければ、堅苦しい仕事の話はこれぐらいにして、あとはお昼をいただきながらということにいたしましょう」

頭取の小泉の主人が言った。

小泉の主人の言葉を、倉屋の主人が引きとった。

「よろしいですな。今日は七夕で、天気がよくてようございました。町内にもそれとない賑わいが感じられて、いいもんです」

「ではそういうことで、行事役、よろしいな」

小泉の主人が、傍らの行事役の文左衛門に断った。

「はい。けっこうでございます」

文左衛門は、ゆったりした仕種《しぐさ》で首肯《しゅこう》した。

「おおい、支度を頼むよ」

小泉の主人が、客間の間仕切ごしに声をかけ、

「はあいただ今」

と、中働きの女の声がかえって、町内の仕出《しだし》料理屋に頼んだ折詰《おりづめ》と酒の淡い湯

気が香る徳利の膳が調えられ、寄合のあとのいつもの酒宴が始まった。

小泉の主人は、両国の米沢町《よねざわちょう》と神田豊島町《としまちょう》に二戸の別店を持ち、倉屋の主人は浅草御門外の福井町《ふくいちょう》に一戸、別店を構えていて、日本橋の大店呉服問屋とは較べるべくはないものの、小泉も倉屋も大坂古手問屋の中では大店であった。両主人とも、五十代の半ばをすぎた年ごろである。

梅谷と福屋と簗屋は古手屋としては中店で、野崎は仲間の中では小僧ひとりを使うだけの小店ながら、これでも古手商売の権利を持つ問屋である。

梅谷と福屋の主人は四十代半ばすぎ、野崎の主人がこの春四十歳になって、大坂古手問屋仲間の行事役を務める文左衛門は、一番年下の三十七歳だった。

文化の初めに大坂古手問屋を結成したとき、最年長の小泉の主人が仲間の頭取役を務め、頭取役を支え仲間を差配する行事役に、一番年下の簗屋の文左衛門が就いたのには事情があった。

文左衛門が父親の文五郎から古手屋の簗屋を継いだのは、もう十年あまり前になる寛政の終りに近い二十代の半ばすぎであった。

文左衛門は簗屋を継ぐ前から、江戸仕入れを中心とする地《じ》古手問屋のこれまで通りの古手だけでなく、上方の品質のいい下り古手をもっと大量に仕入れることができれば、地古手問屋と競合しても十分商いになるだろうと考えていた。

この文化の世より百年以上前の元禄《げんろく》の世には、すでに百万の住人が暮らす大都市になっていた江戸は、値の張る上質な古手から、《木綿古切《きれ》下げ店》や《切売》《ぼろ買》、また《三ツ物振売》まで、衣類としての古着のみならず、布切にいたるまでの需要と供給の大市場でもあった。

江戸では、その古手市場は地古手問屋が江戸仕入れを中心として、販売までの古着商売の流通を請け負い、江戸や周辺各地から古手を仕入れて古手屋に卸し、のみならず、関東から遠く離れた奥州筋の古手の需要にも応えていた。

奥州筋は寒冷地のため、農民の主な衣服となる原料の木綿栽培は不向きで、繰《くり》綿《わた》や綿織物は、畿内《きない》から大坂、江戸、関東をへて奥州筋へと陸路輸送されて行く背景が元々あった。

当然のごとく、繰綿や綿織物とともに、古手も奥州筋では日常の暮らしの必需品であった。

かつ一方で、江戸百万都市の人口の半数近くを占める武家より仕入れる、質実ながら品格があり、また見栄えのする古手は、奥州筋では、たとえ値が張っても武士階層ばかりか裕福な町民や有力な農民層にも人気が高かった。

この時代の古手商売は、ある意味では現代の既製服市場と言ってよい。当然のごとく、奥州筋では江戸仕入れの古手が、日常生活の必需品としてばかりでなく、上質な古手の高値の商いにもなるとわかっていながら、江戸の地古手問屋は奥州筋の古手需要を十分に満たしているとは言えなかった。

というのも、地古手問屋の古手の輸送は、荷馬の背に積みあげて専《もつぱ》ら陸路を使って、江戸から奥州筋へとはるばる運ばれていた。

そのため、運べる古手の量と品数が限られていたのである。

海運を使えば、陸路よりはるかに多く、しかも速い輸送は可能だったが、陸路の途次《とじ》に川船が使われることはあっても、海運は敬遠された。

海運は大量の古手を迅速に輸送することができる反面、海難に遭った際の損失が大きかった。難破《なんぱ》などの海難ばかりでなく、海が荒れて船荷が一度大波をかぶって仕舞えば、その古手はもう売物にならなかった。

江戸と奥州各湊《みなと》を結ぶ奥州東岸沖は、難所で知られていた。出羽《でわ》の酒田《さかた》と、津軽《つがる》海峡をへて奥州東岸沖の海路をとって江戸を結ぶ東廻りの航路は危険が多く、西廻り航路ほど盛んではなかった。

文左衛門は父親から籞屋を継ぐ以前から、菱垣廻船に目をつけていた。

菱垣廻船は、江戸と大坂を結ぶ定期廻船で、江戸十組問屋と大坂二十四組問屋に従い、専らそれら問屋と幕府並びに諸藩の荷物に限って輸送していた。

下り古手をこの菱垣廻船の三艘に分けて輸送できれば、万一の海難や大波をかぶる災難を減らすことができ、しかも定期廻船ゆえ安定して常にまとまった量の仕入れができるのではないか。

そのためには、江戸で少量の下り古手を扱っている個々の古手屋をひとつにまとめて、まとまった量の下り古手を、菱垣廻船により常に江戸へ廻漕《かいそう》する下り古手問屋仲間の結成を図ればよいのではないか。

文左衛門はそう考えていたのである。

当初、濱町堀界隈でそれまで少量の下り古手を扱っている古手屋を一軒一軒訪ね、下り古手の問屋仲間結成を持ちかけても、若い文左衛門の考えは殆ど受け入れられなかった。

若い者は簡単に問屋結成などと口にするが、いかに上質でも上方の古手が江戸者の好みに合うかどうかは別である。何よりも、遠い上方からまとまった量の古手を仕入れるのに、廻船での輸送は大きな損失をともなう恐れがある。

それなりの商いはしていても、江戸の古手屋はみな大店の呉服問屋とは、根本の元手が較べものにならない。一度でも海難の損失を被《こうむ》れば、元手の小さい古手屋はたちまち具合が悪くなって商売を続けられなくなるし、所詮古手屋が下り古手の問屋を結成しても、江戸の十組問屋と同じ扱いを受けられはしない。

下り古手問屋の結成など無理な話だ、と相手にされなかった。

文左衛門はそれでも諦めなかった。

またきたか、暇な男だね、と道楽者のような扱いを受け、失笑すら買いつつも、濱町堀界隈の一軒一軒を粘り強く説いて廻った。

そんな文左衛門に欒屋を継がせた父親の文五郎は、倅を諫《いさ》めようとはせず、倅がそうするのだから仕方がないよ、とむしろ笑ってさえいた。

しかし、およそ五年ほど前の文化の初めごろだった。

新大坂町の古手問屋小泉の主人が、文左衛門の虚仮《こけ》の一念《いちねん》に根負けして、倉屋がその話に乗るならうちも乗ってもよい、と折れたことが転機になった。

倉屋は小泉と同じくらいの、濱町堀の古手屋にしては大店で、小泉がやるというならやってもいいよと応じた。

その三月後、富沢町、元濱町、村松町、新大坂町の、古手屋の中では別店がある大店の小泉と倉屋、それに梅谷、福屋、野崎、簗屋の、古手商売の権利を持つ中店小店の九軒六店が、通町組の下組に問屋仲間結成を申し入れた。

冥加金《みようがきん》三百両を上納し、仲間連名帳を通町組を通じ町年寄に提出して、仲間名目も《大坂古手問屋》とその折り正式に決まった。それとともに、菱垣廻船積問屋仲間にも加入でき、下り古手の大量仕入れと販売の流通が新たに開かれたのである。

このとき、頭取役は仲間内では一番大店の小泉の主人に決まったが、仲間を実質において率いる行事役は、歳は若くとも仲間結成に尽力した文左衛門に、とみなが揃って推したのである。

その定例の寄合のあとの酒宴で、福屋の主人が野崎の主人に話しかけた。

「そうそう。野崎さん、ご存じですか。先月、砂村新田の寄洲で元町方のご隠居の亡骸が見つかった一件で、下手人が昨日お縄になったらしいですな」

「はいはい、聞きました。なんでも、下手人は深川の御家人屋敷のお侍と聞きました。あんな惨い真似をして、お縄にならないはずはないと思っておりました。

下手人があがらなければ、町方の面目が施せません。断固お縄にすると、意気ごんでいたでしょうから。ともかく、下手人がお縄になって一件が落着し、ようございました」

野崎が言って杯を舐め、福屋が言い添えた。

「ですが、お手柄はどうやら町方ではなく、評定所のようですな。相手は武家ですから町方は手が出せませんので」

「それも聞きました。だとしても、町方はだらしがないですよ。亡骸の検屍の出役は、町方がやったそうじゃありませんか。先月の月番は北町でしょう。今はご隠居でも、八丁堀の身内の一件なのに、町方がぐずぐずしてるもんだから、業を煮やした評定所が乗り出し、ちゃっちゃっと落着させた感じですね」

「そう言っちゃあ町方が気の毒ですよ。御家人が怪しいとは、町方もつかんでいたようですよ。ただ、お武家は町方の支配外ですから、評定所に任せざるを得なかったんじゃありませんか」

「それでもですよ。うちの古手に盗品が交じってないか、などと調べにきたときの町方は、ほんとにえらそうなんですけどね」

福屋と野崎は、せせら笑いを交わした。

するとと、向かい合う膳の梅谷が、福屋と野崎の話に加わった。

「あの一件は、わたしも驚きました。わたしは殺された元町方のご隠居を、元濱町の往来で見かけたことがありましてね。不機嫌そうにむっつりした顔つきの、中背の小太りの方でした。忙しそうに千鳥橋を橘町のほうへ渡って行った、それだけなんですけど」

「梅谷さんは、殺された元町方を知ってるのかい」

隣に膳を並べた倉屋の主人が、ほら、と徳利を梅谷の杯に差した。

「いえ、まったく存じあげません。亡骸が出てから読売で書かれていたのを読んで、神門達四郎という名前を知ったのと、顔を知っていると仰ったうちのお客さんから教えられて、先だって見かけたあの人だったのかと気づいたんです。あの人が殺されたかと思っただけで、ちょっと背筋が寒くなりましたよ。読売によれば、元町方はよほどの恨みを買ったようですね」

すると、小泉の主人が言った。

「聞いた話では、殺された元町方は、八丁堀のご近所や霊岸島町界隈では、話が面白くて楽しいご隠居さんだと、評判がよかったそうじゃないか。他人の恨みを買うようなご隠居じゃなかったと思うんだがね。築屋さんは、何か元町方の噂を聞いた覚えはないかい」

小泉の主人が文左衛門に話を向けた。

文左衛門は、はい、と頷いたが、すぐには言いかねた。

仲間の五人が、文左衛門のわずかにためらいを見せた様子を見守った。

文左衛門は言った。

「じつは、先々月の下旬でした。亡くなられた元町方のご隠居が簗屋にお越しになり、手前どもの古手をお買い求めいただきまして、八丁堀のお屋敷までお供をしてお召しと帯をお届けにあがったんです」

「ほう、そうだったのかい」

と、倉屋が意外そうに訊いた。

「そのとき何か変わった様子は、ご隠居に見えなかったかい」

文左衛門は、ご隠居が孫娘のために古手にしては値の張る、京物のお召しと帯を買ったことや、それからつい一昨日の夕方、北御番所の町方が、先々月、元町方が古手を買い求めたときの様子などの、訊きこみにきたいきさつを話した。

「するとなんだ。町方は一昨日まで、評定所が下手人の御家人にお縄をかけるとは思っていなかったみたいだな」

「やっぱり、町方ごときでは評定所に及ばないのかもね」

と言い合う福屋と野崎に、文左衛門は訊ねた。

「福屋さん、評定所が昨日お縄にかけた深川の御家人さんは、お名前はなんと仰るんですか」

「うん、名前ですか？　ええっと、確か、たけじま……ええっと、なんとかだったな。そうだ、思い出した。竹嶋勘右衛門だ。屋敷は、伊予橋の東へ数町ほど行った富川町の近所らしいですよ。もしかして簗屋さんは、お縄になった御家人とお知り合いだったんですか」

「簗屋のお客さまの中にも、お武家さんがいらっしゃいます。それでちょっと気にかかりまして……」

「そりゃあお武家だって、ぴんからきりまでいます。竹嶋勘右衛門とご隠居のかかり合いはわかりませんが、聞いたのは、竹嶋勘右衛門は元々ひどい貧乏暮らしのうえに、お内儀が病気にかかったとかで、その薬礼に窮しつい魔が差して、小金を持っていそうな元町方の懐を狙ったらしいですよ」

「魔が差しただけで、砂村新田の寄洲にまで元町方の亡骸を運んで、あんなふうに捨てたんでしょうか」

「さ、さあ、そこまでは。わたしは人伝《ひとづて》に聞いただけですので」

「簗屋さんは、元町方の一件は、お縄になった御家人の仕業じゃないと、そう思うのかい」

小泉がうす笑いを、文左衛門へ寄こした。

「わかりません。ただ、あの一件を知ったとき、妙だなと思いました」

文左衛門は、繰りかえし呟いた。

「ただ、妙だなと……」

三

同じ日の夕暮れ、その男は富沢町から濱町堀の榮橋を渡り、星がまたたき始めた宵の空の下、土手道を南の三ツ叉へとった。

男は月代に置手拭を載せ、太縞の着流しに黒の角帯を締め、小提灯を提げていた。

三ツ叉の土手に出るころ、中洲はもう暗い水面の中に浮かぶ黒々とした影にしか見えなかった。

箱崎のほうの、堀川《ほりかわ》に架かる永久橋の袂に茶船が舫い、茶船の掩蓋《えんがい》の出入り口に垂らした筵の隙間から、心細げなほの明かりがもれていた。

中洲の影の向こうに横たわる大川の暗い水面に、屋根船が小さな明かりを灯《とも》して浮かんでいる。

男は三ツ叉の土手道を大川へ折れ、早や七夕送りにきた人影を、南の空に浮かんだばかりの弦月《げんげつ》が照らす新大橋を渡った。

そして、五色の短冊を飾った葉竹をかついだ七夕送りのいく組かと行き違いつつ、四半刻後、五間堀の伊予橋から東へ数町行った四辻に出た。

四辻の辻番の番人は、読売屋ふうの男の風体を別に怪しまなかった。

辻の南角に、矢来の垣根に囲われた古びた屋敷があった。

屋敷内に木々の黒い葉影が繁り、屋敷の南隣に富川町の町明かりが、ぽつん、ぽつん、と見えていた。

「ここか」

男は矢来の垣根沿いに南へ歩みを進め、片開き木戸から屋敷に入った。

前庭の先に、板戸を半ば閉じた腰高障子がある。

障子戸に映るうす明かりが、戸前の軒下にぼんやりとこぼれていた。

「畏れ入りやす」

障子戸ごしに、読売屋ふうの男は声をかけた。

「こちらさまは、竹嶋勘右衛門さまのお屋敷と存じあげ、お訪ねいたしやした。畏れ入りやす。こちらさまは……」

言いかけたところに、はい、とか細い声がかえされた。

男は腰高障子を一尺（約三〇センチ）少々引き開け、その隙間から小提灯をかざしたまま、うす明かりの灯る戸内へ辞儀をした。

怯えた様子の小女《しょうじょ》の面影を残した娘の菊が、土間に佇んでいた。

祖母らしき老女と老女に寄り添う童子が板間に固まって、辞儀をした男を凝っと見つめていた。

「こんな暗い刻限になって、突然お邪魔いたしやしてさぞかしご不審でございやしょうが、決して怪しい者ではございやせん。こちらのご主人の竹嶋勘右衛門さまと、いささかかかり合いのある者でございやす。勘右衛門さまにお借りしていたものをおかえしするため、今宵、お訪ねいたしやした」

「父上に……」

怯えと不審を表情に浮かべ、菊が訊きかえした。

「はい。勘右衛門さまにお借りしていたものを、おかえしにあがったんでございやす。何とぞこれを、勘右衛門さまがお戻りになられた折りに、誰か知らない者がかえしにきたとお伝え願えやす」

男は、提灯を手にした着流しの袖から掌ほどの布のひと包みを抜き出し、「何とぞ」と障子戸の隙間から差し入れた。菊は男と男の掌のひと包みを交互に見て、

「あの、父は今わけがあって……」

と、ただもう戸惑っていた。

「それも、重々承知しておりやす。ですが、ご心配には及びやせん。勘右衛門さまになんの罪もねえことは、みなさま同様あっしも存じておりやす。どうぞこれをお受けとりになって、勘右衛門さまが晴れてお戻りになられるまでは、これでお内儀さまの薬礼などのお役にたてていただければと、思っておりやす」

なおも訝り動けない菊に、男は事もなげに言った。そして、

「ご不審はごもっともでございやす。失礼して、そちらに投げやすぜ」

と、布のくるみを菊の足下《あしもと》に放り投げた。

鼻緒が擦りきれそうな草履を履いた菊の細い足下に、そのひと包みが、かちゃっと音をたてた。

「さあ、どうぞそれを」

男は菊を促し、笑みすら浮かべていた。

菊はしゃがんで、恐る恐る痩せた白い手を出し、掌にあまるほどのひと包みを持った。しかし、訝しげに包みの中をのぞいて、あっ、と声を出し、土間に包みを落とした。

途端、包みに一杯の一分銀貨がじゃらじゃらとこぼれた。

「あの、お名前は……」

菊が赤くなった顔を戸口の男へあげ、言いかけたとき、腰高障子はぴしゃりと閉じられたのだった。

男の足音が去って行き、庭の木戸が開閉する音を、菊は呆然として聞いた。

四

それより一刻半余前、七蔵と樫太郎は新川《しんかわ》に架かる一《いち》ノ橋を渡って、霊岸島町一丁目と二丁目の境の小路に開いた酒亭橘川の軒暖簾を払った。

七蔵は引違いの格子戸を引き、だいぶ西に傾いた七ツ（午後四時）ごろの光が土間に射しこんだほの暗い店に声をかけた。

「ごめんよ。八吉郎《やきちろう》さんはいるかい」

七蔵は西日が射しこんだ土間に雪駄を鳴らし、樫太郎が続いた。

人気《ひとけ》のない酒亭は、土間の片側が花茣蓙《はなござ》を敷いた小あがりになっていた。

土間奥の調理場のさらに奥に、小座敷の閉じた白い腰付障子が見える。

調理場から二階へ上る階段の裏羽目板《はめいた》が、小あがりに斜《なな》めにかかっていた。

すぐに声はなかったが、天井裏に人の動く気配があり、七蔵と樫太郎は、天井裏の気配がのろのろと裏羽目板を軋らせ下るのを目で追った。

煤竹《すすたけ》色の着流しに、白地に水玉の布襷《ぬのだすき》を輪状にして、一方の肩から他方の腰へ斜めにかけた亭主の八吉郎が、うす暗い調理場に姿を見せた。

「入《い》らっしゃい。あ、萬さま。樫太郎親分さんもご一緒で。日をおかずにお越しいただき、畏れ入りやす。酒で、よろしいんで」

一昨日の夕刻、七蔵と樫太郎は富沢町からの戻り、神門の隠居が行きつけにしていた霊岸島町の酒亭の橘川で、隠居の思い出話を肴に一杯やった。

亭主から案外、面白い隠居の思い出話が聞けるかも知れないと思ってのことだった。

七蔵と樫太郎は、その酒亭橘川の暖簾を再びくぐった。

「いや、八吉郎さん。今日は呑みにきたんじゃねえんだ。客商売の邪魔をしてすまねえが、御用の筋で八吉郎さんに訊きてえことがあるのさ」

「御用の筋で、あっしにでございやすか。さようで」

八吉郎は笑みを消し、不敵に眉を歪めた。

「訊きてえのは、一昨日と同じ神門のご隠居の話なんだがね。ただし、一昨日八吉郎さんに聞いた、神門のご隠居がこの霊岸島町界隈では、話が面白くて楽しいご隠居だった、評判がよかったとかじゃねえ、あんまり人には知られていねえご隠居の別の顔っていうか、八吉郎さんしか知らねえご隠居の裏話についてだ。だから、身内が身内を調べることになるんで、あまり大っぴらにしてほしくはねえんだがね。八吉郎さん、もう察しはついてるだろう」

「裏話？　なるほど。それでそういう恰好でやすか」

八吉郎は、白衣に黒羽織の町方の定服ではなく、二本差しの七蔵の侍風体と、後ろの木刀を差した中間風体の樫太郎にも、少々訝しげな眼差しを寄こした。

「一昨日はうかがいやせんでしたが、もしかして、萬さまは隠密廻りで」

「わかるかい」

「そりゃあ、町方三廻りの隠密廻りのことぐらい、ここら辺の者は誰でも知ってまさあ。隠密廻りじゃ、八丁堀に近いこの界隈でお見かけしなかったわけだ。ではまあ萬さま、そこへおあがりなすって。樫太郎親分もどうぞ。おおい。御用のお客さまだ。茶の支度をしてくれ」

八吉郎は、調理場の階段下から二階へ声をかけた。

返事は聞こえなかったが、天井裏にまた人の動く気配がして、階段の裏羽目板を軋ませ、ゆっくりおりてくるのがわかった。

八吉郎は表の軒暖簾をはずしに行き、それから、階段の裏羽目板を背にして、小あがりの七蔵と対座した。

樫太郎は、七蔵の後ろにつく恰好で、小あがりの縁へ浅く腰かけた。

うす暗い調理場で、女房が茶の支度にかかっていた。

「おかみさんかい」

「へい。ここで橘川を開く前からの古女房ですよ」

「気を遣わしてすまねえな」

「いいえ。そう言えば、萬七蔵さまのお名前を、以前、ちらっと聞いた覚えがあったのを今思い出しやした」

「八丁堀から近いここら辺は、町方の客も多そうだから、萬七蔵の悪口のひとつや二つは聞かされたかもな。ひとつや二つじゃなくて、もっとか」

「北の御番所の、腕利きの隠密廻りだと。それだけですよ」

八吉郎は語調を改めて七蔵に言い、樫太郎へ会釈を送った。

「で、萬さま、神門のご隠居の何からお話しすれば、よろしいんで」

「そんなにあるのかい」

「まあ、それなりに。何しろ、神門のご隠居とは長いつき合いでしてね。十四年前にこの霊岸島町で橘川を始める前からのつき合いって言いやすか、腐れ縁かも知れやせんが……」

「腐れ縁てえのは、どういうことだ」

「あっしとご隠居とは、なんやかんやとお互い都合がいいんで、離れられねえ縁と言いやすか、つき合い始めはごみ捨場の中で腐れ同士の縁と言いやすか」

そこへ、女房が盆に載せた茶の湯気が上る碗を運んできた。

「どうぞ」

と、七蔵と樫太郎に盆を差し出した。

「すまねえ」

「いただきやす」

七蔵と樫太郎は碗をとった。

八吉郎も盆の碗をとると、女房に言った。

「御用がもう少しかかるんで、客は断る。おめえも裁縫の続きをしてな」

女房は黙って頷き、調理場へ戻り、階段の裏羽目板を軋らせ二階へあがって行った。亭主よりだいぶ歳の若い、大人しそうな女房だった。

十四年前に橘川を始めたとき、女房は二十代だったと思われた。

今、亭主の八吉郎は五十代の半ばごろで、橘川を始める前からこの夫婦者は、神門達四郎とどういうかかり合いがあったのか、それも気になった。

「じゃあまずは、堀留町二丁目のお千左の店請人になった腐れ縁から聞かせてくれるかい」

七蔵は八吉郎を促した。

「やっぱりそれでやしたか。いつかはばれるだろうなとは、思っておりやした。霊岸島町の茶屋で、お千左が茶汲女をやってることは知っておりやした。念のため言っときやすが、あっしはこの歳になって、茶汲女と戯れたりはしやせんので。一昨年の正月、神門のご隠居に、お千左を囲うことにした、堀留町二丁目の政右衛門店だからお千左の店請人をやってくれと、頼まれたんです。腐れ縁のご隠居に頼まれたら、二つ返事でお引き受けするしかありやせん」

「神門がお千左を妾に囲ったわけは、知っていたのか」

「ご隠居は何も言いやせん。けどお千左に聞きやした。店請人ですから、三月から四月ぐらいに一度は、様子をうかがいに行きやしてね。半年かそこらがたったころ、お千左にこっそり教えられたんですよ。ご隠居が金貸を営んでいるらしく、貸付の証文の束を一枚一枚確かめながら、算盤をはじいて帳簿につけたりして、お千左には手も触れさせず、証文と帳簿を錠前をとりつけた納戸に仕舞ってるって。つまり、お千左を妾に囲う名目で政右衛門店を借り、そこで金貸商売で稼いでいたってわけです。そりゃそうだ。町方を番代わりした倅の家族や女房が同居している組屋敷で、金貸の算盤をはじいたり、帳簿をつけたりはできませんよ。それで妾の店でなら、妾に釘を刺しときゃあ気兼ねなくできますんで、ご隠居らしいと思いやした。おっと、これも誤解なさいませんように。あっしは金貸商売のおこぼれに、一切与《あずか》っておりやせんから」

「先月の二十二日に神門のご隠居の亡骸が、砂村新田の寄洲で見つかって、当番同心の棚橋が訊きこみにきたはずだ。その折り、あんたは妾のお千左のことを言わなかったな。なぜ隠していた」

「隠していたんじゃありやせん。訊かれなかったんですよ。棚橋さまは、ご隠居の霊岸島町界隈の評判や、橘川では普段どんな様子で呑んでいるか、馴染みの呑み仲間がいるのか、橘川をいつごろから行きつけにし始めたのかとか、ご隠居が行方知れずになったあの夜、いつごろどんな様子で橘川を出たんだとか、あっしに言わせりゃあ、まあ、どうでもよさそうなことばかりお訊ねになり、満足してお戻りになりやした。妾を囲っちゃいねえかとか、これっぽっちもお訊ねになりやせんでした。訊かれてもいねえのに、ご隠居の金貸商売の顔を、わざわざばらすことはねえと思いやしたんでね。ご隠居は殺したんじゃなく、殺されたほうなんですから」

「そりゃそうだ」

七蔵は、女房が淹《い》れた熱い番茶をひと口含んだ。そして言った。

「神門のご隠居と八吉郎さんの、腐れ縁かも知れねえつき合いの始まりは、どういうきっかけだったんだ」

「ご隠居は今年五十七で、あっしは三つ下の五十四でやす。ご隠居とのそもそもの始まりは、あっしが十九の、芳町の陰間茶屋《かげまぢゃや》の若い者で使われていたときでやした。あっしが陰間だったんじゃありやせんぜ。客引きとか、陰間の兄さん方の身の廻りや、そのほかいろんな世話とか、そういうのですよ」

八吉郎はしつこく念を押した。

「ご存じの通り、寛政の御改革が始まるずっと前は、あそこら辺は陰間茶屋に茶屋、大小の酒亭に料理屋、近所の堺町《さかいちょう》や葺屋町《ふきやちょう》には中村座《なかむらざ》に市村座《いちむら》、人形の結城座《ゆうき》やら薩摩座《さつま》があって、役者や人形遣い、色子《いろこ》とか舞台子《ぶたいこ》とか、子供屋《こどもや》の芸者に茶汲女や陰間、そういう者らを目あてに、江戸市中から町民二本差しを問わず、男も女も老いも若きもが集まり戯れ騒ぎ、町中が活気にあふれておりやした。夥《おびただ》しい人の行き交う表通りからひと筋はずれて裏路地に踏み入りやすと、路地奥に隠売女を数人抱えた地獄宿《じごくやど》やら、地廻りやその日稼ぎの人足ら相手の賭場が、彼方此方《あちこち》に開帳しておりやしてね。あっしも若かったんで、いつも空《から》っ穴《けつ》だったのに、気分は毎日が祭りの続きみてえで、わけもなくうきうきしておりやした」

「八吉郎さんが十九なら、かれこれ三十五年も前だ。だが、三つ上の町方のご隠居は二十二歳で、本勤並《ほんきんなみ》になっていてもおかしくねえ。本勤並か本勤の若い町方が、芳町の盛り場で遊んでいたのかい」

「芳町ってわけじゃありやせん。あのころ芳町に、茶屋町の防《ふせ》ぎ役を請けていた親分がいましてね。その親分が、芳町から親父橋を堀江町《ほりえちょう》へ渡った三丁目にあった芝居小屋の楽屋《がくや》で、芳町の色子や売れねえ役者や、界隈のお店者らが気兼ねなく遊ぶ賭場を開いていたんです。若い町方だったご隠居を、その賭場でよくお見かけしやして、歳も近いんで、なんとなく気が合ったっていうか、話をするようになったのが、あっしとご隠居の腐れ縁の始まりでやす」

「若い町方だったご隠居が、芝居小屋の賭場に出入りしていたのかい」

「へい。今この歳になって思えば、ずい分危なっかしい話でやすが、とにかくご隠居は、こっちがだいぶお好きのようでしてね」

八吉郎は、丁半博奕《ちょうはんばくち》の壺《つぼ》をふる真似をした。

「ただし、町方の黒羽織なんて着てやせんし、町方が御禁制《ごきんせい》の賭場に出入りなんかするわけねえと思っておりやしたんで、あっしはご隠居が町方だとは知りやせんでしたし、たぶん、知ってる者はいなかったと思いやすぜ。濱町か、乙ヶ淵《おとがふち》あたりの不良の若い二本差しが、こっそり遊びにきてるんだろうなと、それぐれえでやした。言葉つきが侍らしくなかったのと、髷《まげ》を小銀杏に結ってたんで、かえって話しかけやすかったのは覚えておりやす。ちょっと慣れてきて、ある日、一杯やらねえか、奢るぜ、とご隠居に親父橋の袂の安酒場に誘われやしてね。お互いまだ若かったんで、すぐ賭場仲間のような気分になりやした。ご隠居はあっしのことを、八吉郎と馴《な》れ馴れしく呼び捨てにして、あっしは達四郎兄さんか、ただの兄さんでやした。たまに、使いっ走りのようなこともさせられ、大抵、兄さんの奢りで呑ませてもらって、兄貴分と弟分みてえなつき合いでやした。けど、兄さんがどういう身分か訊かなかったし、向こうも陰間茶屋の若い者なんかと、本気でつき合ってなんか、いなかったんじゃありやせんかね。あっしも陰間茶屋の仕事がありやしたし、ご隠居ほど賭場に入り浸《びた》ってる暇はなかったんで、あのころはそれだけで、まだ腐れ縁というほどのつき合いじゃなかった」

「ご隠居が町方と知ったのは、いつなんだ」

「一年半かそこらが、たったころでやしたかね。兄さんが防ぎ役の賭場でだいぶ借金が溜って、具合が悪いことになってると人伝《ひとづて》に聞きやしてね。そいつはまずいじゃねえか、今度兄さんに訊いてみようと思っておりやした。けど、賭場に行くと兄さんは何食わぬ顔で丁半博奕で熱くなり、相変わらず馬鹿話をして一杯呑んで、その折りに賭場の借金は大丈夫なんですかと訊いたら、大《て》えしたことはねえさ、と笑っておりやした。それからまた二、三ヵ月がたって、そう、あれはあっしが二十一歳の、安永《あんえい》の半ばごろでやした。楽屋の賭場に北町が踏みこんで、貸元の防ぎ役も代貸も、中盆《なかぼん》も壺ふりも賭場の客も、一斉にお縄になっちまったんです。たまたまあっしは、陰間茶屋の仕事で賭場にいなかったんで助かりやしたが。そのあと、兄さんがじつは北御番所の町方で、賭場に出入りしているのが御奉行所にばれたらしく、御奉行さまの厳しいお叱りを受けて蟄居謹慎《ちっきょきんしん》を申しつけられたとか、御奉行さまの御命令で、町方が芝居小屋の楽屋の賭場に踏みこんだとか、そんな噂がささやかれやした。事実、町方の手入れが賭場に入ったその何日か前から、兄さんを見かけなくなってはおりやした」

「ご隠居が堀江町の賭場をばらしたってわけだな」

「まあ、そういうことになるんでしょうね。堀江町の賭場が消えたあのころは、くる日もくる日も、若いときがずっと続くような気がしておりやした。けど、今思えばあれはたった二年足らずの間でやした」

「次にご隠居と会ったのはいつのことだ」

七蔵は八吉郎を促した。

「寛政五年の、あっしが三十八のときでやす。そのころはあっしも少しは大人になったって言いやすか、明日のことなんかなんにも考えねえ、若さに任せた芳町のその日暮らしから足を洗って、古手屋を始めておりやした」

「ほう、古手屋をか」

「と言いやしても、三ツ物振売の行商でやすけどね」

五

十七年がたった寛政五年の初めごろ、八吉郎は、横山町三丁目の往来で神門達四郎を偶然見かけたのだった。

「兄さん、兄さんじゃやねえですか」

通りかかりの多い往来で、八吉郎は懐かしさのあまり、廻りの目もはばからずつい大声で呼びかけた。

周囲の通りかかりが振売の八吉郎へふり向いたが、達四郎は気づかずに両国広小路のほうへと行きかけるのを、八吉郎は追いかけてまた声を張りあげた。

「兄さん……」

達四郎がやっと自分のことと気づいてふり向き、人通りを分けて駆け寄って行く両天秤の三ツ物振売の行商の八吉郎へ見かえった。

八吉郎は、懐かしい、というただそれだけの気持ちだったが、達四郎は半身《はんみ》の恰好で佇み、誰だと訝っている様子だった。

十七年の秋《とき》がすぎ去って、若い時分しか知らない二人の相貌はすっかり変わり果てている。それでも、若い時分の面影はまだ残っていた。

懐かしさがこみあげ、八吉郎は菅笠を持ちあげて言った。

「あっしです。芳町の八吉郎ですよ、兄さん」

「あ、おめえ」

「やっと思い出してくれやしたか。懐かしいな、兄さん。兄さんが堀江町の賭場からぷっつりと姿を消して……」

八吉郎が言いかけるのを、

「よせよ。町中だぜ。人聞きが悪いだろう」

達四郎が眉をひそめて止めた。

八吉郎は廻りの目に気づき、ばつが悪そうに顔をしかめた。

通りかかりが、振売の八吉郎と達四郎を怪訝そうにのぞき見て通りすぎて行く。それもそのはずである。達四郎は、白衣に黒羽織の町方の定服を着け、町方の黒の一文字笠《いちもんじがさ》に、御用箱を背負った紺看板《こんかんばん》の中間を従えていた。

「お見それいたしやした。兄さんを見かけて、つい」

「気安く兄さんなんて呼ぶんじゃねえ。これでも町方だぜ」

達四郎は、癖の強そうな狐顔《きつねがお》を苦々しげに歪めた。

八吉郎はそのとき、神門達四郎の定服姿と従えている中間を見かえし、堀江町の賭場からぷっつりと消えた兄さんが、じつは北町の役人だった、と十七年前に聞こえた噂が本当だったことを知った。

「そ、そうでしたね。旦那が北御番所のお役人さまだったと、噂に聞きやして、驚いたのなんの。あのとき、堀江町の賭場が……」

また言いかけたのを、ちっ、と舌打ちして止めた。

「すまねえ」

八吉郎は自分で口をふさぎ、紺看板の中間の様子をうかがった。

すると、達四郎が声をひそめて言った。

「おめえ、それは今、三ツ物の振売をやってるのかい」

「へい。もうあの町も、昔の盛り場の賑わいはありやせんので、あっしも足を洗いやして、今はこの通り。三ツ物だけじゃなく、切《きれ》やぼろも売っておりやす」

「足を洗ってかい。まあ、おめえには三ツ物振売は似合いかもな」

八吉郎は、へへへ、と作り笑いをした。

「ところで旦那は今、御番所でどんなお役目をなさってるんでやすか」

「御用のことだぜ。振売なんかに話せるわけがねえだろう」

「そ、そうですよね。相すいやせん」

「暇ができたら、こっちから声をかけてやる。間違っても、振売ごときが、御番所に訪ねてきたりしちゃあだめだぜ。いいな」

達四郎は言い捨て、中間を従えてそそくさと去って行った。

そのとき八吉郎は、迷惑がられているのがわかって、達四郎が声をかけてくると、本気にしていなかった。

堀江町の賭場仲間のつき合いは、とっくの昔に終って仕舞ったと思っていた。

だが意外にも、その半月後、八吉郎が古手買いの仕入れに若松町界隈の武家屋敷地を廻っていたとき、達四郎がひとりで現れたのだった。

達四郎は黒羽織の定服ではなく、地味な細縞に焦げ茶の平袴だった。

八吉郎にうす笑いを寄こして言った。

「先だっては、つれない素ぶりを見せた。御番所の中間がいたんで、仕方がなかったんだ。やっぱり縁があるんだな。たまたまおめえを見かけたんで、声をかけた。これからどうだい。奢るぜ。つき合え」

むろん、八吉郎は断らなかった。

米沢町の酒亭で、二人は十七年ぶりにしみじみと酌み交わした。

「先だっては、てっきり、迷惑がられていると思っておりやした」

八吉郎は、堀江町の賭場に町方の手入れが入った話を、達四郎に向けた。

「あのとき旦那は、どこでどうしていらっしゃったんで」

「やめろよ。あのときのことは、思い出したくねえんだ。おれもつらい目に合ったんだ。すぎたことを話しても、くだくだしいだけだろう」

達四郎は、だいぶ老けて刺々《とげとげ》しさが目だつ狐顔を背けて言った。

「それより、おめえ、女房はいるのかい」

「三年前、神田の豊島町三丁目の裏店で所帯を持ちやした」

「ほう、女房持ちかい。どういう女だ」

「あっしより十以上も年下で、あっしが使われてた古手商売の親方のひとり娘でやす。器量は十人並みですが、気だてがいいんで。三年ばかり前、親方に娘を女房にして、三ツ物振売の古手屋を続ける気はねえか、その気があるなら古手商売の権利を譲ってやる、と言われやした。あっしはもう、年が明けたら三十五になるいい歳でやした。あっしみてえな半端な男が、古手屋でも仕事があって女房を持てるんなら、上出来じゃねえかと思いやした。二つ返事というわけじゃありやせんが、それで所帯を持ちやした」

「ふん、古手屋の女房か。がきは」

「一年ばかりたって男の子が生まれやしたが、上手く育たず、可哀想なことをしやした。それからは今んところ……」

「そうかい。そいつは気の毒だったな」

「旦那のお子さん方は、いかがで」

「うちか？　うちは兄と妹の二人で、兄のほうはもう無足見習で御番所に出仕してる。まったく、早《はえ》えもんだぜ。倅と御番所勤めの番代わりをするときも、そう遠い先のことじゃねえ」

達四郎は、八吉郎の杯に徳利を差しながら、声をひそめて言った。

「それでだな、今日おめえに声をかけたのは、ただ懐かしいからだけじゃねえんだ。ちょいとおめえに、言っておきてえことがあるのさ。厄介なことじゃねえ。気をつけてくれねえと困るぜ、というほど合いのことさ」

「へえ、なんでございやしょう」

八吉郎は、ちびちびと杯を舐めた。

「先だって、おめえがおれに声をかけたとき、堀江町の賭場からぷっつりと姿を消してとか、往来の人中で大声で言っただろう。おれは、御番所の御用を与る町方だ。その町方が、御禁制の賭場で丁半博奕をやってたと、廻りに知られるのは困るんだ。遠い昔の若気の至りで、大目に見ていいようなことでも、御用を与る町方はそうはいかねえんだ」

「そうですよね。き、気をつけやす」

「頼むぜ。先だってみてえに、ちょいと口がすべっても駄目だぜ。堀江町の賭場に手入れが入ったとき、運よくってえか、たまたまおれはいなかった。あの手入れでお縄になった貸元も代貸も島流しになったし、中盆や壺ふりらは重追放《じゅうついほう》だった。あのあと、おれが町方だと知れわたって、おれが堀江町の賭場をばらしたんで手入れが入ったと、根も葉もない噂を流されてずい分恨みを買った。けど、そうじゃねえ。あの数日前から抜けられねえ御用が続いて、賭場に手入れが入った日に顔を出さなかったのは、本当にたまたまなんだ。わかるだろう」

「わかりやす。あっしもあの日は、茶屋の仕事が忙しくて、賭場には行っておりやせんでしたから」

すると、達四郎はそれでも気が済まないのか、念を押すように言った。

「おれは、去年新たに設けられた町会所掛を命じられて、町会所の七分金積立やら家賃の貸付やら、商いの元手の融資やらの監督をやってる。でだ、たとえばおめえが、振売みてえな小商いじゃなく、どこかの町家に古手屋の店を開いてもっと儲かる商売をするための貸付を受けたきゃあ、町会所の勘定所用達に貸付の口を利いてやれるぜ。若いころに仲間になったおめえの力に、少しはなってやれるかも知れねえぜ」

そのとき、八吉郎の脳裡にある希《のぞみ》がよぎった。

八吉郎は躊躇いつつも言った。

「なら旦那、ひとつ、かまいやせんか」

「ほう、早速かい。古手屋が開けそうな店に目あてがあるんだな」

「三ツ物振売の古手屋が、嫌なわけじゃねえんです。ただあっしは、芳町のあの盛り場ほど賑やかじゃなくても、どっかの町家で小奇麗な酒亭が持てたらいいなと前から思っておりやした。なんの取柄《とりえ》もねえあっしですが、料理は旨いと女房が褒めてくれやす。もう親方も亡くなって、あっしと女房だけでやす。どっか、手ごろな店が見つかったら、三ツ物振売の古手屋はやめて、二人で酒亭を開くのはどうかなと、女房と話すことがあるんですよ」

「ほう、そうなのかい。いいじゃねえか」

達四郎が言ってから、ふと、何かを思い出したかのように首をひねった。

「そうだ、酒亭ならあそこの店が売りに出てたな。霊岸島町一丁目と二丁目の境の小路に開いた酒亭でな。爺さん婆さんが夫婦で営んで、店は古いが、ちょいと手を入れれば趣きのある酒亭になると思うぜ。爺さん婆さんが、いい買い手が見つかれば、売り払って倅夫婦の店へ越すらしい。一度見てみるかい」

「へい、旦那。お願えしやす。貧乏所帯でも、蓄えは少々ありやすんで」

「その話が決まったら、店を買いあげる元手は、七分金積立の貸付が使えるように仲介してやるから、安心してな」


西日が傾いて、酒亭橘川の引違いの格子戸に射していた午後の明るみは消え、店土間と小あがりに夕方の暗みがだんだん濃さを増していた。

「明かりを入れやす」

と、八吉郎は土間におり、天井の掛行灯の八間《はちけん》をおろして火を入れ、天井へ再び吊りあげると、店土間と小あがりは昼間のように明るくなった。

「茶が温《ぬる》くなりやしたんで、淹《い》れ替えやしょう。それとも、酒にしやすか」

「茶もこのままでいいし、今は御用の最中なんで酒もいい。とにかく、八吉郎さんが神門のご隠居の、表からは見えねえ別の顔を知っていながら、ご隠居に手を貸してきた事情はよくわかった」

「長いつき合いでやすが、面白くて楽しいご隠居の、表には見えねえ元町方の癖の強い気性と性根《しようね》の図太さが、ひりひりと感じさせられやす」

八吉郎はうす笑いを七蔵に寄こし、裏羽目板を背に小あがりの座に戻った。

と、そこへ職人風体の客が店をのぞいた。

「暖簾がさがってねえぜ。今日は休みなのかい」

「相すいやせん。ちょいと御用がありやして。半刻《はんとき》（約一時間）ほどして開けやすんで」

「そうかい」

職人風体が格子の表戸を閉じ、八吉郎はしみじみと続けた。

「十四年前に橘川の開業に漕ぎつけ、足かけ十五年になりやす。この年月、ご隠居の機嫌を損なわねえようにしなきゃあと、ずい分気を遣いやしたが、亡くなった今はなぜか物足りねえ気がしやす。不思議なもんだ」

「堀江町の賭場は町方の手入れを受けて潰れた。神門のご隠居は、町方の手入れが入る何日か前から、賭場に姿を見せなくなっていたんだな」

「たまたまだと、ご隠居は仰ったんで、そうだと思っておりやす」

「そのころ、芝居小屋があった界隈とか、親父橋を挟んだ芳町界隈とかのそこら辺で、賭場の手入れとはかかり合いはねえが、八吉郎さんが今でも覚えている変わったことが、起こっちゃいなかったかい。もめ事じゃなくても、吃驚したとか妙なと思ったことでもいいんだぜ」

八吉郎は、小首をかしげて考えた。

ふと、七蔵はこの一件が、今から三十数年前の遠い遠い昔、兄貴分の神門達四郎と弟分の八吉郎の若い二人が、堀江町三丁目の賭場で一喜一憂していた若さの狂乱する安永の世に起こった、殺された神門達四郎と殺した誰かの、抜き差しならない因縁がらみなのかもな、とそんな気がしたのだった。

「変わったこと？」

八吉郎が繰りかえし、しばしの間をおいて、ぼそりと言った。

「そう言えば、あの一件がありやしたね。堀江町の賭場に手入れが入る数日前だったと、覚えておりやす。芳町の色茶屋の、茶汲女が殺されたんです。そう、あれは春の半ばごろでしたかね」

「芳町の色茶屋で茶汲女殺しが、起こっていたんだな。なんという茶屋だ。今でもやってるのかい」

「ええっと、《三上》です。芳町の往来から、隣の甚左衛門町《じんざえもんちょう》へ折れた路地にありやした。あっしが若い者をやってた陰間茶屋とは、芳町の往来を境にした南側になりやす。今でもやってるかどうかは、わかりやせん。ですけど、三十年以上も商売を続けてる老舗の色茶屋なんて、聞いたことがありやせんよ。大抵、御番所の取り締まりを受けやすから」

八吉郎はうす笑いを寄こした。

「茶汲女の名は」

「なんだったかな。最近、物忘れがひどくて。なつ……あ、なつね、そうだ、夏子だ。確か、改易《かいえき》かなんかになった貧乏武家の女《むすめ》で、本名《ほんめい》は夏江《なつえ》かなんかじゃなかったですかね。器量がいいと評判でやした。町内で二度ばかり見かけた覚えがありやす。評判通り器量はいいが、茶汲女の癖につんと澄まして、気が強そうで、あっしの好みじゃありやせん。それに一度は三つか四つぐれえの、やっと大人について行けるぐれえの男の子を連れておりやして、子持の茶汲女でも知られておりやしたね」

「子持の茶汲女だったのかい」

「そうです。なんでも、夏子の馴染みの客にお旗本の御曹司《おんぞうし》がいて、御曹司の子を孕《はら》んで生まれたのが男の子で、お旗本との間で、夏子を落籍《ひか》せるか子供を引きとるかとかのかけ引きがあった末に、夏子の強情の所為《せい》でかけ引きが上手くいかず、子供を育てながら、茶汲女を続けてたんです」

「子供を育てながら茶汲女を続けた？　そんなことができたのかい」

「できたかできなかったか、夏子が殺されたんでわかりやせん」

ふうむ、と七蔵はうなった。

「夏子をめぐっては、器量がいいもんで客同士のもめ事が初中終《しよつちゆう》起こるし、夏子も文句が多く、三上のご主人がむずかしい女だとこぼしていたそうです」

「夏子を殺した下手人は、お縄になったのかい」

「二本差しじゃなかったそうですが、振《ふ》りの客で、夏子の評判を聞き、夏子を名指しであがった一《ひと》つ切り二朱の客らしいです。ご主人の話じゃ、その客が引きあげたあと、夏子が殺されていて、どうやら蓄えが奪われたようですね。下手人は今でも、捕まっていねえんじゃねえんですかね。どこのだれかわからねえ振りの客ですから、顔だって誰も覚えちゃあいやせんよ。それに、茶汲女が殺されたぐれえで、お上も熱心に探索しやせんし。あ、すいやせん」

「茶汲女に、命を狙われるほどの蓄えがあったのかい」

「さあ、それはどうか知りやせんが、振りの客がわずかな金に目が眩《くら》んで、後先を考えずに手をかけるってこともありやすから」

「夏子の子供はどうなったんだ。子供の名は？」

するど、樫太郎が七蔵の後ろで言った。

「子供の名前も、子供がそののちどうなったのかも知りやせん」

「旦那、嘉助親分が覚えてるかも知れませんね」

「そうだな。嘉助親分なら覚えてるかもな」

七蔵は八吉郎に再び質した。

「八吉郎さん、夏子殺しがあったそのころ、同じ三上で客をとっていた茶汲女を知らないかい。茶汲女でなくても使用人とか、三上の常客とか、出入りしていた町内の商人とか、当時の事情をちょっとでも知ってそうな誰かがいないか」

「当時の事情ですか。もう三十二、三年も前のことで、みんな年をとって、界隈のお店も変わっちまいましたんでね」

と、八吉郎は天井を見あげたが、しばしの間をおいて言った。

「あの、これも古いことなんで、確かじゃありやせんぜ。旦那、北紺屋町《きたこうやちよう》の古着新道をご存じでやすか」

「ああ、京橋川北《きようばしがわ》の紺屋町だな」

「さようで。濱町堀ほどじゃありやせんが、古着新道にも古手屋が何軒かありやしてね。古手でも傷物や汚れ物は、その店の軒下に筵を敷いて積みあげ、安売りをしておりやす。あっしが三ツ物振売の親方に使われていたころ、古い綿入やぼろや切《きれ》になりそうな売物を、古着新道でもたまに仕入れておりやした。その古着新道で、三上に勤めていた茶汲女を見かけたことがありやす。名前はお久さんです。夏子の一件があったあと、使いで三上の前を通りかかった折りに、店先で客引きをやってた茶汲女の中にお久さんがいたのを、覚えておりやした。お久姉さん、と若い茶汲女が呼んでいたんで、あの茶汲女はお久姉さんなのか、そうなんだな、夏子の一件があったあとでも茶汲女はお客をとらなきゃな、とお久さんの名前が引っかかっていたんです。そのお久姉さんと、偶然、古着新道で行き合いましてね。十二、三年がたっておりやしたが、お久さんには、ちゃんと昔の面影が残っておりやしてね」

八吉郎は古着新道でお久と行き合ったとき、ただ懐かしさに誘われ、何も考えずに声をかけた。

「お久姉さんですよね、芳町の」

お久は吃驚して、声をかけた男へ見かえった。三ツ物振売の八吉郎の顔に、お久は見覚えがないのに違いなかった。

だが、若いころ三上に勤めていたときの客と思ったのだろう。

「違います」

お久は素っ気なく言い捨てて行きすぎ、新道の八百屋《やおや》に入った。そのとき八吉郎は、声をかけるんじゃなかったと気づき、自分の馬鹿さ加減に呆れた。

「あれからもさらに、二十年以上がたっておりやす。あの古い八百屋が今も残ってるかどうかわかりやせんし、お久さんももうだいぶ歳ですから、ご無事かどうか……」

「お久という女が、古着新道の八百屋に住んでいたのかい」

七蔵は気が急《せ》くのを抑えて言った。

六

七蔵と樫太郎は、三ツ物振売の八吉郎とお久が行き違った北紺屋町の古着新道に、その八百屋が残っていることを、北紺屋町の自身番で確かめた。

古着新道で五十年余続き、今は三代目の倅夫婦が営む《八百正《やおまさ》》で、先代はすでに亡くなり、先代の女房のお久は倅一家と暮らしていた。

お久は六十か、六十一の還暦を迎える歳になっているはずである。

七夕の星のまたたく宵の空の下、人通りが途絶えた古着新道にただ一軒の八百屋は板戸を閉て、ひっそりとした静けさに包まれていた。

樫太郎は、八百正の板戸を叩いた。

さほど待つことなく、板戸ごしに男の声がかえった。

「手前どもは、八百屋でございやす。どちらさまでございやすか。ご用件をおうかがいいたしやす」

「北御番所の御用でやす。お久さんはいらっしゃいやすか」

「えっ、おっ母《かあ》に御用で……」

「お久さんにうかがいてえことがありやす。戸を開けてくだせえ」

なんだい、北の御番所がおっ母に御用だとさ、と板戸ごしに女と男のひそひそ声が交わされた。

やがて、板戸が戸惑いがちな音をたてて引かれた。

樫太郎のかざした提灯の明かりが、八百正の亭主と女房らしい女を照らした。

亭主と女房は、樫太郎と後ろの大柄な七蔵を不審そうに見あげた。

「北町の萬七蔵だ。お久さんとちょいと昔話がしてえ。お袋さんはいるかい」

七蔵が宵の新道を騒がせないよう、張りのある声を低くした。

八百正の前土間と店の間の板間に、大笊や盥、樽、大籠、積み重ねた木箱などに、大根、白菜、小松菜、茄子《なす》、人参、胡瓜《きゅうり》、蓮根、里芋などをおき並べて、筵と莫蓙をかぶせてあった。

七蔵と樫太郎は、店の間奥の四畳半に通され、女房が温い番茶をふる舞った。

店の間から階段が二階へ上《のぼ》っていて、天井裏に人の気配がした。

七蔵は、母親を気にかける亭主と女房に、御用の筋でお袋さんしか知らねえ昔話を聞くので、あんたたちは座をはずしてくれ、お袋さんにかかり合いのある話じゃねえんで、お袋さんの身に心配はねえと言った。

お久は白髪が目だち、ふっくらとした身体つきは歳相応の貫禄があって、老いを感じさせない年齢を重ねているように見えた。

「お役目ご苦労さまでございやす」

お久の言葉つきも眼差しも、穏やかだった。

店の裏手より、早やこおろぎの鳴き声がころころと聞こえてきた。

「おや、ありゃあ、こおろぎだね。昼間はまだ蟬の声が聞けても、日が暮れた涼しい夜は秋の虫が鳴き始めるころになった。もうそんな季節だ」

「またたく間に秋《とき》がすぎて行きやす。来年は還暦でやす。いやですね」

「還暦を迎えられて、めでてえじゃねえか」

「歳をとってめでたいことなんて、何もありゃしやせん。倅夫婦が睦《むつ》まじいか、商いは怠《おこた》らずに励んでいるか、孫はちゃんと育っているか、そんなことがちょっと気にかかるぐらいでやす」

「大事なことばかりだ。きっと、傍《はた》からは羨《うらや》ましがられてるぜ」

「傍からはどう見えていても、真っすぐ見たら羨ましがられるほどのことはありやせん。いいことより悪いこと、喜びより苦労のほうが多かった」

「三十三年前の安永五年、お久さんは二十七歳。まだまだ若えさかりだった。そのころのことを聞きてえ」

七蔵が言うと、ははは、とお久は果敢《はか》なげに笑った。

「何がおかしいんだ」

「じつはね、ひょっとして、そのうちに町方のお役人さんが見えるんじゃないかなと、思っておりやしたんで。歳をとっても馬鹿な女の、ただの気の所為だったんですけどね。あれからだいぶたって、七夕の今夜、お役人さまがお見えになって、気の所為じゃなかったことがわかりやした」

「町方がお久さんに何か訊きにくると、なぜ思ったんだ」

「先月、読売で知りやした。砂村新田の寄洲で人の亡骸が、見つかったんですってね。あれで、そう思ったんですよ」

「おれが、砂村新田の寄洲で見つかった亡骸の調べで、お久さんの訊きこみにきたって思うのかい」

「違いやすか」

「あたりだ」

「ほらね」

お久が言ったとき、意外にも、老女の言葉つきの穏やかさはうすれ、お久の中の、遠い昔の若いころの何かをほのかに見ている気が、七蔵はした。

「亡骸は、神門達四郎というもう隠居をしていた元北御番所の町方だ。読売で知ってるだろうが、元町方は匕首で胸を深々と刺され、そのひと突きで絶命した。亡骸が見つかるまで五、六日たっていたんで、寄洲の水鳥に食い荒らされ、蛆も集っていたようだが、亡骸の胸の匕首は突きたったままだった。言うまでもなく元町方殺しだ。その一件と、お久さんにどういうかかり合いがある」

「お役人さまこそ、三十三年前の安永五年、あっしが二十七歳の若いさかりだったころのことを、お聞きになりたいんじゃあないですか」

七蔵は笑った。

「まるで、芳町の茶汲女だったころの、お久姉さんを相手にしているような気分だぜ。お久さん、元町方の亡骸が見つかったことで、ひょっとして町方が訊きにくるかも知れないと、なぜ思った」

「似てるねと、思ったんですよ。忘れもしやせん。三十三年前の安永五年にも、あっしは胸に匕首が刺さったままの亡骸を、見たことがあるんですよ。あとで、検屍のお役人さまに訊いたら、匕首が胸に刺さったまんまだと、刺さった匕首が栓みたいになって、かえり血が噴き飛びにくいんですってね。亡骸を刺した下手人は、かえり血を浴びないように用心して、匕首を残したまま姿をくらましたんだろうって。お役人さまが言ってたんです。それと似てるじゃありやせんか。砂村新田の寄洲の亡骸も……」

「たったそれだけで、似てると思ったのかい」

「ええ、まあ、なんとなくですけどね。若いときは、他人にあっしの前を知られたくなかったんで、この話は口が裂けてもしなかったんですけどね」

「じゃあまず、お久さんが見た三十三年前の亡骸の一件がどんな顚末だったか、そいつから聞かせてくれるかい」


「そう、あれは今から三十数年前でやした」

と、お久が話し始めた安永のころ、日本橋の俗に芳町と呼ばれる堀江六軒町《ろっけんちょう》には、茶汲女が脂粉《しふん》の香をふりまき客引きをする茶屋のほか、近所の中村座や市村座の舞台にあがって歌舞もする、舞台子とか色子とか称する陰間が百人以上いて客を誘う陰間茶屋も、茶屋遊びの二階家をつらねていた。

表店の並ぶ大通りからひと筋はずれた芳町新道にも、さらに細道から細道へ分け入った路地裏にも艶《つや》めいた声が絶えない茶屋が続き、色茶屋《三上》はそんな茶屋町の路地奥にあった。

軒下の表格子戸に《みかみ》と、筆文字の柱行灯がかかっていた。

安永五年の二月半ばの昼さがり、三上の引違いの格子戸に並んで客に声をかける茶汲女らに魅かれて、雪駄の歩みを止めた男がいた。

男は、中背の小太りに紺の千筋縞《せんすじじま》を黒茶の角帯でゆったりと締めて着流し、豆絞りを目深にかぶって陰になっていたものの、やや不機嫌そうに目つきが尖《とが》り、顎の細い狐顔がわかった。

色の浅黒いまだ若い男だった。男は格子戸に佇み客を呼んでいる女らの誰ということもなしに、

「夏子はいるかい」

と、茶汲女の夏子を名指しした。

女のひとりが、前土間へ高い声を投げた。

「なつねさん、ご指名でえす」

店の中より「なつねさんご指名でえす」の声がかえされ、「お入りなせえ」の声に押されて前土間に踏み入った客に、遣り手《やりて》ふうの女がすぐ応対に出てきた。

「お客さん、三上は初会《しょかい》で」

遣り手が訊ね、客は気恥ずかしいのか、遣り手から目をそらして言った。

「こういうところは、初めてなんだ。三上の夏子がいいと、評判を聞いてきた。夏子を頼むぜ」

「お客さん、運がよかった。今日は、お客さんが夏子の初手ですよ。夏子さん、ご指名がかかりました」

遣り手が、店の間から板階段を上る二階へ呼びかけた。

階段上の廊下の手摺のところに、つぶし島田《しまだ》に笄《こうがい》を挿し、うす紅色の衣装をわざと少ししどけなく着けた夏子が姿を見せ、手摺に手をかけて凭れかかるような仕種で、前土間の男を見おろした。

夏子の側《そば》に、前髪を残した四歳の童子が手摺の木組の間に小さな顔を寄せ、夏子と一緒に見おろしていた。

「おいでなさい」

夏子の艶やかな声が客にかかり、客は豆絞りの陰になった狐顔を、ちらり、と階上の夏子と童子へ持ちあげた。

店の間の板間には長火鉢がおかれ、名指《なざ》しの茶汲女が接客中の間、客は茶などを呑んで待つが、昼見世が始まって間もないその刻限、客の姿はまだなかった。

階段下の内証から中年の主人が、店の間の上がり端に出てきて、

「ようこそ。すぐに膳をお運びいたしますので、ささ、お二階へ」

と、男を促した。

そのとき夏子は、傍らの童子の側にしゃがんで言った。

「卓ノ介、母《かか》はお務めだから、しばらくお外で遊んでおいで。お務めが終ったら呼ぶからね。菓子を買ってある。あまり遠くへ行っちゃあいけないよ」

卓ノ介は、うん、とかかに頷き、獣のように俊敏に階段を駆けおりると、店の間にあがった豆絞りの客の傍らを擦り抜け、三上の店先へ走り出た。

卓ノ介は、昼下がりの日が射す店先の路地に、《いろは》の書き取りを始めた。かかに習い、卓ノ介は四十七字を、全部空《そら》で書けた。

いろはにほへとちりぬるをわかよたれそつねならむ……

書いては草履で地面を擦って消し、また書いては消し、とき折り、かかと卓ノ介が暮らす出格子窓を見あげては、またいろはにとりかかるのだった。

いろはに飽きて、《ろんご》を書くときもあった。

ただ、ろんごはあまり面白くなかったので、そんなには書かなかった。

かかが呼ぶまで待つのは寂しいけれど、我慢していれば、かかの呼び声が二階

の出格子窓に必ずかかった。

「卓ノ介、菓子をお食べ」

すると、卓ノ介の我慢のときが終り、心は一気に晴れて、卓ノ介は急いで二階のかかと暮らす部屋へ駆けあがった。雨の日は、三上の軒下で雨垂れがかからないように身体を縮めてしゃがみ、

「卓ノ介」

と、雨空にかかの呼び声が聞こえるまで凝《じ》っと待った。

けれどもその昼下がりは、何かが違っていた。

それは、三上の常客が数人続いて、客引きの茶汲女たちも接客に追われ、店先からたまたま消えていたときだった。

卓ノ介が半刻余前、二階の手摺の間からかかと一緒に見おろした豆絞りの男が、三上の店頭にそそくさと出てきて、地面にいろはを書いている卓ノ介の目の前を通った。

あ、と卓ノ介は豆絞りの男を見あげ、男も一瞬、卓ノ介へ険しい目つきを寄こしたが、すぐに通りすぎて行った。

卓ノ介は、男が速足《はやあし》で路地から消えるまで目を離さなかった。

男が見えなくなると、出格子窓からかかが笑顔を見せるのを待った。

だが、かかは笑顔を見せず、呼び声もかからなかった。

どうして、なぜ、と思ったとき、三上の店の中で人の悲鳴が聞こえた。それから、慌ただしく床を踏み鳴らし、誰かが喚いたり叫んだりする声も続いた。

「自身番だ。誰か自身番に知らせてこい」

ご主人の怒声が聞こえ、風呂焚きのげんさんと呼ばれている爺ちゃんが、路地に飛び出し、卓ノ介をひとにらみしただけで、駆け去って行った。

そこへ今度はお久が、かたかたと下駄を鳴らして走り出てきた。

そのとき卓ノ介は、なぜか、身体が震えて止まらなかった。

お久は卓ノ介を凝っと見つめ、やがて、大粒の涙をぽろぽろと落とした。

「卓ノ介さん、卓ノ介さん……」

卓ノ介の名を何度も繰りかえしたが、お久はそれ以上は言わなかった。

ただ、かたかたと下駄を鳴らして卓ノ介に駆け寄り、着物が汚れるのも構わず両膝を路地について、震えて呆然と佇んでいる卓ノ介の痩せた小さな身体を両腕にぎゅっと抱き締めた。

そして、悲鳴のような声を絞って嗚咽したのだった。

七

「あっしは夏子さんを名指しした豆絞りの男を、見ておりやせん。目つきの尖った狐顔の男だったとか、千筋縞を着流した中背の若い男だったとか、あとでご主人や遣り手のお清《せい》さんに聞いただけでやす。狐顔の男は、半刻ぐらいがたってひとりで店の間におりてきて、遣り手のお清さんに言ったんでやす。夏子は今身づくろいをしてる。こっちは急いでいるから、戻らなきゃあならねえ。これは世話になった祝儀だと、男は二朱銀をお清さんににぎらせ、さっさと店を出て行きやした。お清さんは、《お務め》は先にいただくのが決まりだったし、二朱もの心付けに気をよくし、客の様子を別に怪しまなかったんです。けどそのあと、夏子さんが部屋から出てこないので妙に思い、声をかけに行って夏子さんの亡骸を見つけて、腰を抜かすほど吃驚したって」

「町方がきて、夏子の検屍をしたんだな」

「へえ。半刻ほどして、御番所の検屍のお役人が三上に出役しやした。それで夏子さんに何があったのか、あっしらにもわかりやした。狐顔の男は、初めから夏子さんの息の根を止め金を奪う肚で匕首を隠し持ち、夏子さんを名指ししたんでやす。男は夏子さんの隙を狙って、布団で顔を蔽って声を出させず、その匕首で胸をひと突きにして夏子さんの息の根を止め、匕首はかえり血を浴びないように突きたてたままにして、夏子さんが布団に包《くる》まって寝ているように見せかけたんです。それから夏子さんの蓄えを懐にねじこみ、豆絞りを頬かむりにして、何食わぬ顔で引きあげて行ったんです」

「なるほど。匕首を突きたてたままか。確かに、砂村新田の寄洲の匕首を突きたてた亡骸と似てるな。しかし、そいつは豆絞りの頬かむりだけで、よくそんな真似ができたな。よっぽどの馬鹿か、大胆不敵か……」

「あっしら、まじまじとお客さんの顔は見やせん。顔なんか気にしてたら、色商売はできやせんので」

「夏子には、命を狙われるほどの蓄えがあったのかい。あんたも夏子に蓄えがあることを、知ってたのかい」

「あのとき、検屍にきたお役人にも、同じことを訊かれやした。三上のご主人も使用人のあっしらも、みんな知らなかったと答えやした。けど、それが本当か嘘かは知らないだけで、噂はみんな聞いておりやした。ねえねえ、あんた知ってるって、あっしら茶汲女の間でもしばらく噂話が流れやしたし」

「夏子に蓄えがあったんだな」

七蔵は繰りかえした。

「本当か嘘かは知りやせんよ。ただ、夏子さんの倅の卓ノ介さんは、夏子さんが二十一歳のときに馴染みになった、乙ヶ渕に拝領屋敷がある身分の高いお旗本の御曹司の子なんです。それは、あっしらはみんな知っておりやした。その御曹司は、今は家督《かとく》を継いで相応のご身分の奥方さまを迎えられ、いいお歳の殿様になっていらっしゃると思いやす。でも、もう三十六、七年かそこら前の御曹司は、月代がつるつるした、ほっそりした綺麗な若侍で、夏子さん目あてに茶屋通いをなさっていたんです。で、夏子さんも御曹司に夢中になって、二十二歳のときに卓ノ介さんを産んだんです。茶汲女ごときが、御曹司の奥方さまどころか、お側《そば》妻《め》にさえなれるわけがないのに、夏子さんはそれでもいい、あっしひとりで育てると、一途《いちず》っていうか、ちょっと依怙地《いこじ》な気だての女でした」

「じゃあ、夏子は色茶屋の三上で卓ノ介を産み、乳呑児《ちのみご》を抱えながら茶汲女を続けてたのかい」

「依怙地な分、夏子さんは頑張り屋でしたから」

お久は、遠い昔を懐かしむように頬笑んだ。

「で、倅の卓ノ介と夏子の蓄えに、どういうかかり合いがある」

「ですから、夏子さんが卓ノ介さんを産んで、ひと月ほどたったころでやした。御曹司のお旗本の用人《ようにん》という方が三上に見えやしてね。向後《こうご》、夏子さんも倅の卓ノ介さんも、旗本家には一切かかわりがないとご承知いただきたいと伝え、二十五両ひと包《くる》みをおいて行かれたと、噂に聞いておりやした」

「手切れ金がひと包み二十五両か。まずまずの大金だな。それが夏子の噂の蓄えだったわけか」

「あっしは噂でしか知りやせんし、二十五両を見たこともありやせん。ですけど、夏子さんは二十五両に手をつけず、本当に蓄えていたのは間違いなかったと思いやす。あっしと夏子さんは歳も近かったんで気が合い、姉と妹みたいなつき合いでやした。あっしも卓ノ介さんの子守を手伝って、甥《おい》っ子みたいな気がしやしてね。夏子さんは、卓ノ介さんが大人になって、侍の血筋を守って暮らして行けるように、まとまったお金は残しておかないといけないって、あっしによく言っておりやした。たぶんそれが、噂の二十五両なんだと思いやしたし、卓ノ介さんは夏子さんの自慢の倅でしたから、あっしはどういうお金かなんて訊かずに、そうだね、ちゃんと残しておやり、と言っただけです」

「夏子は二十五両を、肌身離さず持っていたのかい」

「これはあとで、検屍の町方に聞いた三上のご主人が話していたことなんですけどね。夏子さんの部屋の畳が一枚、めくったままになっていて、どうやら、夏子は二十五枚の小判を畳の下に一枚一枚並べて隠していたようだね、とご主人は言っておりやした。あっしら、小判なんて使ったことも手にしたこともありやせんから、小判を隠すには畳の下に一枚一枚並べて隠すのがいいんだよなんて、ふざけてよく言うんですよ。もしも、狐顔の男が夏子さんの蓄えの二十五両を狙って襲ったのなら、間違いなく畳をめくって探したんでしょうね」

「畳の下に一枚一枚並べてか。確かに、ありがちだな」

七蔵は呟いた。

「ああ、思い出しやすね。次の日、夏子さんの亡骸を早桶に納め、茶船に乗せて親父橋の河岸場から砂村新田の火葬場へ運びやした。二十間川の船寄せから土手にあがって、経を読むお坊さまと、桶を担ぐ桶屋さんと三上の若い衆が二人、それにあっしと卓ノ介さんの五人が砂村新田の畔を行く、それだけの寂しい葬列でやした。二十間川の土手には、彼岸桜が咲いておりやした。可憐な花びらが散るのが果敢ない、春の中ごろのいいお日和《ひより》でやした」

「そうか。夏子を砂村新田の波除堤のきわの火やで、火葬にしたんだな」

お久は頷いた。

「夏子さんを火葬にするとき、あっしは卓ノ介さんを火やの外に連れ出して、火葬が終るのを待つことにしたんです。四歳の子供には、むごいと思いやしてね。お坊さまのお経を読む声が聞こえてきて、あっしは掌を合わせておりやした。そのうちに、灰色の煙が火やの格子の窓からゆらゆらと上って、波除堤の松林をこえて流れて行くんですよ。そしたら、卓ノ介さんが急に煙を追っかけて行きやしてね。あっしが呼んで止めても、聞きやしやせん。波除堤の急な土手を草や枝につかまりながら懸命に上り、波除堤の上に立つと、煙がふわふわと流れて行く空を見あげて、だんだんうすれて消えて仕舞う煙に、かかって呼んだんです。かか、かかって何度も、小さな身体をゆすって、戻ってきてってって呼んでるみたいにですよ。あのときあっしは、泣けて泣けて……」

「そうか、あそこか」

つい七蔵は口に出した。

堤をくだったところから、江戸の海まで一里以上も続く、葭の蔽う寄洲の景色が浮かんだ。

卓ノ介はそこで、母親と別れたのだな。

いつの間にか、すず虫の鳴く七夕の夜もだいぶ更け、北紺屋町の町内を火の番が廻る鉄杖《てつじょう》の音が聞こえた。

両国橋あたりはまだ納涼の人の賑わいが続いているだろうが、七夕送りの人出はもう収まっている刻限だった。

「茶を淹れ替えやしょう」

お久が立ちかけるのを、七蔵は止めた。

「もう結構だ、お久さん。面白い話が聞けた。役にたった。また何かあったら、訊きにくるから頼むぜ」

「へえ、どうぞ」

「そうだ。夏子の倅の卓ノ介は、母親の夏子が亡くなったあと、どうなった」

「まだ四つの卓ノ介さんを誰が引きとるか、三上のご主人と芳町の町役人さんらで相談して、どこかのお店に預けて、いずれその店で奉公するようにしたらいいとか、そんな話になりそうだったんですけどね。あるお店のご主人から、卓ノ介さんを養子にしたいという申し入れがありやしてね。じつはそのご主人は、夏子さんが亡くなる一年ほど前から、夏子さんの馴染みのお客さんだったんです。卓ノ介さんのこともよくご存じでしてね」

「ほお、お店のご主人が養子にかい。そりゃあ、せめてものことだったんだな。どこのお店のご主人だい」

「富沢町の古手屋の、簗屋文五郎さんです。今は卓ノ介さんが簗屋を継いでいらっしゃるそうです。卓ノ介さんの名は、御曹司の名がなんとか卓右衛門《たくえもん》でしたんで、夏子さんは御曹司の倅らしく、またお武家の子らしくつけた名なんです。けど、卓ノ介さんは簗屋を文五郎さんから継がれたときに、商人らしい文左衛門さんに改めたそうです。今は大坂古手問屋仲間の行事役をなさっていると、聞きやしたね。まずまずの出世をなさって、本当によかった」

「だ、旦那……」

樫太郎がそわつき、七蔵の背中に声をかけた。

だが、七蔵はかえす言葉が思いつかなかった。

七夕の夜四ツ（午後十時）すぎ、小網町《こあみちょう》一丁目と二丁目を渡す思案橋《しあんばし》袂の船寄せに一艘の茶船が舫って、掩蓋《えんがい》の出入り口にさげた筵の隙間からもれたうす明かりが、水面に映りゆらめいていた。

思案橋が架かる堀川が、日本橋からの流れにそそぐ小網町と対岸の茅場町《かやばちょう》の川筋には、土手蔵や大名屋敷の土塀の影が星空の下につらなっていた。

夜がふけてかすかな星明かりの下、思案橋を通りかかる人影はなかった。

野良犬が一匹、うろうろしながら思案橋を渡って行ったばかりである。

と、茶船の艫に置物のようにうずくまっていた黒い影が、棹をつかんでむっくりと起きあがり、筵の隙間からうす明かりがもれる掩蓋の中へ、

「行くぜ」

と、濁った声をかけた。

「あい」

懈《け》だるげな返事が、暗い川面に流れた。

艫の黒い影が川面に棹を差し、茶船が思案橋の船寄せから箱崎のほうへ行きかけたところへ、小網町一丁目横町の往来を思案橋の袖《そで》まできた人影が、土手に枝を垂らした柳の陰から、そっとした声を茶船へ投げた。

「可六《かろく》さん、今晩は」

若い女の声だった。

艫の可六は、声のした思案橋の袖に佇む人影へ見かえり、暗がりをすかして目を凝らした。

手拭を吹き流しに蔽った人影のなだらかな肩へ、柳が幾筋かの細い枝を垂らしていた。

「ああ、お甲さんか。誰かと思った。どうしたんだ、今ごろこんなところでさ」

可六は棹を突いて、船寄せから離れかけた茶船を止め、濁った声をお甲へ懈だるそうにかえした。

「ちょっとした用がありましてね、堀川筋で夜遅くまで船で稼いでる、可六さんのような人たちに、話を聞いて廻ってるんです」

昨日、喉を痛めて嗄れたお甲の声は、朝にはもう治っていた。

やや低めながら、お甲のそっとした声が夜の静寂に溶けた。

「夜ふけに若い女がひとりで、おれたちみてえな船饅頭にちょっとした用ってえのは、やっぱりお上の御用だな」

「こういうのが、あっしの性分なんです」

「よく続くね」

そこへ、掩蓋にさげた筵をめくり、うす明かりを背にして顔をのぞかせた女が、思案橋の土手のお甲を見あげ、やはり僻だるそうな声を暗い川面に流した。

「あら、お甲ちゃん。しばらくだったね。変わりはないかい」

「今晩は、お浜《はま》さん。相変わらずですよ」

「そうかい。相変わらずなら上等だよ。あっしみたいな婆と違って、お甲ちゃんはまだ若いからさ。亭主は見つかったかい」

「そっちはさっぱり。男は面倒だし……」

「確かに面倒だね、男は。けど、面倒でもひとりは夜が寒くないかい」

お甲は笑った。

「それでお甲さん、あっしらに何が訊きてえんだい」

可六がお甲を促した。

「先月十七日のことなんですけどね。たぶん四ツ前ぐらいか、それよりあとの夜ふけに、ここら辺の堀川筋に見かけたか、行き合った船で、こんな夜ふけにどこへ行くのか気にかかったり、普段、見慣れない人が乗っていたとか、ほんの少しでも妙なとか不審に思ったとか、今でも覚えていることがあったら、教えてほしいんです」

「先月十七日？　ずいぶん前のことだな。夜は人気のねえ河岸場に船がずらりと並んでるのを見慣れてるばかりだから、気にかかったとか、不審に思った覚えはねえな。お浜、おめえはどうだ」

さあ、とお浜も首をかしげた。

可六は五十代半ば、お浜も五十歳をこえた女で、二人は夜ふけに、日本橋から箱崎、新堀《しんぼり》、永代橋へかけて船で流し、櫓をとる可六が、土手や河岸場を通りかかった人影に、船饅頭でございと声をかけ、お浜が相手をする商売である。

値は堀川をひと廻りして、三十二文ほどである。

「そもそも、あっしらの商売相手はみんな怪しいんだよ。妙なとか不審に思ったとかは、初中終《しよつちゆう》だからさ。お甲ちゃん、それはなんのお調べなんだい」

お浜が訊いた。

「ごめんなさい。ちょいと差し障りがあって、詳しいことは言えないんです。でももし、そう言えばって、なんか思い出したら教えてください」

「わかったよ。なんか思い出したら、今度会ったときにね」

お甲は、思案橋の土手から小網町二丁目の往来へ行きかけた。そのとき、

「お甲ちゃん、お待ち」

と、お浜が呼び止めた。

「十七日かどうかははっきり覚えてないけど、今思い出した。あれは、先月半ばごろの夜ふけだったね。とき折り小雨がぱらついて、降ったり止んだりのむし暑い夜だった。箱崎の永久橋の船寄せで、客待ちをしていたら、箱崎から大川のほうへ通りかかった、二挺《ちょう》だての日除船《ひよけぶね》を見かけたよ。障子戸が閉ててあって、船に明かりは点《つ》いてなかった。二挺だてでも船頭はひとりで、菅笠の下に頬かむりをして、顔はよく見えなかった。ただね、舳の板子《いたご》に年増らしいのがひとり、小提灯を提げて船先を照らして案内するみたいに、しゅっと佇んでいたのを覚えているよ。顔は見えなかったけど、紫の布を額《ひたい》にあて片はずしに赤い笄《こうがい》を挿してさ。梔子《くちなし》染色の小袖が、ちょっとしどけない年増だったね。あっしらなんかに見向きもしないあの澄ました様子は、商売女に違いないよ。大きなお世話だけど、おや、こんな夜ふけに年増がと思ったからさ。ただそれだけ。あんたも見ただろう。先月の半ばごろさ」

お浜が可六に言った。

「そう言えば、見かけたかな。けど、日除船ぐれえどこでも見かけるから、よく覚えてねえよ。どうせ、どっかのお金持ちのお店かお屋敷に、呼ばれて行く芸者かなんかだったんじゃねえか」

「お浜さん、その日除船の船主さんはわかりませんかね」

「さあ、そこまでは。でも、桟蓋《さんぶた》の鉄枠が小提灯の明かりに光ってたから、割としっかりした造りの日除船だったね」

「ああ、桟蓋が小提灯の明かりで……」

お甲は繰りかえした。

八

《兼松《かねまつ》》の十三郎《じゅうざぶろう》は、文化六年の今年、すでに八十歳に近かった。

六十代の半ばをすぎたとき、芳町の住み慣れた店を倅とその一家に譲り、向《むこう》島《じま》小村井村《おむらいむら》吾妻大権現境内《けいだい》の裏手にかまえた兼松の寮《りょう》へ、十年以上連れ添った四十代の後妻とともに移り住み、ほかに村の女をひとり雇い入れて、少し寂しいものの、のどかで気楽な余生の日々を送り始めた。

早や日がたって七月中元《ちゅうげん》に近い昼下がり、嘉助は、手入れの行き届いた柘植《つげ》の垣根が囲う茅葺屋根の百姓家ふうの、十三郎が後妻と暮らす寮を訪ねた。

前以て十三郎の意向を聞き了承を得ていたので、嘉助は、今は六十に近い十三郎の後妻に、庭につくつくぼうしの鳴き声が聞こえる部屋へ通された。

ほどなく、莨盆《たばこぼん》を提げて現れた十三郎は、かつて、芳町界隈の盛り場でおのれの命を的に腕と度胸で渡世《とせい》してきた親分の面影はうすれ、どちらかと言えば小柄で顔色も透けたように白く、穏やかな笑みを絶やさない老夫だった。だが、

「これで失礼するよ」

と断って、紺木綿を着流し兼松の半纏《はんてん》を着けた恰好で嘉助と対座し、早速、長煙管で一服した十三郎は、八十前とは思えないほど、足腰も言葉つきもしっかりしていた。

それから莨を一服つけて言った。

「あっしが十三郎だ。嘉助親分の噂は、腕利きの御用聞と、若いころから聞こえていたよ」

「嘉助でございやす。室町の隣の本小田原町で髪結を営んでおり、ときに、御番所の御用も務めさせていただいておりやす。お初にお目にかかりやす。本日はこちらの勝手な申し入れを早速お受けいただき、礼を申しやす」

「あっしのようなやくざ渡世《とせい》の者と、腕利きの御用聞の嘉助親分が、これまで一度も顔を合わせなかったってえのは不思議だが、言い換えりゃあ、あっしにとっ

ては幸運だったのかも知れねえな。と言っても、堀江町の賭場が御番所の手入れを受けてお縄になり、四十代から五十代のほたえ盛りの八年は、三宅島《みやけじま》の島暮らしだったけどね」

あはは、と十三郎は軽々と笑った。

女房がそこへ、冷えた麦茶を運んできた。

いただきやすと、向島までの日照りの下の長い道を歩いてきて喉が渇いていた嘉助は、冷えた麦茶をひと息で飲み乾した。

十三郎はそれを見て、代わりを持ってくるようにと笑いながら女房に言った。

「ところで親分、先月、神門達四郎という元北町の隠居が何者かに殺され、亡骸が砂村新田の寄洲に捨てられていた一件についての、お訊ねだそうだね」

十三郎が切り出した。

「へい、さようでございやす。もう三十数年も前、当時、北町の本勤になりたての若い平同心だった神門達四郎さんが、十三郎親分の堀江町の賭場に出入りなさっていたころのことを、おうかがいしたいんでございやす。親分にはあまり思い出したくもねえ事情かも知れやせんが、神門達四郎さんの先月の一件と、三十数年前に神門達四郎さんが親分の賭場に出入りしていたことに、ひょっとして何かの因縁があるかも知れねえんでございやす」

「ほお？　先月、神門達四郎が殺されたことと、三十数年前の神門達四郎があっしの賭場で戯れていたことがかい」

「さようでございやす」

「しかし先月の一件は、どっかのお侍がお縄にかけられたんじゃねえのかい。そう聞いたぜ」

「その通りなんです。ですが、あれは評定所の御判断で、あっしら御用聞は町方の旦那のお指図で動いておりやす。評定所のお調べがどういうふうに進んでお侍をお縄にしたのか、あっしらには詳しい事情はわかりやせん」

「そういうものなのかい。じゃあ、堀江町の賭場が御番所の手入れを受け、あっしと手下らは島流しになった。もしかして、あのときそんな目に遭わせたのが、若い町方だった神門達四郎が賭場を差した所為で、その恨みを爺さんになった今晴らしたと、ひょっとして町方はあっしに疑いをかけているのかい」

「まさか」

嘉助と十三郎は顔を見合わせ、あはは、あはは、と高笑いを交わした。

兼松の十三郎は、芳町界隈の茶屋町の《防ぎ役》に、三十歳をすぎて間もないころから身体を張ってきた。

防ぎ役は、茶屋町などそういう色町で起こりがちな様々なもめ事や喧嘩沙汰の埒《らち》を明け、町奉行所へも色町の首代《しゅだい》として出かける顔役である。茶屋町が抱える茶汲女や陰間ひとりにつき日に四文の口銭をとって、防ぎ役は大きな稼ぎを得ていた。

その防ぎ役のかたわら、十三郎は手下を多数従え、芳町から親父橋を堀江町へ渡った三丁目にあった芝居小屋の楽屋で、芳町の色子や役者、界隈のお店者らが気兼ねなく遊ぶ賭場を開いていた貸元でもあった。

十三郎四十六歳の安永五年の春、その賭場に町奉行所が踏みこんだ。

そのとき賭場にいた代貸、中盆や壺ふり、芝居小屋の亭主や客らとともに貸元の十三郎も捕らえられた。

十三郎らは遠島の裁きを受け、三宅島で八年をすごしたのだった。

「三宅島の八年は、もう亡くなった古女房がまだ青二才《あおにさい》だった倅を支えて、茶屋町の防ぎ役を務めたんだ。女房のお陰で、兼松一家はかろうじてばらばらにならずに済んでね。あっしが島から戻ってすぐに、女房は亡くなった。女房には苦労ばかりかけて、何もしてやれなかった」

十三郎は、柘植の垣根の上に広がる午後の空を見やり、つくづくと言ったが、言いながらもにこやかな笑みを絶やさなかった。

つくつくぼうしの鳴き声が、庭の木々に秋の到来を告げているのに、うだるような暑さは毎日続いている。

「念のために聞かせてくれ。嘉助親分の旦那は北町のどなただい」

十三郎が訊ねた。

「萬七蔵の旦那です」

「萬七蔵か。聞いたことがある名だ。定廻りじゃねえな」

「隠密廻りの旦那でやす」

「隠密が？　なんで隠密なんだ」

「評定所がお縄にかけたお侍とは別に、町方は町方で一件を洗っておりやす」

「評定所と角がたたねえよう、隠密になのかい」

「ていうか、うちの旦那は評定所がお縄にかけたお侍が下手人じゃねえと、評定所とは別の見方をしておられやす」

「ほう。隠密の旦那が別の見方をかい」

十三郎は、物思わしげに繰りかえした。

「すっかり老いぼれたが、あのころのことは今でも覚えてるぜ。神門達四郎が三十数年前、堀江町の賭場に出入りしていたのは間違いねえ。むろん、黒羽織の定服で遊んでたんじゃねえ。着流しに大刀一本を落とし差しの、どっかの勤番侍《きんばん》か浪人者《ろうにんもの》みてえな風体だった。けど、神門達四郎が町方だとは、みんなわかっていたさ。手下の若い者の中に、神門が北の御番所の同心だと、顔を見知ってるのがいたんだ。町方だからって、賭場の出入りを断り逆恨みをされたらかえってまずいことになりかねねえと思ってよ、好きにさせておいた。若い者にも、言いふらすんじゃねえぞと、釘を刺しておいた。それに町方だろうとなんだろうと、賭場の客に変わりはねえし」

「神門さんは、いつごろから親分の賭場に出入りするようになったんで」

「町方が踏みこむ一年半ぐれえ前だった。あの男は博奕の毒あたりだった。よっぽどのきっかけがねえ限り、博奕はやめられねえ。ああいうやつがいるんだ。だいぶ借金が溜って、かえすのに四苦八苦してた。胴取《どうとり》が借金を棒引きにするわけにはいかねえし、町方を痛い目に遭わせて取り立てるわけにもいかねえだろう。神門にはちょいと手を焼いたことを覚えてるぜ」

そこで、嘉助は話を変えた。

「安永五年の春に、堀江町の賭場に町方が踏みこんだんでしたね」

「ああ、あの春のことは今でも忘れられねえ。だから、冥土《めいど》にまで持って行くしかねえんだ。代貸も中盆も壺ふりも手下らも、賭場の客も場所を借りていた芝居小屋の亭主も、むろんあっしも、一同数珠《じゅず》つなぎにされて、茅場町の大番屋へぞろぞろと引ったてられた。御番所のお裁きで客らは過料、あっしらは遠島、芝居小屋の亭主と壺ふりと中盆は重追放だった」

「町方が踏みこんだとき、神門さんは客の中にはたまたまいなかった。で、そのあと、あの手入れは神門さんが賭場の借金がかえせなくて御番所に差した、という噂がたったそうですね」

「そういう噂は、あっしもあとで聞いた覚えがある。神門が堀江町の十三郎の賭場に出入りしているのが御番所にばれて、御奉行さまに蟄居謹慎を命じられ、賭場に町方が踏みこんだってな」

「じゃあ、神門さんの借金は賭場が潰れて有耶無耶《うやむや》になっちまったんですか」

「ところが、そうじゃねえ。賭場に町方が踏みこむ二日か三日前だった。神門が借金をかえしにきたのさ。なんと、小判の二十五両きっちりを、あっしの前にぽんと差し出して、これで借金はなしだ。わずかな足りねえ分ぐらい、けちなことを言わずにまけろとほざきやがった。実際、神門の借金は二分と少々足りなかったんだが、あっしもそのときは、これでもういいと思った。ただ、あっしらは日々の用に小判なんか使ったことはねえし、めったにお目にかかったこともねえ。二十五両なら、あっしらなら一分銀の切餅《きりもち》ひとつだ。小判で二十五枚は、かえって怪しいじゃねえか。この二十五両はどちらで工面《くめん》なすったんで、出どころが危ねえなんてことはねえんでしょうねと、冗談交じりに訊いたら、神門は急に顔色を変え、気色の悪いしかめっ面して言いやがった。やくざ風情が偉そうに何を言いやがる。御番所がその気になったら、こんな賭場をひねり潰すのは簡単なんだ。いつまでも大目に見てるとは限らねえんだぜと、逆に威《おど》しやがった」

「そのあと、実際に町方が賭場に踏みこんだんですね」

「ちきしょう、神門がやりやがったと、あのときは思った。だがまあ、真偽のほどはわからねえがな」

嘉助はまた話を変えた。

「親分、三十数年前の春のちょうど同じころ、芳町の茶屋で茶汲女が殺され、茶汲女が蓄えていた二十五両の小判が盗まれやした。下手人はわからず仕舞いだった。その茶汲女殺しは覚えておられやすか」

「覚えてるさ。おれは界隈の防ぎ役だったんだ。あれは三上という色茶屋の昼見世の、まだ嫖客《ひょうきゃく》の少ねえ刻限を狙った強盗だった。そんな真っ昼間から、茶汲女ごときの蓄え目あてに強盗を働くなんて、誰も思いもしなかった。下手人はそこが狙い目だったんだろうな。しかも、殺された茶汲女にまとまった蓄えがあるらしいと知ってた。ということは、余所者じゃねえ。芳町界隈の事情にかなり詳しい野郎に違いなかった。すぐ足がつくと思ったが、町方は捕まえ損ねて下手人はわからず仕舞いだった。まったく、手際の悪い話だぜ」

「神門さんが親分に二十五両をかえしにきたのは、芳町の茶汲女殺しのあとだったんじゃねえんですかい」

「そうさ。もしかしてその二十五両は、茶汲女殺しの一件とかかわりがあるんじゃねえかと、疑わなかったわけじゃねえ。けど、怪しいと疑ったところで、やくざ渡世のあっしらに一体何ができる。相手は腐《くさ》れでも町方で、こっちは所詮やくざさ。やくざが町奉行所に、あの町方が怪しいと差口ができるわけねえじゃねえか。出どころが危ねえなんてことはねえんでしょうねと、冗談交じりに言うぐらいが精一杯だったのさ。そのあとは今話した通り、堀江町の賭場に町方が踏みこんできて、あっしらは島流しや追放やらで散りぢりさ。もうあのころのことは何もかもうろ覚えで、茶汲女殺しの話なんて、嘉助親分に訊かれるまですっかり忘れていたぜ」

十三郎はそう言って、煙管を咥《くわ》え一服した。

そりゃあそうだ、長い秋《とき》がたったんだな、と嘉助は思った。

日射しの下の庭で、つくつくぼうしが鳴いていた。

しかし、嘉助は最後に訊いた。

「親分、神門達四郎さんが殺された一件を知ったとき、何を思いやしたか」

十三郎は煙管の雁首《がんくび》を灰吹《はいふき》に、こん、と当て、燃えつきた吸殻《すいがら》を捨てた。

そして、嘉助に言った。

「もうこの歳になって、どうもこうもねえさ。けど、強いて言うなら、そうだな、あの神門達四郎がまだ生きていたのかい、と思ったのと、神門の性根は与太者《よたもの》だから、与太者らしい死様《しにざま》だったじゃねえかということぐれえかな」

九

北町奉行所の例繰方《れいくりかた》詰所は、表玄関をあがって、廊下を大白洲《おおしらす》のある裁許所のほうへ行く詮議所の手前にある。

例繰方は、犯罪の情状とお裁きを行うための原案を、他日の審理の参考にするためすべて蒐集《しゅうしゅう》文書にし、犯罪の年度および軽重ごとに分類して綴《と》じて保管することと、要請があればただちに索例する掛である。

同じ昼、七蔵は例繰方の同心戸根周五《とねしゅうご》の後ろに従って、詰所の棚に積み重ねた膨大な冊数の文書の中から、目あての一冊を探していた。

「今から三十三年前の安永五年の重犯罪だな。これかな」

戸根周五は、詰所の一角の棚に積み重ねた分厚い一冊を抜き出し、それをめくって、その年に起こった事件の記録をたどって行った。

「あった。堀江六軒町、通称芳町ノ茶屋三上ニテ使用人ナツネ、本名水野《みずの》夏江殺害ノシサイ云々、とあるよ。七蔵さん、これでいいんだね」

七蔵は戸根周五が差し出した文書を受け取り、すきまなく並んだ文字に素早く目を走らせた。

「間違いありません。この一件です。読ませていただきます」

「ふむ。外へ持ち出すなら一筆要るが、ここで読むなら、詰所の空いてる机を使ってかまわないよ」

「じゃ、ここで」

七蔵は戸根に従い、詰所の一角の部屋に入った。

「そこへ」

と、戸根が詰所の隅に並ぶ黒柿《くろがき》の文机《ふづくえ》を指した。

例繰方は支配役の与力二騎に、同心四人が就いている。

市中廻り方と違い、犯罪審理の原案を文書に残す事務が主な役目のため、掛が代わることは殆どなく、ひとりひとりが長年掛に就いていた。

与力も同心も七蔵より年上で、ひとり若い松川昌助《まつかわしょうすけ》の隣の机が空いていた。

七蔵は与力と同心に一礼し、みながむっつりと黙礼を寄こした。

詰所のみなは、元町方神門達四郎の言わば身内の殺害事件を、隠密の萬七蔵が評定所とは別の筋から内々に探り、それを御奉行さまがじつは黙認していると聞き、内心では強い関心を示しつつも、何も声をかけてこなかった。

七蔵が若い松川昌助の隣の机に就き、「お邪魔しやす」と小声をかけると、「どうぞ」と、松川は好奇心を隠さず小声をかえしてきた。

紺看板に梵天帯の中間が、七蔵に湯気の上る茶の碗を運んできた。

詰所の隣の詮議所で公事《くじ》が開かれているが、その声は殆ど聞こえない。

縦格子の窓から、表門と表玄関の間に敷きつめた石畳が見え、まだ夏の名残りの厳しい日射しがふっている。

七蔵が読み始めた文書には、安永五年二月十四日、堀江六軒町、通称芳町の茶屋三上の茶汲女夏子殺害の下手人については、ただ短く、

《年齢二十歳すぎから三十歳余　身の丈五尺五、六寸　やや小太りの中肉　顎の細い狐顔　色浅黒し　目尻の尖った細目　一重瞼　頭に白地に紺の豆絞り　千筋縞に黒茶の角帯の着流し　足下雪駄》

としかないのが、下手人不明の三十数年の空白を強く感じさせた。

しかし、殺害された夏子については、素性がかなり詳しく書かれていた。

夏子、すなわち簗屋文左衛門の実母の水野夏江は、水道橋《すいどうばし》稲荷小路の支配勘《しはいかん》定衆《じょうしゅう》・水野恵次郎《けいじろう》の三人兄妹の末娘であった。

母親が病に罹って高額な薬礼が必要となり、職禄百俵の暮らしが窮乏の淵に追いこまれたのは、夏江が七歳のころであった。

父親の恵次郎は、勘定衆の禄では賄いきれない薬礼を捻出するため、組頭と何人かの勘定衆らの不正にかかわった。

その不正が発覚して、勘定衆らは切腹を申しつけられた。

本来、切腹の場合は家に累《るい》は及ばないが、支配役勘定奉行の判断により、他の勘定衆らとともに水野家も改易とされた。

病弱な母親は自害して果て、兄と姉は下男下女奉公に他国へと去った。

残された幼い夏江は、同じく貧乏武家の縁者に引きとられ、下女同様の扱いを受けて育った。

しかし十三歳のとき、縁者の養父に犯されそうになり、夏江は養父を傷つけて縁者の家から逃走し、堀江六軒町、通称芳町の茶屋の婢になった。

茶屋の婢として生き延びた夏江は、生来の愛くるしさが花開くように美しい娘に育ち、十六歳の春、芳町の色茶屋《三上》の主人に自ら申し入れて、茶汲女、すなわち売笑としての務めを始めたのだった。

夏江は夏子と名を変え、たちまち三上で一番馴染み客の多い茶汲女になった。

貧乏武家の養父は、芳町の夏子の評判を聞き、夏江に違いないと察し、夏子に金の無心にきた。

夏子はそんな養父にも、何も言わず用だててやった。

数年がたち、夏子が二十一歳のとき、乙ヶ渕に拝領屋敷のある三千五百石の旗本半井《なからい》家の御曹司・半井卓右衛門が夏子の馴染みになった。

若い卓右衛門は美しい夏子目あてに三上に通い、若い夏子も卓右衛門に夢中になった。

翌年、夏子は卓右衛門の子の卓ノ介を産んだ。

しかし、夏子が卓ノ介を産んでひと月後、半井家の用人が芳町の三上に現れ、夏子に対し、こののち夏子にも赤子の卓ノ介にも、半井家は一切かかわりがないものとご承知願いたいと伝え、二十五両をおいて去った。

以後夏子は、半井卓右衛門と二度と会うことはなかった。

もともと夏子は、色茶屋の茶汲女ごときが、身分の高い旗本家の側妻にすら迎えられないことは重々承知のうえで、好いた半井卓右衛門の子を産み、自分ひとりで育てると心に決めていたのだった。

子育ての苦労など、好いた人の子を産んで育てる歓《よろこ》びと較べて、何ほどのことがありましょうか、と夏子は三上の主人に言ったと、文書には記されていた。

それから文書には、倅の卓ノ介が四歳になった春、二月十四日の昼下がりに起こった事件の顚末が、詳細に記されていた。

安永五年二月十四日、昼下がり、狐顔を豆絞りで目深に頬かむりにして、茶汲女の夏子を名指ししたその下手人は……

と七蔵は、豆絞りの下手人が三上を出たあと、殺害された夏子が見つかり、通報を受け出役した町方の現場を調べた詳細を読み進めて行った。

文書を読み終え、七蔵は溜息をついた。

北紺屋町のお久から聞き、事件の顚末は概《おおむ》ねわかっていたものの、水野夏江のこの人の世の片隅で生きた、報われることの殆どなかった短く悲しい命の顚末を改めて知り、胸がつまった。

「あ、何かございましたか」

隣の若い松川昌助が、七蔵の溜息を気にかけた。

「これを読んで、ひとりの女の悲しい一生に、つらくなりましてね」

七蔵は文書を閉じて、松川に言った。

「女の一生？　神門達四郎さんの一件のお調べじゃあないんですか」

「何分にも人の生き死には、ひと筋縄では行かないんで」

はあ、と松川は曖昧《あいまい》な返事を寄こした。

七蔵は若い松川へにっこりと頰笑みかけると、座を立って戸根周五の机の傍らへ行き、礼を言った。

「ありがとうございました。三十三年も前の事件の子細が、ついこの間の出来事のようにわかり、筋道がだんだん見えてきた感じです」

「お役にたったかい」

「はい。それにあのころの町方が、入念に調べていたことに感服いたしました」

「三十三年前の茶汲女が殺された一件と、先だっての神門のご隠居の一件が、何かかかり合いがありそうなのかい」

戸根が小声で訊いた。

「神門のご隠居の一件が、簡単な筋書きでないのは確かです。だいぶ根が深い。そう思います」

「確かに、神門のご隠居をあんなふうに手にかけたのは、尋常な恨みとかではなさそうだからな」

「この文書は、さっきの棚に戻しておけばよろしいですね」

「いいよ。わたしが戻しておく。戻し方があるんだ」

すると、与力の藤島長次《ふじしまちようじ》が七蔵に寄こした。

「萬、神門のご隠居の一件を、あんたが調べてるんだってな」

「はい。評定所の調べとは別に、内々に調べを続けております。御奉行さまのお指図ではありませんが、黙認ということで……」

七蔵は藤島へ膝を向けて言った。

「神門のご隠居は、元町方ではあってもわれら北町の、言ってみれば身内だ。人柄がいいと評判は悪くないご隠居だったが、あんな無残な殺され方をして、評判のいい人柄だけではない何かが、ご隠居にはあったのかなと、口に出さずとも内心ではみな疑っている。でもな、たとえ身内の恥を曝《さら》すようなことがあったとしても、われらは北町の役人だ。北町の面目にかけて、北町の手でこの一件の始末をつけてほしいのさ。他人《ひと》はあんたのことをどう思ってるか知らねえが、おれはあんたならやってくれるんじゃねえかと思ってるんだ。夜叉萬、頼むぜ」

藤島が言い、例繰方のみなの目が七蔵へ凝っと向けられていた。


その夕刻、亀島町の七蔵の組屋敷に、七蔵、嘉助親分、お甲に樫太郎の四人が集まり、火桶《ひおけ》にかけた鶏《とり》葱鍋を囲んで、芹《せり》ひたし、からし茄子、真黒《まぐろ》のさしみの大皿、大根里芋の煮つけの鉢、ゆどうふを小皿や碗にとりわけつつ、ささやかな酒盛りが始まっていた。

七蔵が子供のころから萬家に勤めてきたお梅《うめ》、母方の叔母由紀《ゆき》の孫娘お文《もん》、それにお甲と樫太郎が手伝い、支度をした。

水鳥問屋から買い求めた鶏をさばいたのは七蔵で、真黒のさしみに包丁を入れ大皿に切りそろえたのは嘉助親分だった。酒と料理が始まると、

「ではまず、親分から今日の話を頼むぜ」

と、七蔵は嘉助を促した。

へい、と嘉助は頷いた。

「あっしは昼間、向島小村井村の兼松の寮に隠居暮らしの、元芳町界隈の防ぎ役で、堀江町の賭場の貸元でもあった十三郎さんを訪ね、今から三十三年前の安永五年の二月、若え町方だった神門達四郎が、十三郎さんの賭場で拵えた二十五両少々の借金返済に、小判二十五枚耳をそろえて差し出し……」

と、十三郎が神門達四郎の差し出した小判の出どころなどを冗談交じりに質し、神門が急にしかめっ面になって威《おど》してきたことや、その二、三日後、堀江町の賭場に町方が踏みこみ、賭場は潰れ十三郎らはお縄になったこと、そして、神門が二十五両をかえす前、芳町の色茶屋三上で茶汲女が振《ふ》りの客に殺され、二十五両の蓄えが奪われた事件が起こっており、この二十五両がもしかして、と怪しまないわけではなかったことなど、十三郎に聞いたそれらの話をした。

次のお甲は、七夕の夜ふけに船饅頭のお浜に聞いた、先月半ばの深夜、箱崎か

ら大川へと向かう、二挺だての妙な日除船を見かけた話をした。

その日除船には、頬かむりに菅笠をつけた艫の船頭ひとりに、紫の布を額にあてた年増が小雨のぱらつく闇夜の水先を案内するように、小提灯をかざして舳の板子《いたご》にしゅっと立っていた。

お甲は、濱町堀の河岸場に舫う二挺だての日除船を、この数日探っていた。

「船宿が軒を並べる箱崎なら、日除船は珍しくありやせん。けど、濱町堀の河岸場だと殆どが荷足船で、日除船がつながれているのは、乙ヶ渕のお大名屋敷の河岸場に何艘か見かけられるぐらいなんです。それで、二挺だての日除船を見かけたわけではないんですけれど、月に一度か多くて二度ぐらい、富沢町の榮橋の河岸場に、二挺だての日除船が一艘つながれていることがあると、何人かの船頭さんに聞けましてね。その二挺だての日除船が、簗屋さんの持ち船だったんです。聞いたところでは、簗屋さんは三年前に、上州や野州《やしゅう》へ売り先を広げる狙いで武州の妻沼に下り古手の別店を設け、富沢町の簗屋が仕入れた下り古手を妻沼の別店へ大量に運べるよう、日除船を持ったらしいんです。馬の荷送では、大量に運ぶのに費用も手間もときもかかるので、仕入れた古手を船で運ぶことにしたんです。日除船は、雨に降られて古手が濡れないようにする用心だそうです。小名木川から中川、武州栗橋《くりはし》から利根川を船曳《ふなひき》が引いてさかのぼり、妻沼の河岸場に荷揚げします。妻沼の別店は、簗屋の先代の文五郎さんが仕切っているんです」

「先月の十七日か、その前後に、榮橋の河岸場に簗屋の日除船は見かけられたのかい」

七蔵は言った。

「濱町堀の何人かの船頭さんに聞いたんで、間違いありやせん。簗屋の日除船はつながれておりやした。十四日か十五日に、先代の文五郎さんが文左衛門さんに急な用があって、妻沼から船で富沢町の店に戻って、十八日まで泊《とま》って行かれたと、それも聞けやした」

「でも旦那、船饅頭のお浜さんが永久橋で見かけた二挺だての日除船が、簗屋の日除船とは限らないんじゃありやせんか」

と、それは樫太郎が言った。

「かっちゃんの言う通り、お浜さんが見かけた日除船が、簗屋の船とは言えないし、日付けだって曖昧だけど、まったくの見当違いとは限らないってことさ」

「そりゃあそうっすね」

「それに、簗屋の日除船は中川と利根川を上り下りしなければなりませんから、舳に鉄枠の栈蓋をとりつけた、見た目にもしっかりした造りなんだそうです。お浜さんが、栈蓋の鉄枠が舳の女が提げていた小提灯の明かりに光って、割としっかりした造りだったと言ってたのが、ささいなことですけれど、ちょっと気になりやす」

お甲は七蔵に言った。

「船頭は雇っているだろう。どういう男かわかるかい」

「甚左《じんざ》という若い船頭をひとり雇っています。甚左は大男で、濱町堀の河岸場で船荷の積みおろしをしているのを、たまに見かけたことがあると聞けました。普段は妻沼の別店で、利根川の河岸場に古手を廻漕《かいそう》する仕事に就いているようです」

「お浜が見た日除船の船頭は、大男じゃなく、頬かむりに菅笠の男だったんだな」

「旦那、もしかして妻沼の文五郎が船頭を……」

嘉助が言いかけたが、七蔵はただもの憂げに頷いただけだった。

樫太郎は、富沢町界隈や古手屋らの間で、簗屋文左衛門の古手商としての評判や、気だてはどうか、気性が激しいか大人しいか、養父文五郎との親子の仲や近所づき合いの良し悪しなどを、それとなく訊いて廻った。

とにかく物静かな人、母親がおらず、どこかからもらわれてきた子らしく、養父文五郎の男手ひとつで育てられた所為か口数が少なく、寂しげな子だったね、という年寄りの声もあった。

それに、三十をすぎても嫁をもらわないので、文五郎さんが気にかけてね、とそういう声も、樫太郎が探った話の中にはあった。

「文左衛門さんの見た目が、色白の細面とか、二重の切れ長な目に鼻筋が通ってとか、痩身で背も高くいい男なのに、どうして嫁をもらわないのかね、と何年か前までは町内でよく話の種になったと聞かれやした」

「樫太郎、よくそんな話が聞けたな」

「へい。年ごろの娘がいる本町《ほんちょう》のさるお店のご主人に頼まれて、富沢町の簗屋文左衛門さんがどういう人物かを訊いて廻ってると話をしたら、文左衛門さんならもっともだと、みなさん割と快く話してくれやした。誰に訊いても、文左衛門さんの人柄、容姿、商人としての評判も申し分ねえんで、かえって正体が見えねえ感じがしたぐらいでやす」

「かえって正体が見えねえ感じか。親分はどう思う」

七蔵は嘉助の杯に、徳利を向けた。

「殺された神門達四郎と手をかけたかも知れねえ簗屋文左衛門の、両名の生き様をこうやって探っておりやすと、御用聞ごときが口幅《くちはば》ってえんですが、罪と罰ってえのは一体何なんだろうと思いやす。罪は罪とわかっていても、罪を罰するだけじゃあ浮かばれねえ仏さんもいるんだろうなと、ちょいとつらくなりやした」

嘉助は杯を乾した。

お甲と樫太郎は黙って、鉄鍋に白い湯気をたてる鶏肉と葱の煮こみを小鉢にとっていた。

七蔵はまた嘉助に徳利を差し、自分の杯にも注ぎながら言った。

「四歳の卓ノ介は、母親の夏子に馴染みの客がくると、三上の店先の路地でひとりで遊び、母親に呼ばれるまで我慢して待たなきゃあならなかった。長いときがかかるときは、芳町界隈を彷徨《さまよ》い歩き、きっと自分と母親が安住できる場所を思い描いて我慢していたんだろう。ときには、小さな子が母恋しさに泣きながら、ひとりで寝なきゃあならねえ夜もあったに違いねえ。卓ノ介は、聞きわけがよくねえと大好きな母親と一緒に生きて行けねえのが、幼いあの歳でもう気づいていたんだ。幼いあの歳で、寂しさを我慢しねえと、賢くねえと生きて行けねえと、卓ノ介はもう知っていたんだ」

七蔵は、杯をひと息に空けた。

「安永五年二月十四日の昼下がり、卓ノ介は三上の店先の路地で、ひとりで遊んでいた。二階の出格子窓に母親の顔が見え、卓ノ介、と声がかかるのを待っていた。だが、いくら待っても母親の声はかからなかった。そこへ豆絞りで頬かむりをした狐顔の男が三上から出てきて、卓ノ介の目の前を通りかかった。卓ノ介は男を見あげ、ひょっとしたら男も卓ノ介を見おろしたかも知れねえ。卓ノ介はそのときに見た男の顔を、二度と忘れなかった。その顔を、卓ノ介は腹の底に仕舞いこんだんだ。長い年月がたち、古着屋の簗屋文左衛門になっていた卓ノ介は、この夏のある日、簗屋にきた客に、三十三年前に見た狐顔の男を見つけた。元町方の神門達四郎を見つけた。そういうことだな、親分」

「どうしやすか、旦那」

嘉助が訊ね、

「おれは町方さ。町方がやらなきゃならねえ役目を、果たすだけさ」

と、七蔵は答えた。

第四章　海《かい》嘯《しよう》

一

簗屋文左衛門は、明障子を両開きにした八畳の仏間に、明かりも点けずひとり端座し、濡縁からほんの二、三歩ほどの狭い裏庭の、黒板塀わきに植えた萩の白や紫の小さな花を咲かせた灌木が、黄昏《たそがれ》に染まって行く景色に見入っていた。板塀ごしの隣家の板屋根が、黄昏どきの空に黒い影を隈《くま》どっている。

文左衛門は、このうす暗い黄昏どきの寂しさが嫌いだった。

あの路地に、だんだんと、次々と明かりが灯されて行き、白粉を塗り、赤い紅をさし、あの路地がまるで妖《あや》しげに頬笑みかけてくるかのような景色に染まるころ、ひとりとり残された幼い童子の寂しさはいっそう募《つの》ったからだ。

思えばあれは、童子に物心らしき覚えがつき、《かか》の姿がぷっつりと消えるまでの、冬の次に春がきて、夏から秋がすぎて冬になり、そしてまた春がくるころまでの、ほんの短い季節の移ろいの間にすぎなかった。

けれど、日暮れ前の黄昏どきのあの寂しさは、やっと物心がついた童子にとってはひどく長い苦しみだったと、文左衛門は今もそれを忘れなかった。

何もかもが終った。これから生き直さねばな、文左衛門。

父親の文五郎が言った。

そうだね、お父っつあん。

文左衛門は返答した。

しかし、文左衛門の身中には、童子のころの宿痾《しゆくあ》のようなもの憂い記憶がしこりになって、ずっと残っていた。

たとえば、この黄昏どきの寂しさのようにである。

ならばどうすればいいのだろう。

文左衛門の脳裡に、砂村新田の波除堤から見あげた青白くかすんだあの春の空に、灰色の煙がゆっくりとふわふわと途切れることなく流れて行き、だんだんとうすれ、やがてまぎれて仕舞う光景が甦《よみがえ》った。

不気味で、恐ろしく、そして激しい悲しみがこみあげた。

ひと筋の涙が、文左衛門の頰を伝った。

「かか……」

文左衛門に、四歳の童子の声が聞こえた。

そのとき、土間側の明障子ごしに番頭の声がかかった。

「旦那さま、そろそろ店を閉じる刻限ですが、いかがいたしましょうか」

「ああ、番頭さん、もうそんな刻限だったね。いいよ。店を仕舞って、みなで夕《ゆう》餉《げ》を済ますように言っておくれ。戸締りを済ませて番頭さんは帰っていいよ」

文左衛門は間仕切へ首をかしげ、普段通りの口調をかえした。

晩御飯の支度の物音が、勝手のほうから聞こえる。

「はい。そのようにさせていただきます」

この番頭は、文左衛門が八歳のとき、十三歳で簗屋に小僧奉公を始めた古い使用人である。

文左衛門が文五郎から簗屋を継いだころ、この使用人が嫁をもらって町内の裏店で所帯を持つことになり、文左衛門は給金をあげて《番頭さん》にした。

「あの、旦那さま、少々お伝えしたいことがございます。差し支えなければ、今よろしいでしょうか」

番頭が少し声をひそめた。

「わたしに伝えたいことがかい。いいよ」

文左衛門はまた、明障子へ首をかしげて言った。

明障子がそっと引かれ、仏間のうす暗さにまぎれそうな番頭の姿が見えた。

番頭は上がり端に膝をすべらせ、文左衛門に向いてすぐに畏まった。

文左衛門は庭を背にして膝を番頭に向け、仏壇と仏壇わきの棚を片側にする恰好で番頭と対座した。

「旦那さま、明かりを点けなくてもよろしいのですか」

「少し考え事をしていた。考え事には暗いほうがかえっていいのだ。番頭さんが不自由なら、点けてもかまわないよ」

文左衛門は、鉄色の角帯で隙なく締めた細縞の背をのばし、身体を竦めた少し小太りの番頭に言った。

「いえ。旦那さまがよろしければ、わたしもこのままでよいかと思いますので」

「そうかい。じゃあ、このままで聞かせてもらおうか。わたしに伝えたいこととはなんだい」

「はい。いえ、あの、わたしの気にしすぎかも知れません。もしかして、つまらない余計なことをお伝えし、旦那さまのお気に障りましたらお許し願います」

「そうなのかい。いいよ。気に障っても怒りゃあしないから、言っておくれ。そんな妙なことなのかい」

「じつは、ここ何日か前から、簗屋の事情や旦那さまの普段のご様子とかを、決してあからさまではないのですけれど、聞いて廻っているらしい、探っているらしい怪しい人がいると、そんな話が耳に入りましたもので、ちょいと気になっているのでございます」

「ほう。簗屋の事情やわたしの普段の様子を、聞いて廻っている怪しい人が、町内をうろついているのかい。それは気味が悪いね。誰だろう。番頭さんは、誰か心あたりはないかい」

「それがでございますね。今日の昼間、濱町河岸の土屋《つちや》さまのお屋敷をお訪ねした折り、お屋敷からの戻りの竈河岸《へっついがし》で、一膳飯屋の梅助《うめすけ》さんに呼び止められたんでございます。二、三日前、あそこら辺では見かけない若い男が、ふらりと店に現れて飯を頼んだんでございます。その男が一膳飯をゆっくり食ったあと、梅助さんにここら辺で下り古手を扱う簗屋という古手屋さんは、いい下り古手を仕入れていると評判だけど、ご存じですかと訊かれたそうで。梅助さんが、簗屋さんは大坂古手問屋仲間の行事役の、古手商売では老舗でと、そんな話をなさったところ、若い男は旦那さまの身の上をあれこれ訊ねてきて、梅助さんは話の途中で妙に思い、お客さんは何をしている人だねと訊かれました。そうしますと、その客は本町のさるお店のご主人から頼まれ、簗屋のご主人の評判を聞いて廻っている、というのもそのご主人には年ごろの娘がおりと、まるで娘の嫁ぎ先を、密かに調べているかのような口ぶりだったそうでございます」

「それは本町のさるお店の娘を、簗屋文左衛門に嫁がせたいと思っているご主人がいるって話かい」

「はい。もしかしてそうかも知れません。旦那さまにいまだ嫁がいないのはなぜかと思っておられるお店のご主人方が多いのも、確かでございますので」

番頭がぼそぼそと不審そうに言い、

「それが何か変なのかい」

と、文左衛門は頰笑んで番頭を促した。

「梅助さんはそういうことならと、簗屋のご主人はできた人で容姿も申し分なくなどと話したと、言っておりました。お客が帰ったあとになって、少し言いすぎて、簗屋さんの迷惑にならないかなと、心配になったとも仰ったぐらいでございます。それで昨夜、濱町堀の荷足船の船頭さんが梅助さんのお店で酒を呑んだ折りに、梅助さんは斯《か》く斯く云々《しかじか》と旦那さまの嫁とり話を船頭さんに話したんでございます。すると船頭さんは、そう言えば簗屋さんの持ち船のことを嫌に気にかけていた年増がいたな、と言い出したそうで。梅助さんが、その年増は嫁とり相手のお店の女かも知れないと言いますと、あの年増はお店の者じゃねえ、目つきの鋭い油断のならねえ年増だった、もしかして町方の手先じゃねえかと思うと、船頭さんが言い出したんでございます。それを聞いて、梅助さんも急に、そう言われればあの若い男もいやに根掘り葉掘りとしつこかった、本当は町方の手先だったのではという気がし始め、めでたい嫁とり話ならとつい気を許して、余計なことを話して仕舞ったんじゃないかと心配でならない。簗屋さんに町方の調べが入るような、なんか思いあたる節はないかいと訊かれました。むろん、町方に探られるようなやましいことなど、簗屋にありませんと言っておきましたし、それはわたくしの本心でございます。ですがやはり、このことは旦那さまにお伝えしておかなければと思いましたもので……」

あはは……

文左衛門はうす暗い部屋に明るい笑い声をまいた。

「めでたい嫁とり話が、じつはお上の探索の話だったとしたら、とんだ勘違いじゃないか。いやいや、笑い事ではないね。番頭さん、これはもしかしたら簗屋の古手に盗品が混じっていたのかも知れないよ。菱垣廻船の下り古手は、大坂の問屋に問い合わせる以外に手の打ちようがないから、江戸の仕入れは、仕入れ先をこれまで以上に念を入れて確かめないといけないね。怪しい古手買いから買いとるのは、控えたほうがいいかも知れない」

「さようでございますね。気をつけるようにいたします」

「小僧らにも、知らない人に簗屋のことを訊かれても、べらべら喋らないようにと言っておいておくれ」

「承知いたしました。言いつけておきます。ではわたくしはこれで……」

番頭は退って行った。

文左衛門はうす暗い仏間に、またひとり端座した。

店仕舞いの板戸を閉てる音や勝手の物音、小僧らの話し声が聞こえた。

そこへ、土間に足音が近づいてきて、賄いの女が明障子ごしに言った。

「旦那さま、晩御飯の支度ができております。膳をこちらにお運びしますか」

「これから出かけるので、晩御飯はいらない。わたしの分は小僧らに分けてやっておくれ」

へい、と女が退って行き、台所で女と小僧らが交わす遣りとりを耳にしながら、文左衛門は仏間の濡縁の沓脱《くつぬぎ》にそろえた日和下駄を履き、裏庭を囲う黒板塀の潜戸《くぐりど》をくぐった。

賄いの女や小僧らの見送りを受けるのが、文左衛門は煩わしかった。

隣家との身体を斜めにしてやっと抜けることができる通路をとり、富沢町ののどの店も板戸を閉てた往来に出た。

黄昏どきが疾《と》うにすぎた夜空に、満月ではないが、丸い月がかかっていた。

文左衛門は、富沢町の往来から土手蔵がつらなる濱町堀の通りを南へとった。

濱町堀の流れは南へ川口橋をくぐり、三ツ叉に注ぐ。

その川口橋を、東に上った月を背に渡って、日和下駄を鳴らして土手道を行き、稲荷堀《とうかんぼり》に架かる汐留橋《しおどめばし》をこえ、行徳河岸界隈の馴染みの酒亭の暖簾を払った。酒亭の女将がすぐに出てきて、

「簗屋さん、おいでなさい。おひとりで……」

と、愛想よく言った。

「ひとりで少し、呑みたくなってね。いつもの部屋は空いているかい」

「空いてますとも。どうぞ」

店の間から調理場へ通る土間を跨《また》いで、階段が二階に上っている。

女将が階段を先にあがり、文左衛門を出格子窓の下に宵闇の行徳河岸が見おろせる四畳半へ案内した。

「今日は銚子《ちょうし》から届いた真黒があります。井戸で冷やしておきましたので、さしみと煮つけで十分いただけます。それでよろしいですか」

「任せる。燗は熱くしてくれ」

「築屋さんのいつものお好みのように、承知いたしました」

女将はにっこりと頬笑んだ。

文左衛門は窓の出格子に肘をついて腰かけ、行徳河岸と対岸の箱崎の夜景をぼんやりと眺めた。

常夜灯が灯る行徳河岸には、帆柱《ほばしら》をたてたままの高瀬舟《たかせぶね》がいく艘も舫い、通りかかりが提げた明かりが箱崎橋を行き交い、箱崎の土手沿いに低い二階家の船宿の窓明かりがつらなっていた。

両国納涼の期間、箱崎の船宿の船は殆ど出払って、河岸場に見える船影は少なかった。

三ツ叉の先の大川は、深川の空に上った月光を撥ねかえして銀色に輝き、ぽつりぽつりと灯る町明かりのほかは、大川端両岸の家並も武家屋敷も、三ツ叉に浮かぶ中洲もみな黒い影にしか見えなかった。

文左衛門は、日本橋からの堀川が、東方の湊橋《みなとばし》、北方の箱崎橋、南方の霊岸橋と、三方へ分流する霊岸橋の彼方、八丁堀と霊岸島を隔《へだ》てる亀島川のぼうっとした闇に浮かぶ川筋へ目を転じた。

そのとき、一挺だての日除船が、亀島川の川筋の、とき折り小雨のぱらつく闇夜を分けつつゆっくりと漕ぎ進んでくるのが、文左衛門に見えた。

その日除船の舳には、小提灯を提げたひとりの女が、まるで墓標のように凝っと佇み、女の着けた小袖の浅い梔子《くちなし》色が、小さな小提灯の明かりに映っている。

艫の船頭が櫓をゆっくりととり、櫓床の音が聞こえてくる。

ごと、ごと、ごと……

日除船は霊岸橋、箱崎橋をくぐり、文左衛門の眼下の行徳河岸を通りすぎ、さらに永久橋をくぐって、大川へと漕ぎ出て行く。

文左衛門は、その日除船が漆黒の大川の彼方に没し、櫓床の音が聞こえなくなるまで目で追い続けた。

二

六月十七日の、とき折り小雨のぱらつく夜ふけ、亀島橋袂の船寄せに、一艘の二挺だて日除船が四周《ししゅう》の腰付障子を閉てて舫い、頬かむりに菅笠を目深にかぶった老船頭が棹を手にして、艫に佇んでいた。

老船頭のもの憂げな姿は、亀島川の闇にまぎれ、消えて仕舞いそうだった。

亀島川の両岸には、土手蔵や土蔵造りの家々がつらなっていて、さざ波ひとつない鏡のような川面も漆黒の闇に塗りこめられていた。

静寂が亀島川両岸の界隈を蔽い、火の番の突く鉄杖が遠くで聞こえた。

艫の老船頭は、その日除船を四半刻余前より亀島橋袂に船縁を寄せ、誰か人待ちをしているかのように凝っとして動かなかった。

その間、風鈴《ふうりん》そばと酔っ払いの三人連れが亀島橋を通りかかったが、小雨模様に急ぎ足で、橋の袂の日除船には気づかず通りすぎた。

四ツ（午後十時）の少々前、霊岸島町の酒亭橘川でほろ酔いになった神門達四郎は、橘川を出て、湿った夜風に身を任せぶらりぶらりと亀島橋へ差しかかった。

神門は提灯を提げていたが、ここら辺の界隈は路地裏まで知りつくし、亀島橋を渡って八丁堀岡崎町の組屋敷まで、目をつむってでも行けた。

萌黄の絽羽織を軽く羽織った達四郎は、下は朽木《くちき》縞の紬《つむぎ》の単衣に片手を懐手にし、琥珀《こはく》色の角帯に差した使ったことのない黒鞘の二刀をぶらぶらさせ、亀島橋に差しかかったのだった。

亀島橋の袖まできた達四郎は、橋の袂の船寄せに舫う日除船に気づかなかった。

艫の船頭が声をかけなければ、気づかずに通りすぎて仕舞うところだった。

「旦那さん、船饅頭でございやす。ひと遊びいかがでやすか。器量のいいのがおりやすぜ。そちらの旦那さん……」

うん、と達四郎は橋の袖に立ち止まり、声のする川面へ提灯を向けた。

障子戸を閉てた日除船が、雁木《がんぎ》の下の船寄せに泊っていて、菅笠をかぶった艫の船頭が達四郎を見あげて、うす笑いを寄こしていた。

「船饅頭だと。なんたることだ。ここら辺はおまえらのような物乞い同然の卑《いや》しい者らが、気安くうろつくところではない。目障りだ。さっさと消えろ。ぐずぐずしてるとお縄にかけるぞ。しっ、しっ」

達四郎は懐から片手を出し、船頭へ犬猫を追い払うように言った。

とそのとき、舳側の腰付障子が音もなく引かれ、紫の布を額にあて、片はずしに赤い笄を挿し、梔子染に揚羽蝶文《あげはちょうもん》の小袖を葡萄《ぶどう》色の中幅帯で、心なしかしどけなげに着けた年増が、表《おもて》船梁に膝をつき姿を見せた。

あっ、と達四郎は提灯の明かりが映した年増に言葉を失った。

やや細面の白粉顔は冷《ひや》やかながら、ひと刷けの眉墨にくっきりとした二重の眼差し、高い鼻筋とその下のぷっくりと赤い唇にかすかに浮かぶ艶めいた笑みが、橋の袖の達四郎を誘っていた。

こんな船饅頭がいるのか。

達四郎は年増を見つめて疑った。

もしかして、どこかの良家の色狂いの年増が、密かにこんな夜遊びをしているのではないかと、淫《みだ》らな疑念が脳裡をめぐった。

「旦那さん、いかがです。今宵は格別に、安くしときますぜ」

からかうように、船頭がまた寄こした。

「け、けしからんな。どこの者だ」

言いながら、われ知らず達四郎は雁木をおりていた。

年増のねっとりとした笑みは、提灯の明かりを受け一層妖しく、言いようもなくふしだらに、しかもどこか謎めいて見えた。

表船梁の年増は、屋根の下の暗みを背にして、白い手を風にそよぐ葉のようにひらひらさせた。

達四郎は船寄せの歩みの板を、一歩一歩と踏みしめた。

舳の小縁《こべり》に足をかけると、年増は屋根の下の暗みへ身を隠し、ただ白い容顔《かんばせ》の笑みだけが、暗みの奥にぼうっと浮いていた。

「どうぞ、お客さん。船を出しやすぜ」

船頭の低い声が、達四郎の背をひと押しした。

達四郎はよろけつつ、屋根の下の暗みへ身をかがめ踏み入っていた。

暗みの中に焚き染《し》められた香《こう》が、達四郎の鼻孔《びこう》をくすぐった。

達四郎が提灯の灯を吹き消すと、周りの白い障子が逆に屋根の下の暗みを淡くしたように感じられ、端座した年増の影と白い容顔をくっきりと隈どった。

船がゆれ、船頭が船を川中へ押し出したのがわかった。

櫓を漕ぐ音が、ごと、ごと、ごと、とささやくように聞こえた。

「おめえ、どこのもんだ。妖しいな」

達四郎はほくそ笑んで言った。

「神門達四郎さんと、深い因縁のある者ですよ」

頰笑みのまま、年増の澄んだ張りのある声がかえされた。

年増の声に、達四郎は一瞬ためらいを覚えた。

深い因縁？　もしかして陰間か。

そう思ったときだった。

腰付障子を開けたままの舳から、黒い影が進入して、達四郎の背後に迫った。

船がゆれ、気配に気づいた達四郎が背後へ向き直る間もなく、大きな手に口をふさがれ、太い腕が首に巻きつき、強烈な力で絞めあげられた。

声は出せず、息ができなかった。

達四郎はうめきながらも、刀の柄に手をかけた。

咄嗟、片膝立ちの年増がその手首をつかんで自由を奪い、達四郎を見あげた。

達四郎が年増を見おろしたほんの一瞬、その顔に以前見かけた覚えが閃《ひらめ》いた。

しかしそれまでだった。

みぞおちにあて身を食らい、達四郎の気がふっと遠退いた。

日除船は、大川から上《かみ》ノ橋をくぐると、仙台堀《せんだいぼり》を漕ぎ進んで行った。艫の櫓は船頭の甚左が代わって、櫓床にくぐもった音をたてていた。

頰かむりに菅笠をかぶった簗屋の文五郎は、屋根の下に入り、筵でぐるぐる巻きにした神門達四郎の傍らに着座した。

そうして、ゆっくりと煙管を吹かした。

竹筒に入れた酒を口に含み、渇いた喉を潤した。

日除船が仙台堀に入りしばらくして、神門は息を吹きかえしたらしく、かすかなうめき声をもらし、筵の中で身体をくねらせようとした。

しかし、筵でぐるぐる巻きにした神門には、声も出せず身動きもできぬよう、猿轡《さるぐつわ》を嚙ませ、手足も厳重に縛りつけていた。

「大人しくしてろ。今に楽にしてやる。長くはかからねえ」

文五郎は、筵の上から神門を軽く叩いてなだめた。

文左衛門は、日除船の舳の板子に小提灯を提げて、一体の墓標のように凝っと佇み、夜ふけの仙台堀の船路を照らしている。

降ったり止んだりの小雨が、川面の模様のように小さな波紋を落とした。

仙台堀の土手道を通りかかった酔っ払いが、日除船の舳の板子に小提灯を提げて佇む年増に声をかけてきた。

「よう姐さん。いい女だね。こんな夜ふけにどちらまで」

文左衛門は土手のほうへ小首をかしげ、莞爾《かんじ》としてやさしくかえした。

「ちょいとこの先のお屋敷へ、お務めに……」

「そうかい、しっぽりとお務めかい。羨ましいね」

と、酔っぱらいは文左衛門の声色を訝りもせず寄こした。

日除船は仙台堀をすぎ、二十間川の堀川を砂村新田へと向かった。

子《ね》の刻（午前零時）に近いころ、小提灯を提げた文左衛門、筵に包んだ神門を肩にかついだ甚左、その後ろに神門の黒鞘の二刀を抱えた文五郎が、日除船から砂村新田の二十間川の土手道へあがった。

三人は、小提灯の明かりを頼りに、畔を波除堤へととった。

火やと隠亡の住居《すまい》の黒い影が、波除堤のきわに寂《しん》と静まっていた。

波除堤の土手を上ると、松林の木々の向こうに、ぼうっとした暗みに蔽われた寄洲一面の葭原が、彼方の海までずっと広がっていた。

その景色に、文左衛門は一瞬、足が竦んだ。

次の一歩が踏み出せなくなった。

記憶の底に眠っていた読経《どきょう》の響きが甦り、激しい悲しみが甦った。

かか、ついにきた……

と、文左衛門は果てしない暗黒《あんこく》を見あげた。

文左衛門の頭上を、灰色の煙がゆっくりとふわふわと途切れることなく流れ、だんだんとうすれ、やがてあの青い春の空へまぎれて行くのが見えた。

とそのとき、後ろの文五郎が文左衛門に、強い口調で言った。

「文左衛門、気を確かに持て」

文左衛門はわれにかえった。

文左衛門は何も言わず、ちらと後ろへ小首をかしげて見せ、波除堤を下《くだ》り、葭の蔽う細道の先へと分け入った。

甚左と文五郎が、粛《しゆく》々《しゆく》と続いて行く。

前を行く文左衛門に、どこまで行くのかと、甚左も文五郎も訊ねなかった。

文左衛門の強い怨念《おんねん》に魅入られているかのように、二人は文左衛門に従った。

草木も水鳥も眠り、はるか遠くの浜辺に波打つ低い響きだけが聞こえていた。

やがて、葭が開けた砂と石ころだけの明地《あきち》に出た。

文左衛門は立ち止まって、提灯をかざし周囲を見廻した。

磯から寄洲へと入る水路の水面が、葭の原の向こうにかろうじて見分けられた。

郎を闇に曝した。

「ここがいいだろう。甚左、おろせ」

文左衛門が命じた。

甚左は肩の荷物を地面に転がした。

「筵を解いてくれ」

甚左は懐から匕首を抜き、ぐるぐる巻きの筵を縛った藁縄《わらなわ》を切って、神門達四郎を闇に曝した。

猿轡を噛まされ、後手に縛められ両足も縛られた神門は、苦しげな呼吸を繰りかえし、身体を小刻みに震わせて横たわっていた。

「お父っつあん、これを」

文左衛門は、小提灯を文五郎に頼んだ。

そして、神門の傍らに片膝をつき、神門の後ろ衿《えり》をつかんで上体を起こした。

神門はぎゅっと目を閉じ、荒い呼吸を繰りかえしている。

「神門達四郎、目を開け。目をしっかり開いてわたしを見ろ、神門」

と、神門の上体をゆさぶった。

神門は瞼を震わせ、おそるおそる開いた。

紫の布を額にあてた片はずしに赤い笄を挿し、梔子染に揚羽蝶文の小袖を葡萄色の中幅帯で、心なしかしどけなげに着けていた年増の白粉顔が、神門のすぐ目の前にあった。

神門はまるで魑魅魍魎《ちみもうりよう》を見るかのように、激しく震えた。

「神門達四郎、わたしが誰かわかるまいな」

神門は、わからない、知らない、と懸命に首を左右にふった。

「だがわたしはおまえを知っている。忘れただろうが、おまえもわたしを知っている。すぐに思い出させてやる」

文左衛門は、神門の猿轡を解いた。

神門はよだれを垂らし、はあ、はあ、と荒い息を吐いた。

「神門、わたしを見ろ。三十三年前、おまえは芳町の色茶屋三上の店先で、路地にいろはを書いていた四歳のわたしの前を、通りすぎたじゃないか。通りすぎるとき、豆絞りで隠した狐顔のおまえをわたしははっきり見たし、おまえもわたしをひとにらみして行ったじゃないか。どうだ。思い出しただろう。あの芳町の昼下がりのことは、おまえは誰にも話していないだろうが、忘れていないはずだ。ただ忘れたふりはしていてもな」

「し、知らねえ、何も知らねえ。そ、それはあっしじゃねえ。ひひ、人違えだ」

神門は泣き声で言った。

「いいや、お前は知っている。今あの三上の店先の童子を思い出して、おまえは慄《おのの》いている。あのときの童子は誰なのだとな。神門、教えてやる。三十三年前、芳町の色茶屋三上でおまえが名指しした茶汲女の夏子は、わたしの《かか》だ。わたしの母親だ。おまえはわたしのかかを、客を装って殺し、かかの蓄えの二十五両を奪い、何食わぬ顔つきで三上を出た。おまえはその店先で、路地でかかの仕事が済むのを待っていたわたしを見たのだよ。おまえはこの狐顔を、わたしに向けたのだよ。どうだ。覚えているだろう。思い出しただろう」

文左衛門は、白髪交じりの髻《もとどり》をつかみ、顔を持ちあげた。

「違う、違う、あっしじゃねえ。子供なんか見ちゃいねえ」

「嘘つき。わたしはおまえの狐顔を、忘れたことはない。先月、おまえは簗屋に、孫娘の古着を買いにきた。そして、わたし自身が八丁堀の組屋敷まで届けたのだ。わたしはおまえが、町方だとあのとき初めて知った。わたしの顔をようく見ておくんだ。これが見納めだからだ」

神門は目を瞠り、言葉を失い、歯をかちかちと鳴らした。

「やな、やな、やなやの……」

と言いかけた言葉が続かなかった。

「そうさ。簗屋文左衛門だ。この装束は、わたしのかかが三上に勤めていたときに着けていた着物だ。わたしはかかの着物を着けて、かかに成り代わって仕かえしにきたのだよ」

そう言った文左衛門は、懐に呑んでいた匕首を手にした。

「ゆ、許して、許してくれえ。誰か、た、助けて、人殺し、人殺しぃぃぃ」

神門は悲鳴を甲走らせ、懸命に身体をゆすって抗《あらが》った。

寄洲の水鳥が神門の悲鳴に驚き、鳥影が一斉に羽ばたいて暗闇の空を狂ったように乱舞した。

しかし、悲鳴は長く続かなかった。

神門の胸に深々と突き入れた文左衛門の匕首が、神門の息の根を止め、悲鳴はぷっつりと途切れた。

それから、水鳥の鳴き声も収まり、寄洲は再び静寂に蔽われ、はるか遠くの浜辺に波打つ低い響きと、漆黒の闇だけが残された。

三

七月十五日の中元がすぎた翌日は、朝から強い南風と横殴りの雨が荒れた。

しかし、横殴りの雨は午《ひる》には小雨になり、八ツ（午後二時）すぎにすっかり止んで、青空が切れた雲間にのぞいたのだった。

ただ、南風は弱まったものの静まらず、江戸に吹きつけた。

その日暮れ六ツ半（午後七時）すぎ、北町奉行所の捕物出役の与力一騎と同心三名が、与力の槍持ちと若党二名に草履とり、奉行所雇いの足軽《あしがる》中間小者《こもの》らを従えた捕物出役の一隊が、八の字に開かれた表門より続々と出役した。

与力は陣笠継裃に両刀を帯び、紺足袋草鞋。

同心は麻《あさ》裏つきの鎖帷子に半纏、籠手《こて》、股引脛当《すねあて》、長脇差《ながわきざし》の一本差し。

笠はかぶらず、鎖入りの鉢巻、白木綿の襷がけで、足拵えは与力と同じ紺足袋草鞋である。

また、奉行所雇いの中間小者らは、六尺棒、突棒刺股袖搦《つくぼうさすまたそでがらみ》、また竹梯子《ばしご》に板戸を打ち破る掛矢、鉄槌《てつつい》などの捕物道具を携え、御用提灯をかざしている。

北町奉行小田切土佐守直年《なおとし》と、目安方、公用人などの奉行直属の内与力は、玄関に出て出役一隊の出動を見送った。

内与力の久米信孝も、むろん、その中にいる。

門外には、同心雇いの御用聞、あるいは岡っ引き、手先と呼ばれる者らが、それぞれ手下を従え待機し、門外に出てきた出役の一隊につき従った。

この御用聞らも、町奉行所支給の捕物道具や鍛鉄の十手を携え、御用提灯をかざし、捕物出役の総勢は二十名を超えた。

その夜の捕物出役に、平同心の棚橋弥次郎が当番同心の三名の中にいて、しかも一番手を命ぜられていた。

捕物出役を指図する当番与力は、あくまで捕物の検使役《けんしやく》であって、足軽中間小者、あるいは御用聞を率い、捕物の実働の先頭に立つのは当番同心である。

当番与力が、三名の同心を、一番手、二番手、三番手、と順序を定め、一番手が捕物の先鋒《せんぽう》を務める。

二番手三番手は後詰《ごづめ》につく。

棚橋弥次郎は、先月の砂村新田の寄洲で見つかった元町方神門達四郎殺害の検屍に出役しており、一件の探索を命じられていたのが、掛が評定所に移ったため掛をはずれ、少々もどかしい思いがなくはなかった。

また、神門のご隠居の一件は自分の手を離れ、評定所が一件をどのように落着させるのか、気にならないわけでもなかった。

どうやら神門のご隠居は、八丁堀のご近所や霊岸島町界隈で評判のいい表の顔とは別の裏の顔があるらしいのは、砂村新田の寄洲で検屍したあの無残な現場から、容易に察することができた。

むろん、ご隠居と番代わりをした神門左右衛門にそれは言わないが。

評定所は今月の七夕前日、賄調役の御家人の竹嶋勘右衛門を、神門のご隠居殺害の下手人として召し捕らえ、一件は落着したかに見えていた。

ところが、風雨が止んだその午後、急遽、御奉行さまの捕物出役のお指図がくだされ、たまたま当番だった弥次郎に出役が廻ってきたのである。

なんと、神門のご隠居を殺害した下手人は、富沢町の古手屋籙屋文左衛門に相違なしと聞き、弥次郎には意外だった。

古手屋の籙屋文左衛門とはどんな男だ。

文左衛門と神門のご隠居の間に、一体どんなもめ事やごたごたがあったのだ。

萬さんに訊いてみなきゃあなと、弥次郎は思っていた。

北町の一隊は、御高札場《ごこうさつば》をすぎた日本橋南の袖で南町の一隊と合流し、六ツ半すぎの刻限で、人通りがようやくまばらになった日本橋を渡り、魚河岸《うおがし》のどの店も閉じている本船町《ほんふなちょう》へとった。

そのときすでに、東方の家並の物見《ものみ》よりもだいぶ高い澄んだ夜空に、《いざよい》の月がくっきりとかかっていた。

捕り方は、荒布橋《あらめばし》、親父橋、と堀川を渡り、芳町の往来から人形町《にんぎょうちょう》通りを北へ折れ、長谷川町《はせがわちょう》と新乗物町《しんのりものちょう》の辻を、富沢町へと再び東方へ折れた。

この捕物の掛は北町で、簗屋へ表戸から突入するのは北町の一番手である。南町は搦手《からめて》から、北町を支援する。

南町が掛の場合は、北町が搦手に廻る。

往来の人通りが途絶えるころ、捕り方が富沢町に到着し、ただちに簗屋に踏みこむ持ち場についた。

北町は富沢町の往来と西側を押さえ、搦手の南町は富沢町の東側の、土手蔵が並ぶ濱町堀の土手道を固めた。

さらに、富沢町界隈のすべての辻には、町内自身番の店番らが突棒や刺股、袖搦などの捕物道具を携《たずさ》え見張りに立ち、野良犬一匹通さぬ布陣で、簗屋文左衛門の逃げ場はどこにもなかった。

その日の簗屋は、朝から荒れた風雨のため、表の板戸を閉てたままで、雨は止んでも風が収まらず、客の姿もなかった。

どの表店も日が落ちた黄昏のころには、その日の商売を終える。

古手屋は暗くなっても案外客がくることもあって、普段の簗屋は夕六ツ（午後六時）すぎごろまで店を開けていた。

が、どうやら簗屋は六ツより半刻ほど早く、今日は店仕舞いにしていた。

吹きすさぶ風の所為もあって、富沢町の往来は人影ひとつ見えず、雲が晴れて月明かりが往来に、青白く軒端《のきば》の影を落とした。

北町の与力は、長谷川町のほうから富沢町の往来へ入ったところで、南町の捕り方が持ち場についた合図を待った。

ほどなく、榮橋の袂で南町の御用提灯が持ち場についた合図を送ってきた。

「よかろう。かかれ」

与力が命じ、一番手の同心の棚橋弥次郎率いる捕り方に続き、二番手、三番手の捕り方が、簗屋の店の前へと進み出た。

七蔵と嘉助、お甲、樫太郎の四人は、捕り方が到着するまで、長谷川町のそば屋の二階を借り、隣町の富沢町の往来が榮橋にいたるあたりまでを見通せる部屋の格子窓から、簗屋の店先を見張っていた。

捕り方が簗屋の表戸を囲むと、七蔵は言った。

「いよいよ始まるぜ」

「なんだか、簗屋文左衛門の一件は人事《ひとごと》の感じがしやせん」

嘉助がぼそりと、七蔵へ言いかえした。

「ここ何日か、簗屋文左衛門の素性ばかり探ってきたからな。親分、簗屋文左衛門がお縄になるところを、もっと近くで見届けようぜ」

七蔵は嘉助を促し、お甲と樫太郎を見廻した。

「行きやしょう、旦那。三十三年前の、茶汲女殺しの顚末を見届けやしょう」

嘉助が言ったそのとき、富沢町の往来で捕物が始まった。

一番手の棚橋弥次郎は、簗屋の戸前へ踏み出し、閉てた板戸を力強く打った。

板戸が音をたてて震え、弥次郎が大音声で言った。

「簗屋文左衛門、御用の詮議である。ただちに戸を開け、神妙に縛《ばく》につけ。簗屋文左衛門、御用の詮議である」

弥次郎が繰りかえし、店の中に戸惑いの沈黙が流れているかに思われた。

弥次郎は長くは待たなかった。返事がないと見て、即座に、

「戸を破れ」

と、掛矢を手にした小者に命じた。

小者は掛矢を叩きつけ、たちまち板戸を叩き割った。板戸が破片を散らし蹴破られると、弥次郎率いる一番手は、
御用だ、御用だ……

の喚声とともに、簗屋の前土間へ次々となだれこんだ。

弥次郎は店の間へ真っ先に駆けあがり、店の間に吊るした古手を蹴散らし内証へと畳をゆらした。

さらに内証奥の台所の間には、夕餉のあとと思われるわずかな温もりと、勝手の土間の竈にかけた鉄瓶が淡い湯気をたて、火を熾《おこ》した残り火が小さくゆれていた。

しかし、主人の文左衛門のみならず、使用人の姿もなかった。

一方、前土間から通路をとって奥の居間や仏間へ突入した捕り方も、人気のない寂《しん》とした簗屋の様子に気勢をそがれ、また、隣家との隙間の路地を通って、裏

庭へ廻った捕り方も、濡縁から仏間へ踏みこんで拍子抜けしていた。

「二階だ」

弥次郎は台所の間を飛び出し、台所の間と居間の間の狭い廊下から二階への階段に足をかけたとき、階段を恐る恐るおりてくる十二、三歳の二人の小僧を、御用提灯が照らした。

「小僧、上に文左衛門はいるのか」

弥次郎が小僧らを大声で質した。

小僧のひとりは怯えて、わあん、と泣き出し、ひとりは目をぎゅっとつぶり、うんうん、と頷いた。

「退《の》けえ」

弥次郎が駆けあがろうとしたその瞬間、往来で呼子《よぶこ》が、ひりひりひり、と吹き鳴らされたのだった。二つ、三つと呼子の音は続き、

「わあ、屋根に逃げたあ」

と、往来で喚声がどっと沸《わ》いた。

弥次郎は縮こまった小僧らのわきを擦り抜け、階段を駆けあがった。

二階は、三畳と四畳半の二間が店の裏手側から表の往来側に続き、四畳半の往

来側には格子の手摺に囲まれた広い物干台があった。

物干台の障子戸が両開きになっていて、往来を隔てた店の屋根の上に南の夜空が見え、窓の下の往来を濱町堀の東方へ一斉に走る御用提灯の明かりと、捕り方の喚声が沸騰《ふっとう》していた。

「濱町堀だ。濱町堀に逃げるぞ」

「逃すな。追え、追え」

捕り方を指図する与力の声が、喚声の中に聞こえた。

弥次郎は一瞬もためらわなかった。

十手を帯に差し、物干台へ走りあがって手摺に足をかけ、竿を渡す横木をつかんで屋根によじ上《のぼ》った。

しかし桟瓦《さんがわら》を鳴らし、棟木の上に立つとちょっと足が竦んだ。

弥次郎の右手は、富沢町の往来を御用提灯の明かりが濱町堀へ一斉に駆けて行き、左手は、表店に囲まれた裏店の板屋根が密集しているのが見おろせる。

そうして、棟木のずっと前方にすっと佇んだ黒い影を認めた。

だいぶ高くなった十六夜《いざよい》の月が、その黒い影と旗のようになびく半合羽《はんがっぱ》をくっきりと照らし、地上では濱町堀の土手道と周辺に集まった御用提灯が、まるで夜空を見あげるように、棟木に佇んだ黒い影へ一斉に向けられている。

御用だ御用だ、の声が飛び交い、竹梯子が店の軒にばたばたとかけられ、犬が彼方此方《あちこち》で吠えていた。

簗屋文左衛門、手柄をたてるぜ。

足は竦んでいても、弥次郎は腹をくくった。

桟瓦を鳴らし、手柄をたてる一念でおのれ自身を励まし、隣家との狭い隙間を懸命に飛びこえた。

早くもほんの少し、瓦屋根を小走りに駆ける動きに慣れた。

弥次郎は十手を手にして、懸命に声を張りあげた。

「簗屋文左衛門、神妙にしろ。そこから先は行きどまりだ」

唖然《あぜん》としたのはそのあとだった。

簗屋文左衛門の黒い影が、棟木から一旦屋根の勾配《こうばい》を駆けおり、次の瞬間、月明かりの中へ飛びたったかに見えたのだ。

飛びたった黒い影は、土手道の川端に並ぶ土手蔵の屋根へ、まるで半合羽を羽のように広げて飛び移っていた。

土手道や往来で、捕り方の喚声がどっとあがった。

け代えられた。

「蔵へ飛び移った。蔵だ蔵だ」

提灯の明かりが交錯《こうさく》し、竹梯子が土手道を挟んだ土手蔵の軒へ、がたがたとか

だが、土手蔵の屋根に飛び移った文左衛門の影は、屋根の棟木をこえて向こう側へ、たちまち姿を消した。

弥次郎は、文左衛門が濱町堀へ身を投じて逃げる魂胆《こんたん》と見た。

なんてやつだ。おれには無理だ。あそこまではできねえ。土手道を挟んだ土手蔵の屋根には飛び移れねえ。

「堀へ飛びこむぞ。堀を見張れ」

弥次郎はせめて、往来を駆けて行く捕り方へ声をかけた。

「弥次郎か。そこで何をしている」

捕り方のひとりが屋根の上の弥次郎へ、投げかえした。

「くそ、ここまで追ったが、やつを捕り逃がしたぜ」

弥次郎は体裁をつくろって言った。

するとそのとき、濱町堀に誰かが飛びこんだらしい大きな水音がたった。

堀へ飛びこんだ。あそこに合羽が浮いてるぞ。文左衛門の合羽だ……

などと、捕り方の乱れ飛ぶ声が、屋根の上の弥次郎にも聞こえた。

南町の一隊が榮橋を対岸の濱町へ、慌ただしく廻って行く。

富沢町の簗屋の店先に待機していた一隊も濱町堀へ向かい、捕り方の姿が消えた往来は急にひっそりした。

土手蔵が建ち並んで、弥次郎に濱町堀は見えないが、御用提灯の明かりが濱町堀を照らして交錯し、呼子や捕り方の声や音が飛び交っていた。

やれやれ、手柄をたてるつもりが自分ひとり屋根の上に残され、ざまはねえぜ、と弥次郎は苦笑した。

簗屋文左衛門は間もなく捕らえられるだろう。

ここで足を滑らせ、屋根から落ちて怪我でもしたら、もっとざまがねえどころか、奉行所の笑い者になる。

おりるか、と十手を帯に差し簗屋の屋根へそろそろと戻りかけたときだった。

土手蔵の棟木の上にむっくりと立ちあがった黒い影が、弥次郎に見えた。

ああ？

弥次郎は訝しみ、呼子を吹くのも忘れた。

すると、黒い影は束の間もためらわず、土手蔵の桟瓦を鳴らして切妻《きりづま》屋根の勾配をさっきのように再び駆けおり、軒端の手前でぶうんと飛んだのだった。

そして、月光をかき分け手足を夜空に足掻《あが》かせ、頭にかぶった紺無地の上布をひらめかせ、まるで鳥が羽ばたくように、富沢町側の表店の屋根に飛び移ったのだった。

弥次郎はまた啞然とした。

ついさっき土手蔵の棟木の反対側へ姿を消し、濱町堀へ飛びこんだはずの文左衛門じゃねえか。

文左衛門は再び棟木にあがって、まっしぐらに弥次郎へと向かってくる。

しかも文左衛門は、腰に脇差を帯びていた。

そうか。濱町堀へ飛びこんだと見せかけ、捕り方の目をそちらへ集め、手うすになった富沢町側の町家をとって逃げる肚だったか。

弥次郎は武者震《むしやぶる》いした。

十手を抜き、声を放った。

「簗屋文左衛門、御用である。神妙にしろ」

しかし、文左衛門は弥次郎の声が聞こえぬかのように、脇差を抜かず素手のまま ひと筋に迫って、たちまち弥次郎に肉薄した。弥次郎は、文左衛門のくっきり

と見開いた目玉に映った自分が見えた瞬間、

「御用だ」

とひと声放ち、文左衛門の顔面へ十手を見舞った。

咄嗟、文左衛門は両腕を回転させ、一方の掌で弥次郎の十手を払い、同時にもう一方の掌で弥次郎の顎を、とん、と突きあげた。

顎を突きあげられ、弥次郎はよろけたが、一歩二歩退《さが》って堪えた。

なんのこれしき、と堪えたその前足を、すかさず左へ払われた。

弥次郎の身体が右の往来側へゆらりと傾いた。

わあっ、と声が出たが身体を支える足場がなく、弥次郎は横倒しになって、何枚かの瓦とともに屋根の勾配をすべり落ちて行った。

二階の軒端で一回転し、一階の軒端で一旦瓦をつかんで転落を堪えたものの、二階の瓦が降ってきたのと、つかんだ瓦が呆気なくはずれ、弥次郎は往来の地面に叩きつけられた。

苦痛に身をよじりうめきつつ呼子をにぎったが、地面に叩きつけられた痛みで呼子が吹けなかった。

七蔵ら四人に、弥次郎の御用の声が背後で聞こえたのは、籐屋の店先を通りすぎ、濱町堀の土手道へと差しかかったときだった。

四人がふりかえり表店の屋根を見あげて、弥次郎と文左衛門に気づいた。

「しまった。文左衛門はあそこだ」

七蔵が叫んだ途端、文左衛門に足を払われた弥次郎が屋根をすべり落ち、一回転して一階の軒端につかまったが、数枚の瓦もろともに地面へ叩きつけられた。

しかも文左衛門は、そのまま屋根の棟木を伝い、濱町堀とは逆の長谷川町のほうへ見る見る小さくなって行く。

「やられた。樫太郎、呼子を吹け。親分、お甲、棚橋さんを頼んだ。おれと樫太郎は文左衛門を追う」

七蔵は駆け出した。

「お任せを。あっしらは捕り方と一緒に追っかけやす」

嘉助が言った。

「棚橋さん、すまねえ。屋根の上だったと気づかなかった。おれは文左衛門を追うぜ。樫太郎、遅れるな」

「へえい。嘉助親分、お甲姐さん、頼みやす」

樫太郎が七蔵のあとを駆けながら、呼子を吹き鳴らした。

「旦那、かっちゃん、あとで」

お甲が声を甲走らせた。

樫太郎は七蔵を追っかけつつ、また呼子を吹き鳴らした。

四

その夕刻、文左衛門に虫の知らせがあったのではない。

ただ、朝から南風と横殴りの雨が荒れる天気の所為で、表の板戸は開けられず、昼すぎまで客はなかった。

午後の八ツ（二時）すぎに雨が止んで、どんどん流れて行く雲間から日射しさえのぞいたものの、荒れた南風は収まらず、板戸は閉てたままだった。

「こういう日は仕方がない。今日は早めに仕舞おう。夕餉を済ませたら、もう好き勝手にしていいから」

と、文左衛門は二人の小僧に、冗談交じりに言った。

台所では、通いの賄いのおさよが、ようやく夕餉の支度にかかり始めたところだった。

「番頭さんも帰っていいよ。風も強いし、女房と赤ん坊が不安だろうから、早く帰って安心させておやり」

番頭にもそう言った。

普段は六ツすぎに店を閉じ、通いの番頭が帰宅したあと、小僧らの夕餉が始まって、文左衛門も仏間の隣の居間でひとりで膳につく。

だが、その夕刻はまだ十分明るい七ツ半（午後五時）ごろ番頭が帰宅し、小僧らも早い夕餉を済ませて二階へあがった。

風の中に本石町《ほんごくちよう》の時の鐘が夕六ツを報《しら》せたのを聞き、文左衛門もおさよの調えた膳に向かい、一本をつけてもらった。

収まったかと思うと激しく吹き荒れる南風が、店をみしみしと鳴らし、文左衛門もその宵は寛いだ気分になれなかった。

六ツ半に通いのおさよが帰宅したあと、文左衛門は風の音を聞きながら、しばらく帳簿づけをした。

帳簿づけを終え、店の戸締りを見て廻った。

それから、表の板戸を少し開け、南風の吹きすさぶ往来の様子をのぞいた。

人通りはなく、濱町堀の土手蔵の夜空に上った十六夜の月を見あげた。

綺麗な十六夜だがこの風がな、と思いつつ、濱町堀とは反対の長谷川町のほうを見廻したときだった。

富沢町とその西側の長谷川町の辻を、提灯を提げた数人の影が通りすぎた。はっきりとではないが、その提灯に御用の文字が読めた気がした。

文左衛門は戸の隙間から、そのまま凝っと辻を見守った。するとと、またひとり二人と、提灯を提げた人影が辻をよぎった。今度は御用の文字が間違いなく読めた。しかも、六尺棒を携えていた。

と、濱町堀の土手道でも御用提灯の明かりが、富沢町の往来をふさぐように展開するのを認めた。

文左衛門は一瞬もためらわなかった。

板戸を静かに閉じ、居間へ入り、急いで衣服を紺帷子と黒紬に着替え、黒の角帯を締め直してきゅっと尻端折りにし、手甲脚絆、それに革足袋を履いた。

それからわずかな荷物を、背中にぎゅっと括《くく》りつけた。

納戸に仕舞った黒鞘の脇差一本を腰に帯び、銭箱の銀貨のひとつかみを巾着《きんちゃく》に詰め、懐へぎゅっとねじこんだ。

さらに、銀貨や銭を四つに分けて、白紙に包んで袖に入れると、木綿の半合羽を黒紬の上に羽織って、紺無地の越後上布《えちごじょうふ》を頬かむりにした。

文左衛門は、小僧が寝起きする二階へ階段を鳴らした。

小僧らは、ひとりは布団に寝転がって草紙《そうし》をめくり、ひとりは行灯のそばに坐って、御仕着せの袖のほころびをつくろっていた。

二人は、さっきまでとはまるで違う旅拵えのご主人が、なぜか二階へあがってきたので、一瞬別人と見間違えて呆然とした。

第一、就寝前のこの刻限になって、ご主人が二階へあがってくることなど、これまでなかったし、用があれば階段の下から呼ぶはずであった。

呆然と見つめている二人にかまわず、文左衛門は片膝をついた。

「伝助《でんすけ》、三吉、よく聞くんだ。わたしは今すぐ旅に出る。おそらく二度と戻れない旅になる。おまえたちにはすまないことになったが、簗屋は今日で終りだ。間もなく、町方がわたしを捕らえに踏みこんでくる。その前にわたしは姿を消す。しかし言っておく。信じようと信じまいとそれはおまえたちの勝手だが、わたしは間違ったことをしたのではない」

文左衛門は白紙の包みを袖から出し、二人の前に並べた。

「これは簗屋の今季の給金の残り分だ。これが番頭さんの分、この二つはおまえたちの分、こっちは賄いのおさよさんの分だ。番頭さんとおさよさんに、おまえたちが渡してくれ。おまえたちにも町方の厳しいお調べがあるに違いない。だとしても、この給金のことは訊ねられない限り言う必要はない。今はまだ主人のわたしが渡しておくのだから、おまえたちのものだ。番頭さんにも、おさよさんにもそう言うのだぞ。それから、番頭さんとおさよさんに、すまなかったとわたしが詫びていたと伝えてくれ」

小僧らは文左衛門の言うことが呑みこめず、まだ呆然としている。

そこへ、階下の表戸が激しく叩かれた。

「簗屋文左衛門、御用の詮議である。ただちに戸を開け、神妙に縛につけ。簗屋文左衛門、御用の……」

町方の声が聞こえ、小僧らの身体が震え出した。

「心配するな。下へ行って戸を開け、わたしが二階にいると伝えればいいのだ」

文左衛門は小僧らを行かせた。

しかし、小僧らが階下へおりる前に、町方は表戸を叩き割り、「御用だ」の声とともに簗屋になだれこんだのだった。

文左衛門は四畳半の板戸を引き開け、物干台にあがって半合羽をなびかせながら、手摺に乗って軒庇に手をかけると、軽々と二階の屋根に身を躍動させた。

びゅうびゅう、と吹きつける風に紺木綿の半合羽がなびき、それを見つけた往来の捕り方に喚声が沸いた。

「わあ、屋根に逃げたあ」

文左衛門は瞬時もためらわず、濱町堀の土手蔵の屋根よりずっと高く上った十六夜を追うかのように、富沢町の往来につらなる二階家の棟木をするすると伝った。呼子が次々に吹き鳴らされ、御用提灯が往来を右往左往し、

「濱町堀だ。濱町堀に逃げるぞ」

「逃すな。追え、追え」

と、捕り方の声が追ってくる。

文左衛門は、一軒、二軒、と屋根の棟木を伝い、三軒目の土手道に表戸を開く店の屋根の天辺《てっぺん》に立った。

「簗屋文左衛門、神妙にしろ。そこから先は行きどまりだ」

後方に、同じく屋根の棟木を伝って追ってくる町方の声が聞こえた。

土手道と往来に町方の御用提灯が乱れ、文左衛門を照らした。

行ける。

文左衛門にためらいはなかった。

文左衛門は店の切妻屋根を駆けおり、降りそそぐ月光の中へ飛んだ。

文左衛門の痩軀は、まるで半合羽を羽のように広げて飛翔し、南風を切った。

そして、濱町堀端に並ぶ土手蔵の屋根へ飛び移ったとき、土手道や往来で、文左衛門を見守る捕り方の喚声が一斉にあがったのだった。

「蔵へ飛び移った。蔵だ蔵だ」

すかさず、文左衛門は土手蔵の切妻屋根を駆けあがって棟木をこえ、濱町堀側の屋根に身をかがめた。

濱町堀の水面は風に吹かれてさざ波をたて、銀色の月明かりをちりばめ、人気のない河岸場に荷足船が舳を並べて波にゆれていた。

素早く文左衛門は、身をかがめた恰好で半合羽を脱ぎ、屋根の桟瓦を五枚六枚とはぎとって半合羽に包んだ。

何枚かの瓦が土手蔵の船寄せに舫う荷足船や川面に落ちて、がらがらと音をたて水飛沫《しぶき》を散らした。

「堀へ飛びこむぞ。堀を見張れ」

と声が飛ぶ中、文左衛門は瓦を包んだ半合羽を頭上でひと回転させ、濱町堀の榮橋のほうへ投げた。

半合羽の紺木綿がひらひらして、濱町堀に大きな水音と水柱がたった。

やがてふわりと、瓦を包んでいた半合羽が水面に浮きあがった。

堀へ飛びこんだ。あそこに合羽が浮いたぞ。文左衛門の合羽だ……

堀だ、堀だ……

捕り方は口々に喚き、提灯の明かりが、水面を右往左往する。

南町の捕り方の御用提灯が、榮橋を渡って対岸の土手道を固めにかかった。

河岸場に舫う船に町方が乗りこみ、濱町堀へ次々と押し出して行く。

武家屋敷の並ぶ対岸に土手蔵はなく、土手の柳が枝を大きくゆらしている。

文左衛門は、捕り方の目が土手蔵の屋根から濱町堀へ向いた隙に、土手蔵の棟木の上に戻って、束の間もためらわず、切妻屋根の勾配を土手道側へ駆けおり、軒端の手前で軽々と飛んだのだった。

手足を夜空に足搔かせ、月光と風をかき分け、頭にかぶった紺無地の上布をひらめかせ、富沢町側の表店の屋根に飛び移った。

眼下の土手道にも往来にも町方の姿が消え、みな濱町堀に気をとられ、水中へ没した文左衛門を探している。

その隙に、文左衛門は濱町堀とは逆の簗屋の店の方角へ、再び屋根の棟木をするすると伝い始めたのだった。

だが、その棟木の前方に、簗屋に踏みこんで屋根の上まで文左衛門を追ってきた先ほどの町方がひとり、まだ立ちはだかっていた。

町方が十手を抜き、声を放った。

「簗屋文左衛門、御用である。神妙にしろ」

しかし、行手を阻《はば》む者は蹴散らすしかない。

ためらう間も惜《お》しかった。

文左衛門は、脇差を抜かず素手のまま町方に見る見る迫った。

「御用だ」

と、町方が文左衛門の顔面へ見舞った十手を、文左衛門は一方の掌で払い、同時にもう一方の掌で弥次郎の顎を、とん、と突きあげた。

町方は咄嗟に顔を背け、掌は町方の顎をかすめただけだった。

顎を突きあげられてよろけつつ、町方は一歩二歩退って堪えた。

すかさず、残った前足を右へ払うと、町方の身体が往来側へゆらりと傾いた。

傾いた身体を支える切妻屋根の斜面に足を滑らせた町方は、手で宙をかきながら横倒しになり、わあっ、と何枚かの瓦とともに往来側へ滑り落ちて行った。

文左衛門は、往来へ転落した町方へ一瞥《いちべつ》を投げただけで、長谷川町のほうへ棟木を伝って行った。

呼子の音がひりひりと江戸の夜空に吹き流れ、屋根から屋根へと伝って行く文左衛門のあとを追ってきた。


文左衛門は、この町の路地の隅々まで、どこの路地が行き止まりで、どこの路地が通り抜けで、どの裏店が空家か、どの店の裏庭を通ればどこの路地へ抜けられるか、あそこの飼い犬は吠えるか吠えないか、悉《ことごと》く知りつくしていた。

表通りに裏通り、横町、新道、小路、それらの辻はすべて、自身番の店番が捕物道具を携え見張っている。

文左衛門と顔見知りの界隈の住人であっても、お上に逆らった者にはみな恐ろしい番犬となって容赦なく追ってくる。

文左衛門はそれらの通りを、素早く横切る以外は避け、すべて路地をとって、ときには住人に気づかれぬよう庭を抜け、富沢町から一旦弥兵衛町《やへえちょう》へ廻り、田所町《たどころちょう》をすぎ、長谷川町の人形町通り、新乗物町、岩代町《いわしろちょう》、それから楽屋新道を横切って、堺町の路地をなおも南へたどった。

このあたりまでくれば、通りの辻にもう番人はいない。

ただ、芝居町と呼ばれる堺町や葺屋町、その南隣の芳町と呼ばれる堀江六軒町まできて、文左衛門の脳裡に四歳の覚えがつい昨日のことのように甦った。

忘れたことはなかったし、忘れることなどできなかった。

《三上》のかかの客が長くかかったり、ときには三上の暗い布団部屋で寂しさを堪えてひとり寝をしなければならなかったとき、夜になってもどこかの店に明りが灯っていたこの町家から町家へと、四歳の童子は彷徨《さまよ》い歩いたのだった。

三十三年前、簗屋の文五郎に手を引かれ芳町を出てから、文左衛門はこの町に足を踏み入れなかった。

もう路地奥の色茶屋三上の店すらなくなっているのに、幼い文左衛門が味わった恐ろしさ、悲しさ、つらさ、切なさが甦って足が竦んだ。

だが今、月明かりの芳町の路地につむじ風が舞い、文左衛門の前をとぼとぼと行く四歳の卓ノ介の小さな後ろ姿が見えた。

卓ノ介、これで本当の別れだ。

文左衛門は、卓ノ介の後ろ姿に言った。

芳町の南隣の甚左衛門町《じんざえもんちょう》、小網町一丁目横町の路地を抜け、武家地の稲荷堀《とうかん》の堀端を行徳河岸へとった。

稲荷堀の堀留の辻番で、一度、番人に呼び止められた。

「あっしは芳町の三上という茶屋の、使用人でございやす。ご主人の急な用で行徳まで使いに参《め》えりやす。行徳河岸の知り合いの船頭さんに、行徳まで船を頼むつもりでこちらまで……」

文左衛門は、上布の頬かむりを目深にして言いつくろった。

「この刻限に下総《しもうさ》の行徳までか。それは遠いな。その上この風だしな」

番人が気の毒そうに言った。

「せめて風でも吹かなきゃあ、十六夜を眺め、気を紛らわすこともできやすが、ご主人の御用なんで仕方がございやせん。月は上っても夜はやっぱり物騒で、この脇差も念のための用心で。へえ」

番人は、文左衛門が草履も草鞋もつけず、股引に革足袋の扮装を怪しまなかった。下働きの下男や小者などの使用人が、草履や草鞋を履かず跣や足袋で使いに出るのは、珍しいことではなかった。

「そうか。わかった。行ってよいぞ」

番人が言った。

文左衛門は稲荷堀の道を行徳河岸へ出た。

行徳河岸の馴染みの酒亭は、この風で早仕舞いをしたのだろう。板戸が閉てられて、すでに寝静まっている様子だった。

箱崎橋を箱崎一丁目へと渡って、北新堀町から永代橋に差しかかった。

十六夜を水面にちりばめた大川は、吹きすさぶ風の所為《せい》か、満潮の所為か、流れが逆巻き、はるか彼方に海鳴りが聞こえた。

江戸はこれで最後だ。かかに別れを告げに行かねばな。

文左衛門は、永代橋を渡って行った。

五

七蔵と樫太郎は、人形町通りを駆け抜け、蛎殻町《かきがらちょう》銀座《ぎんざ》裏の竃河岸、松島町《まつしまちょう》から武家屋敷地を通りすぎ、箱崎町二丁目の永久橋が見える堀川端へ出た。

永久橋の袂に、一艘の船が船寄せの杭につながれ、掩蓋の中に灯るうす明かりが、出入口に垂らした筵の隙間よりちらちらともれていた。

「樫太郎、あれだ。こい」

七蔵と樫太郎は土手道を突っ走り、永久橋の橋板をけたたましく鳴らした。

その音に驚いた可六とお浜は、筵の隙間から顔をのぞかせた。

永久橋を渡った七蔵と樫太郎が、橋の袂の土手から船寄せに駆けおりてきた。

月明かりが七蔵の定服を照らし、取り締まりを疑った可六は、

「お浜。逃げろ」

と、喚いて掩蓋の中へ隠れ、お浜は悲鳴をあげて首を引っこめた。

可六とお浜は、鎌倉河岸から日本橋の堀川、新堀近辺、三ツ叉のここら辺の堀川を夜更けに流す船饅頭である。

「可六、お浜、おれだおれだ」

七蔵は言って、舳へ飛び乗り、吊るした筵をめくった。

可六とお浜は荷物を抱えた恰好で、筵をめくった七蔵に顔を向け、怪訝そうに凝《じ》っとしていた。さなに敷いた筵に、汚れた布団や箱枕、七輪にかけた鍋や茶碗や箸や徳利、襦袢《じゅばん》や湯文字《ゆもじ》が散らばり、瓦灯《かとう》のうす明かりが震えている。

「萬七蔵だ。見忘れたかい。取り締まりじゃねえ。おめえらに頼みがあるんだ」

「ああ、夜叉萬の旦那……」

可六がやっと思い出したらしく、ほっとした声をもらした。

「思い出してくれて安心したぜ。で可六、お浜、商売の邪魔は承知だが、この船をちょいと借りてえ。砂村新田まで、早船を頼みてえ」

「砂村新田までって、十万坪《じゅうまんつぼ》の先の？」

「も、もしかして、隠亡の火やのある砂村新田の？」

可六とお浜は、きょとんとして訊きかえした。

「それだ。隠亡の火やのある砂村新田の寄洲だ。波除堤の先の、あそこら辺へ行きてえんだ。仙台堀から二十間川を行ってくれ。船賃は払う」

「ああ、二十間川なら、行ったことはありやすが。お浜、どうする？」

「どうするったって、旦那がこう仰ってんだから、行くしかないじゃないか。承知しやした、旦那、そちらの若い親分さんも。こう見えて、うちのは案外腕のいい船頭なんです。あんた、早船で頼むよ」

「わ、わかった。旦那、親分、この風でちょいとゆれやすぜ」

可六は船寄せの杭につないだ縄を解き、艫に立って棹を突いた。

ゆらりと、三ツ叉へ押し出された船は、三ツ叉の寄洲と武家屋敷が建ち並ぶ土手の間を進み、たちまち大川の流れに巻きこまれ、逆巻く荒波に揉まれ、波飛沫《しぶき》が船の中にまで吹きこんだ。

南風が掩蓋を吹き飛ばしそうな勢いで吹きつけ、ぶぶぶ、と震わした。

船が波に揉まれて大きく舳を持ちあげると、吊るした筵がばさばさとはためいた空に十六夜が見えた。

お浜は火事の用心に瓦灯を抱え、七蔵と樫太郎が、七輪や徳利、碗や鍋が転がらないように、大慌てしている様子を見て、けたけたと笑った。

どうにか大川の荒波を乗りきり、上ノ橋をくぐって仙台堀に入ったが、仙台堀も水嵩《みずかさ》が増し、荒波が船縁を繰りかえし叩いた。

そうか、今日は満月の次の夜か、と七蔵はふと思った。

両親を子供のころに亡くし、七蔵を育ててくれた爺さまが、新月の日か満月の翌日か翌々日は、大潮《おおしお》になることがある、気をつけるのだ、と言っていた。

七蔵は、爺さまの言葉を思い出した。

大潮になると、深川から洲崎の町家、砂村などの新田のみならず、中川の先の行徳のほうまで潮が満ちて大水に襲われた。

そのため、砂村新田の海側に波除堤が築かれており、潮が土地の低い深川の町家を水浸しにし、さらに逆流して押し寄せる水害を防ぐ水門が、小名木川と交差する横川の扇橋《おうぎばし》には設けてある。

また、小名木川に架かる高橋《たかばし》は、大水のときに流されないよう、常盤町《ときわちょう》側と海辺大工町側の両岸に、五尺（約一・五メートル）から八尺（約二・四メートル）ほども石を積んで平地より橋を高くし、橋の天辺は周辺の町家の屋根ぐらいまであった。

もしもこの南風に大潮が重なったらまずいぜ、まさかな、と嫌な予感が七蔵の脳裡をかすめた。

文左衛門が頬かむりにした紺無地の越後上布が、ぶうん、とうなる南風にひらめいた。大川には白波がたち、冴え冴えとした夜空には、東の空にかかった青白い月が天空へとなおも上りつつあった。

文左衛門は、永代橋を深川の佐賀町《さがちょう》へ渡って、深川の門前仲町や門前町の大通りを避け、大島川《おおしまがわ》、平野川《ひらのがわ》に沿う土手道を東へ目差した。

深川の町家を抜け、平野川沿いの洲崎の土手道を、吉祥寺弁天《きっしょうじべんてん》へ向かっていたとき、白波が打ち寄せる洲崎のはるか彼方の海に雷光がきらめいて、海から湧きあがったように積み重なる黒雲を一瞬映し出した。

それとともに、低く不気味な海鳴りがとどろいた。

洲崎の吉祥寺弁天をすぎ、大名家抱えの広い屋敷が用水堀に沿って続く土手道をひたすら東へとると、やがて用水堀の北に六万坪、あるいは十万坪と呼ばれる入合《いりあ》いの新田が、月明かりの下に広々と開けた。

砂村新田は十万坪のさらに東方、小名木川の南側に開かれたいくつかの新田のうちの、海辺側の波除堤によって守られた一帯である。

やがて大知稲荷の鳥居前をすぎ、用水堀にかけられた土橋を目印に、文左衛門は畑の畔へと道を変えた。

ひと月前と同じく、隠亡の住居と火やの影が波除堤のきわに眠っていた。

まるで海が吠えているかのように、松風の騒めきが聞こえていた。

四歳の卓ノ介が、空を流れる《かか》の煙を追って懸命に上ったとき。小提灯ひとつの明かりを頼りに神門達四郎を包《くる》んだ筵をかついだ甚左と、父親の文五郎とともに上った、ちょうどひと月前の小雨降る闇夜……

そして十六夜の今夜、文左衛門がこの寄洲の波除堤に立ったのは、これで三度目である。

文左衛門は、海から吹きつける風がごうごうと松林を鳴らす波除堤に佇み、月明かりの下に一面の葭原が海へと広がる寄洲の景色を、瞬きもせず見つめて脳裡に焼きつけた。

これが見納めだと、思った。

かかとの本当の別れだと、文左衛門は思った。

そのとき、海のはるか彼方、夜空を背にして海面より高まるうす墨色のひと筋の帯に、文左衛門は気づいた。

海のかすかなうめきが、聞こえていた。

あれはなんだ……

呟いたその一瞬だった。

誰かいる。

文左衛門は、すぐ傍の松林の陰に何者かの気配を察した。

「誰だ」

と、踵《きびす》を転じ身構えた。

「簗屋文左衛門、やっぱりきたな。待ってたぜ」

風の音に混じって、松林の陰の気配が言った。

何者かが松の陰から進み出て、文左衛門に対峙《たいじ》した。

両者の間には、十間（約一八メートル）余の間があった。

それでも、月明かりだけでその相貌はくっきりと見分けられた。

黒羽織は着けていないが、小楢《こなら》色の上衣《じようい》を独鈷《どつこ》の博多《はかた》帯に尻端折り、紺足袋雪駄、腰に両刀と朱房の十手を並べて帯びていた。

「これは、北町の萬七蔵さまですね。先だっては、簗屋の古手をお買い求めいただき、ありがとうございました。またこの夜ふけに、わざわざ、こんなところまでお出かけいただき、畏れ入りやす」

「なあに、これも役目なのさ。畏れ入ることはねえよ。あんたは必ずここにくると、そんな気がしてならなかった。あんたに会えてよかった」

七蔵は、ゆっくりした歩みを文左衛門へ進めた。

それと同時に、反対側の松の木陰からも、紺格子を尻端折りに股引雪駄、鍛鉄の十手を手にした樫太郎が姿を現し、身構えて言った。

「簗屋文左衛門、御用だ」

「ああ、こちらは御用聞の樫太郎親分さんでしたね。お買い求めいただいた古手はいかがでございましたか」

文左衛門は樫太郎へ見かえり、さらりと言った。

「勿体ねえんで、めでてえ日にしか袖を通さねえようにしておりやす」

　樫太郎は身構えたまま、言いかえした。

「そうですか。めでたい日にはきっとお似合いですよ、樫太郎親分」

　文左衛門は樫太郎に頬笑みかけ、すぐに七蔵へ戻した。

「萬さま、簗屋文左衛門、萬さまと樫太郎親分の御用の向きは、十分わかっております。ですが、この度はお受けいたしかねますので、何とぞ、そのようにご承知願います」

「あんたはそうでも、こっちはこっちで、御用を果たさなきゃあならねえのさ。あんたをお縄にするのは本意じゃねえ。けど、これがおれの役目だし、それにちょいと町方の意地もあってね」

「意地とはなんですか、萬さま。町方の意地とは」

「あんたが、神門達四郎を始末したわけは知っている。さぞかしつらい思いを肚の底に仕舞って、あんたは三十三年の歳月を生きてきたんだと、それも知ってる。おれは文左衛門の歳月を知ったとき、おれが文左衛門ならどうするかと考えた。ところがだ、それを考えているうち、ふと、あんたがおれならどうするかと考えたのさ。わかるかい文左衛門。あんたが町方なら、てめえの大事な大事なかかの仇《あだ》を討ったおれをどうするかだ。文左衛門、おれとあんたの事情は、紙ひと重の違いにしかすぎねえ。どうってことのねえ命の、表と裏の違いでしかねえ。あんたが神門達四郎を始末しなければならなかったように、おれはあんたをお縄にしなきゃあならねえ。それが意地ってもんじゃねえか」

「わかります、萬さま。ですが、紙ひと重の違い、どうってことのねえ命の表と裏の違いでしかなくとも、違いは違いなんです。人の性根は同じじゃありません。傍から見てわかったつもりでも、わたしの性根は誰にもわかりゃしません。誰にも、萬さまにも……」

七蔵はそれには答えず、歩みを止めて寄洲の彼方の海を見遣った。

「文左衛門、見な。大潮になりそうだ。潮が満ちてきたぜ」

海の彼方にかかっていたうす墨色の帯が、次第に嵩を増し、息をつめて苦しげなうめきをもらし、しかし静かに、次第に江戸に迫っていた。

波の帯は、降りそそぐ十六夜の光の飛沫を散らし、吹きすさぶ南風はごうごうと音をたてていた。

「ああ、また大勢の人が難儀な目に遭うんでしょうね」

文左衛門が海へ目を向け、ぽつりと言った。

「文左衛門、もうひとつ聞かせてくれ。あんたの母親の馴染みだった、乙ヶ渕に拝領屋敷がある旗本の御曹司は、つまりあんたの父親の半井卓右衛門のことは知っているかい。あんたは武家の子だな」

「いいえ。存じません」

文左衛門は言い、しばしもの憂げな間をおき続けた。

「簗屋を継ぐ前の二十代の半ばごろ、乙ヶ渕のさるお旗本のお召しの古手を引きとりに、お屋敷を訪ねたことがあります。上品な奥方さまがおられ、その折り、主の殿さまにもご挨拶をしましてね。穏やかで姿のいい、四十代と思われる殿さまで、わたしのような古手屋にも気さくに声をかけてくださり、こういうお武家もいるんだなと、思ったことがあります。あのお旗本のことは覚えています。ただそれだけのことですがね。わたしの父親は簗屋の文五郎です。ほかにはおりません。たったひとりの父親ですよ」

七蔵は、遠目にもうす墨色の帯ではなく、膨れあがった波とわかる満潮《みちしお》を見つめて言った。

「よかろう。あんたとこれ以上話すことはねえ。為すべきことを為そうじゃねえか、文左衛門」

「已《や》むを得ません。お相手いたします」

「簗屋文左衛門、御用だ。神妙にしろ」

と、七蔵は朱房の十手を抜いて、文左衛門と対峙した。

文左衛門は七蔵に相対し、両膝を折って、脇差をゆっくりと抜いた。

そして、脇差を肩へ担ぐような恰好で低く身構え、左手を七蔵との間合いを図る狙いでか、軽く差し出した。

一方、背後へ廻りこんだ樫太郎との間を意識しつつ、文左衛門は七蔵との間を次第につめた。

そのとき、七蔵は樫太郎に言った。

「樫太郎、おまえは手を出すな。おれと文左衛門は、決着をつけなきゃならねえんだ。おれが文左衛門を捕え損ねて斃《たお》されたら、おまえはここで見たままの顚末を、久米さまに伝えろ。文左衛門、おれを斃しても、樫太郎にはかまうな。ここは、おれの意地とあんたの性根が決着をつけりゃあ、それでよかろう」

「萬さまがそれでよろしけりゃあ、わたしに異存はございません。ですが、樫太郎親分のお気持ちはどうなんですかね。激しい気魄《きはく》が、わたしの後《うし》ろからひりひりと迫っておりますよ」

「そうはいかねえ。あっしだって御用聞だ。文左衛門、御用だ」

樫太郎が懸命に言った。

だが、承知も不承知もなかった。七蔵は二歩三歩と大きく踏み出し、

「樫太郎、おれに任せろ」

と、文左衛門の頰かむりへ十手を浴びせた。

七蔵の十手を、素早く半歩右へ転じ脇差で、かあん、と払った文左衛門は、すかさず脇差をかえし、片手上段《じょうだん》に躍りあがり七蔵へ浴びせかけた。

「やあ」

文左衛門の喚声が風を切った。

七蔵は身体を畳んで、小銀杏の鬢すれすれにかすめるその一撃を空《くう》へ流しながら、文左衛門のわきを擦り抜けて立ち位置を変え、樫太郎を背にした。

そして、ふりかえり様《ざま》に文左衛門が繰り出した二の手を、七蔵の十手がすんでの間で再び、かあん、と打ち払った。

しかし、三の手、四の手、五の手と、文左衛門の間断《かんだん》のない攻勢に、七蔵はすべて打ち払い躱《かわ》しつつも、じりじりと後退を余儀《よぎ》なくされた。後退しつつも、七蔵は反撃を試みたが、文左衛門の俊敏な反応がそれを許さなかった。

なんてやつだ、と思ったそのときだった。

「ああ、大潮だ」

樫太郎が叫んだ。

刹那、文左衛門の攻勢が空白を生み、七蔵の後退が止まった。

と、寄洲の波打ちぎわに迫り膨れあがった海面が、一層高い海嘯となって寄洲をたちまち海中に沈め、寄洲の何もかもを蹂躙《じゆうりん》し凌辱《りようじよく》しつつ、沈黙のまま波除堤へと押し寄せてくるのが見えた。

十六夜の青白い月光が、ふりあげた大鎌のような海嘯がついに砕け落ち、ぶつぶつと沸騰《ふつとう》する怒濤《どとう》が見る見る波除堤へ押し寄せてくる白い逆浪《げきろう》を鮮やかに映した。

だが、その須臾《しゆゆ》の間がすぎた一瞬だった。

文左衛門が浴びせた片手袈裟懸《けさがけ》を七蔵の十手が受け止め、左逆手《さかて》でにぎった脇差を抜き放ち様、文左衛門を斬りあげた。

刃が文左衛門の紺紬の前衿を裂き、痩身の白い首筋をわずかにかすめて文左衛門を仰《の》け反らせた。

文左衛門に声はなかった。

ただ顔を背け、はじかれたように後退った。

「すまねえ」

七蔵が発した言葉を、波除堤に衝突した波浪《はろう》の咆哮《ほうこう》がかき消した。

猛り狂った波浪は夜空へ凄まじい飛沫を吹きあげ、滝のように波除堤の松林と三人に降りかかり、その行手を阻んだ波除堤の手前で渦巻き沸騰し、のみならず、ゆりかえす怒りの衝突を、二波、三波と繰りかえした。

七蔵と樫太郎は松の幹につかまり、波に攫《さら》われるのをかろうじてまぬがれた。

「樫太郎、いるかあ」

七蔵が呼びかけ、

「あっしはここにぃ」

と、樫太郎の懸命な声がかえった。

だが、文左衛門の姿はなかった。

「文左衛門、文左衛門……」

七蔵が叫び、波除堤を見廻した。

「旦那、あれが、ぶ、文左衛門のかぶってたあれが……」

樫太郎が、まだ渦巻き沸騰する波間を指差した。

文左衛門のかぶっていた紺無地の上布が、渦巻く波に揉まれていた。

「文左衛門だ」

七蔵はわれを忘れ、渦巻く波へ突っ走った。

「ぶんざえもんっ」

波除堤を飛びかけた途端、樫太郎が必死に七蔵の腰にすがりついた。

「何すんだ、旦那。駄目だって。やめてくだせえ」

樫太郎は七蔵を離さなかった。

あっ、と七蔵はわれにかえった。

「樫太郎、すまなかった。何考えてんだか、馬鹿だな。樫太郎のお陰で命拾いした。また生き延びたぜ」

七蔵は、腰にすがりついた樫太郎に頬笑みかけた。

ずぶ濡れの町方と御用聞を、澄んだ夜空の十六夜が凝っと見おろしていた。

結　流《る》浪《ろう》

古手問屋の簗屋はとり潰しとなった。

だが、大坂古手問屋九軒六店の頭取を務める小泉の主人の働きかけにより、簗屋の古手商売の権利は残って、大坂古手問屋仲間から権利を譲り受けた本石町の老舗の呉服問屋が、富沢町の店を《みやこ屋》と変えて開設した。

みやこ屋は大坂古手問屋仲間にも加わることができ、簗屋に奉公していた番頭と二人の小僧は、簗屋に勤めていたときのまま改めて雇い入れられた。

小伝馬町牢屋敷の揚屋《あがりや》に収監されていた御公儀賄調役の竹嶋勘右衛門は、嫌疑なしとなって出獄した。

牢問《ろうどい》などの、厳しいとり調べを受ける前だった。

竹嶋勘右衛門が深川の屋敷に戻った七月末、賄調役の三番勤めが賄頭よりひとり勤めに命が下され、勘右衛門は職禄七十俵となった。

これは評定所支配の勘定奉行のどなたかの意向が働いた、という噂が賄方らの間で流れたが、定かではない。

元町方神門達四郎殺害の一件は、下手人と疑われる簗屋文左衛門が、七月十六日に深川から行徳一帯に押し寄せた大潮に、砂村新田の寄洲で巻きこまれ、溺死《できし》体《たい》はあがっていないもののほぼ助かる見こみはなく、被疑者死亡と断じられた。

よって、調べは打ち切りとなり、真相は不明のまま終った。

すなわち、殺害された神門達四郎が林町一丁目の弁蔵を使い高利貸を営んでいた裏稼業についても、有耶無耶《うやむや》になった。

これによって、八丁堀の町方神門左右衛門に、隠居神門達四郎の不届きなふる舞いの累《るい》が及ぶこともなく済んだ。

また七月二十一日、妻沼陣屋の手代が江戸北町奉行所の要請を請け、妻沼に設けた古手屋簗屋の別店を調べるため踏みこんだ。

ところが、簗屋の別店はすでに空家同然になっていた。

別店の使用人はその三日ほど前に雇い止めにされ、別店の主人はその翌日、下野へ商売に出かけると近隣に告げて、甚左という使用人ひとりをともない出かけたまま、戻っていなかった。

ただし、簗屋の別店が江戸の本店より古手の仕入れのために所有していた二挺だての日除船は、先月末にすでに売り払われ、どういう経路をたどってか、潮来《いたこ》の酒楼《しゅろう》の主人に船主が代わっていた。

林町一丁目の弁蔵は、松井町の岡場所の地廻りに戻り、神門達四郎の妾に囲われていたお千左とその相方の圭二郎は、浅草から姿を消して行方知れずになった。

暑さがやわらぎ、だいぶしのぎやすくなった七月の末に近いその午前、久々に黒羽織の定服を着けた七蔵が奉行所の表門を出かけたとき、

「萬《まん》さん、萬七蔵……」

と、後ろから呼び止められた。

七蔵がふりかえると、十四、五間（約二五〜二七メートル）の敷石が表玄関まで敷かれた式台に久米が立って、七蔵に手をかざしていた。

七蔵は久米に辞儀をし、式台のほうへ戻った。

「久米さん、何か御用ですか」

七蔵は式台の久米に二間ほどまできて、いつもの気安い口調で言った。

すると、久米は少々意味ありげな顔つきを見せ、もそっと近くへ、と七蔵を手

招きした。

「どうしました」

七蔵は式台の久米に近づいた。

「萬さん、これから出かけるのかい」

久米が探るように訊ねた。

「はい。南町の多田《ただ》さんにちょいと訊きたいことがあって、数寄屋橋《すきやばし》へ。大した用じゃありませんので、昼までには戻ってきますが」

「こっちも急いでいるわけじゃないんだが、なんか気になってね。けど、気にするほどのことでもないのだよ。とにかく、萬さんに話しておきたいことがあるという、ただそれだけなんだ。今、かまわないかい」

と、久米はちょっと勿体をつけた言い方をした。

「かまいませんとも。どちらで？」

「数寄屋橋まで行くんだろう。途中まで一緒に行くよ。歩きながら話そう」

「それでいいんですか」

「いい。話はすぐに終る。内玄関から廻ってくる。ここら辺で待っててくれ」

「わかりました。門前に樫太郎がおりますので、そこで待ってます」

ふむ、と久米は玄関へあがった。

町奉行所の主家には公邸と奥向きの私邸があって、公邸には来客や儀礼、御用向けの表玄関と、与力同心が公務に就くための出入り口の内玄関がある。

久米の履物も内玄関にあって、奉行所雇いの草履とりがいる。

「おお、樫太郎。ちょいと萬さんに話があってな。数寄屋橋あたりまで、道々話しながらつき合うことにした」

久米が門前に姿を見せ、樫太郎に言った。

樫太郎は久米に辞儀をして、

「へい。あっしは離れてついて行きやすんで」

と、にっこり愛嬌のある笑顔を見せた。

「いいんだ。樫太郎も聞けば、わたしと同じように気になる話かも知れんぞ」

「じゃあ、あっしも聞かせていただきやす」

「とにかく、萬さん、行こう」

黒羽織の七蔵と継裃の久米が肩を並べ、壮麗な白壁と両番所の表門の大名屋敷がつらなる往来を、数寄屋橋御門のほうへゆるやかに歩き出した。

このあたりは、西御丸下内堀に架かる和田倉《わだくら》御門外、馬場先《ばばさき》御門外の大名小路と呼ばれる一帯で、老中や若年寄を拝命する幕閣の大名屋敷が、壮麗な表門をつらねている。

三人が歩むのは、西側に大名屋敷、東側は大名小路の白壁と枝ぶりのいい松林が続き、鍛冶橋《かじばし》御門をへて数寄屋橋御門へといたる往来である。

つくつくぼうしが、松林のどこかでまだ鳴いていた。

「秋になって、今年もつくつくぼうしの、そろそろ聞き納めだな」

久米が松林を見あげて言った。

「先だっての大潮で深川はだいぶやられた。永代橋には廻船がぶつかって、修理が必要だ。だが、亡くなった者が少なかったのはせめてもの、だ。町家はすぐにたち直る。みな強いよ」

「行徳のほうは田んぼや漁村の被害が大きくて、大変だと聞こえていますがね」

「ふむ。近隣の村同士の助け合いが必要だ。助け合わねばな」

それで、というふうに背の高い七蔵は、中背の久米へ一瞥を向けると、おもむろに久米が言った。

「一昨日、馬喰町の御用屋敷に妻沼の陣屋の手代が使いの用があってきたんだぞうだ。萬さんに話したいのは、その手代が話したことの又聞きだから、間違いないかどうかはわからんよ。そんなにあてにならない話とも思えないがね」

「妻沼の陣屋ですか」

「どうだい。妻沼と聞いて、気になることでもあるかい」

「妻沼と言えば、簗屋の別店がありましたね」

「話というのは、簗屋の別店にちょいとかかり合いのあることなんだ」

はあ、と七蔵はもの憂くかえし、余計なことは言わなかった。

「妻沼の陣屋が、江戸町方の要請を請けて簗屋の別店に踏みこんだが、簗屋はもぬけの殻だった。簗屋の文五郎は使用人の甚左ひとりを従えて、野州へ商売に出かけ、それから戻ってきてはいない。甚左以外の使用人は雇い止めにしているので、おそらくもう戻ってはくるまい。それで、陣屋の手代の話なんだがな。主人の文五郎が、大きな葛籠《つづら》をかついだ大男の使用人をひとり従えて、野州へ商売に出かけたのは十九日の、まだ暗い夜明け前だったそうだ。じつはな、二人で出かけたというのは、前日、文五郎が五人組の村役人にそのように伝えていて、村役人が陣屋の取り調べにそう答えたにすぎず、村役人らが文五郎と使用人が出立《しゅったつ》するのを見送ったのではなかった。つまり、陣屋の手代の聞きとりに二人で出かけたと答えたが、村役人は見てはいなかった。それで陣屋の手代は、文五郎と使用人が二人で商売の旅に出かけた、と調べの結果を報告したわけだ」

「それが？」

七蔵が訊きかえした。

「ただ、文五郎らが古手の大きな荷物を背負って、妻沼を出立したのは夜明け前でも、朝の早い住人や利根川の妻沼の渡船場から対岸の上州へ渡る折りに、文五郎らを見かけた者は何人かいる。その者らは文五郎らを怪しむわけがないので、当然、気に留めるはずもない」

「でしょうね」

と、七蔵は相槌《あいづち》を打った。

「それでだ。簗屋の別店に陣屋の手代が踏みこんでもぬけの殻になっていた事情が知れわたると、文五郎らが夜明け前に妻沼を出た様子を見かけた者らが、文五郎らは二人ではなく、三人連れだったと話しており、文五郎は二人の使用人を従えて妻沼を出たらしいという噂を、手代はあとになって聞いたそうだ。まあ、従えていた使用人がひとりだろうと二人だろうと、文五郎が忽然《こつぜん》と妻沼の別店から姿をくらましたことに変わりはないので、その噂について特に調べはしていないらしい。ただ、使用人が甚左という大男ともうひとりは誰か、少し気にはかかっているようだがな。つまり、萬さんに話しておきたかったのは、文五郎らは二人連れだったのではなく、三人連れだったたかも知れないってことさ」

三人は鍛冶橋御門をすぎていた。

数寄屋橋御門まで、もう三、四町（約三〇〇〜四〇〇メートル）ほどである。

「萬さん、文五郎が従えていた使用人が二人だったとしたら、ひとりは三年前に日除船の船頭に雇った甚左に間違いないとして、もうひとりの使用人は誰だと思う。別店をもぬけの殻にするほどの、たぶん決死の旅に、ただの使用人を伴って行くとは思えないんだがね」

「さあ、わかりませんね」

七蔵はもの憂げに答えた。

「もしかして……」

と言いかけたが、すぐに、

「いやあ、あり得ねえ。あり得ませんよ」

と、自分に言い聞かせるように言った。

「何があり得ないんだよ、萬さん」

久米が七蔵へ、癖のある笑みを向けた。

七蔵は大名小路の青空を見あげ、ぼんやりとした物思いに耽《ふけ》った。

そのとき、江戸からはるか遠く離れた北国の道を行く三人連れの旅人が、七蔵に見えた。ひとりは老いた男。ひとりは大男。そして三人目は、痩身に背丈があって、鼻筋の通った花の容顔《かんばせ》が……

三人の旅人は、目あてのある旅なのか、それともあてのない旅なのか、行手のはるか彼方には青い山嶺《さんれい》が望まれた。

そうかい。しぶといね。

七蔵はふと思った。そして、

「何がって、それはですね」

と、久米に言いかけた。

光文社文庫

文庫書下ろし／長編時代小説
夜叉萬同心《やしやまんどうしん》 浅《あさ》き縁《えにし》
著 者 辻《つじ》 堂《どう》 魁《かい》

2024年7月20日 初版1刷発行
2024年8月20日 2刷発行

発行者 三 宅 貴 久
印 刷 萩 原 印 刷
製 本 ナショナル製本

発行所 株式会社 光 文 社
〒112-8011 東京都文京区音羽1-16-6
電話 (03)5395-8147 編 集 部
8116 書籍販売部
8125 制 作 部

落丁本·乱丁本は制作部にご連絡くだされば、お取替えいたします。
ISBN978-4-334-10364-4 Printed in Japan

組版 萩原印刷